カユ・アピアピ

炎の木

村尾国士

時来社

カユ・アピアピ——炎の木 ◆目次

カユ・アピアピ——炎の木

遠い悲歌

1

「おい、おまえさんに打ってつけの仕事があるぜ」

久しぶりに電話をかけてきた安田がいきなりそう言った。地声が大きいうえに威勢のいい口調。高野幸彦はいつものように受話器を少し耳から離した。

「打ってつけ?」

「去年、フランスで『サイゴン』という小説が出版され、評判になってるそうだな。知ってるだろ? そっちの専門なんだから」

定期購読しているフランスの月刊誌でそんな記事を目にしたが、小説は読んでいない。

そう言うと、

「英語の説明によるとだな、ベトナム系フランス人女性の書いた自伝的小説で、サイゴン陥落直前にベトナムを脱出した主人公が、難民として転々とさまよったすえに、パリで恋人と再会する。歴史に翻弄される純愛物語、だそうだ。特派員として陥落まぎわまでサイゴンにいたおまえさんには、まさに打ってつけだろ?」

「その小説の翻訳を、ということ？」

「ああ。日本タイムズの書籍出版部が翻訳権を取得してさ、いい翻訳者はいないかと訊かれたんで、高野幸彦なら文句なしと推薦したんだ。どうだ、やるか？」

「安さん、せっかく推薦してもらって申し訳ないけど、無理だよ」

「そんなに仕事、忙しいのか？」

「それが真逆、当分休業しようかと思ってる」

電話の向こうの安田が少し黙り、声までひそめて言った。

「――どこかわるいのか、高野？」

「目、歯、マラ、腰」

「なんだ、それ」

「男の老化の順番。全部いっぺんにきた感じだな」

「どれが一番ひどい？」

「目かなぁ。虫めがねを使っても辞書の字がかすむ。これじゃ、翻訳業あがったりさ」

「病院には行ったのか？」

「いや、病院は嫌いでね」

「高野！」安田の怒鳴り声が聞こえ、受話器をさらに離した。

「大丈夫、耳は正常だから」

「おまえ、脳梗塞をやってから何年だ」

「かれこれ十年かな。あのときは世話になった」

「糖尿系の脳梗塞だったよな。そっちはよくなったのか？」

「ああ、おかげさんで」

「ならいいが、糖尿病の合併症で一番多いのは失明だ。知ってるか」

「十年前、医者に言われたよ」

安田則之は外語大の二年先輩にあたる。学生寮の同じ部屋で二年間ともに暮らした。英米語専攻の安田はジャーナリスト志望、「日本のジョン・ガンサーになる」が口癖だった。フランス語専攻の高野にはこれといった目標もなく、大学院に進んで教師か翻訳業でもやれればいいと考えていた。卒業した安田は日本タイムズに入社した。「おまえも受けろよ。おもしろいぞ、新聞記者は」としつこく勧められ、日本タイムズの入社試験を受けた。期待していなかったが合格、高野も同じ道に入った。

たしかに新聞記者は刺激に満ちたおもしろい仕事だった。横浜支局に配属され、最初の年は警察回りや火災現場取材などで記者の基本を叩き込まれた。二年目から米軍関係の担当になり、県内の厚木基地やキャンプ座間を取材したりした。アメリカがベトナム戦争の泥沼に足を突っ込んでいたピーク期だった。戦場からの一時帰休兵たちがドル札をまき散らしては、横浜の夜で荒れ狂っていた。中華街裏や本牧の外人バーで浴びるように飲み、女を買い、殴り合いの喧嘩をしていた。

ある黒人帰休兵が横浜で発砲事件を起こし、キャンプに戻らず脱走した。外人バーのホステスにかくまわれていることをかぎつけた高野は、潜伏していた兵士に独占取材、苛酷なベトナム戦場での体験を語る連載記事を書いた。初めての本格的な署名入り記事でもあった。地方版ではなく全国版に掲載され、反響も大きかった。本社の外報部にいた安田から「やったな、高野」と賞賛の電話が入り、自分でも新聞記者という仕事に一生をささげようという情熱がわいてきた。

三年の支局勤めを終え、志望を出していた外報部に移った。語学研修を受け、いずれどこかヨーロッパの駐在員として赴任することになるだろうと考えていたとき、突然、南ベトナム共和国・サイゴン支局特派員に指名された。

「無理をしろとは言わないが、翻訳の件、考えておいてくれ。ところで、今日電話したのは別件の話もあるんだ」

「別件？」

「サイゴン特派員時代の知り合いで、ダオ・チ・ミンというベトナム人女性がいたか？」

「ダオ・チ・ミン……記憶ないなぁ」

「じゃ、ファム・チ・フォンはどうだ？」

いきなりみぞおちを突かれたような気がした。フォン、ファム・チ・フォン……

「黙り込んだところをみると、どうやら覚えがあるようだな。もしかして、おまえさんがベトナムから帰って急に日タイを辞めたのも、その女に関係あるんじゃないのか？」

安田はジョン・ガンサーほどの著名なジャーナリストにはならなかったが、新聞社を定年まで勤めあげたあと、ある大学の客員教授として国際ジャーナリズム論を講義している。それでも記者としての好奇心と嗅覚は衰えていないようだ。黙ったままでいると、

「ま、いいか。何十年も前の話だ。殺人だってもう時効、あ、いまはないんだな、時効。とにかく学生なんか、ベトナム戦争って言ってもまるきり通じやしないんだから」

他意はないだろうが、殺人という言葉にぎくりとしながら、高野は訊いた。

「そのファム・チ・フォンが何か？」

「戦争中にフォンと名乗っていた女の本名がダオ・チ・ミンだとさ。で、ミンというかフォンというか、その人の娘さんが日本タイムズのホーチミン支局に訪ねてきたんだよ。戦争中に特派員だったタカノ・ユキヒコさんにぜひ連絡をとりたいと言って。いまの支局長はおまえさんが辞めたずっとあとに入社したやつだから、おれに訊いてきたわけだ」

フォンが生きていて、娘までいる。その娘がオレに連絡をとりたいと……背後から殴りつけられたようなものだった。書斎の肘掛け椅子に座り受話器を握っていた高野は、軽いめまいを覚えた。

「支局長の話だと、その娘さん、だいぶ切迫した様子だったそうだ。どういう関係か知らないが、ま、連絡してみたらどうだ。向こうの電話番号やメール・アドレス、おまえさんのほうに転送するよ。しかしなんだな、パソコンだの携帯だのと、おれらの若い頃とくらべると夢みたいに便利になったが、それがいまの若い記者を駄目にしてるんだよ。自分の足で歩いて情報をつかもうとしない――」

別の方向に流れる安田の言葉を聞き流しながら、高野はまだ混乱したまま、記憶のなかの遠い日々をたぐり寄せていた。

2

一九七五年四月初め、南ベトナムの首都サイゴンで、一人の日本人商社員が死んだ。

「二日サイゴン支局＝高野特派員

二日未明、サイゴン中央市場近くの路上で男性の射殺死体が発見された。所持品から日本の商社興南商事サイゴン支店駐在員・伊藤越雄さん（29）が浮かび、同日午前に同社支店長と社員が伊藤さんの遺体であることを確認した。サイゴン市警察当局の発表によると、夜間外出禁止時間中の午前零時頃、酔って現場近くを歩く伊藤さんを目撃した人がいるという。

連日の北・解放勢力の大攻勢により、サイゴンは厳戒状態が続いている。共産側の進入を警戒して、市内の主なビルには政府軍兵士が張りついて監視、路上でも政府軍、国警、市警、さらに民間自衛団が銃器を携帯してパトロールしている。伊藤さんは背後から頭部を拳銃で撃たれ死亡したとみられるが、個人的な犯行なのか、あるいはどれかの組織によるものか、警察当局が調査中。在サイゴンの日本大使館は在留邦人に対し、夜間外出禁止令の厳守を呼びかけている」

日本タイムズ特派員だった高野幸彦自身が書いた記事だ。記事をテレックスで東京本社へ送ったあと、高野はサイゴン市内を走り回った。興南商事サイゴン支店、伊藤越雄のアパート、フォンの叔母の家……どこにもフォンはいなかった。興南商事では、支店撤退準備中に起こった伊藤の事件でハチの巣をつっつくような騒ぎだった。現地社員の一人にすぎないファム・チ・フォンが出社しないことなど、だれも気にしていなかった。

伊藤のアパートは警察が立ち入り禁止にしていた。そしてフォンの家、叔母と住んでいた粗末な家はもぬけのカラだった。サイゴン川の向こう、細い路地が迷路のように入り組んだスラムの一角。高野は翌日も駆けつけたが、フォンも叔母も家には戻らなかった。その翌日も、さらにその翌日も――。

遠い記憶が鮮明に浮かびあがってきた。伊藤の事件は他紙も一斉に報じたが、遺骨の引き取りに母親と妹がサイゴンを訪れたことが続報されただけで、一週間後に「射殺邦人商社員の捜査打ち切り」というベタ記事が掲載されて終わった。当時の南ベトナム全体が激動していたが、ことに首都サイゴンは混乱混迷の渦中にあった。

すでに古都フエ、第二の大都市ダナンが北・解放勢力によって陥落させられていた。押し寄せる北ベトナム正規軍を前に、南ベトナム政府軍兵士はわれがちに軍服を脱ぎ捨て逃走し、百万人もの難民がサイゴンになだれ込んできていた。政府機能はほとんど麻痺し、クーデターの噂をはじめ、ありとあらゆる流言が街中に飛び交っていた。

結果的に一ヵ月足らず後に陥落してしまうサイゴンの断末魔のような時期。一人の日本人商社員の死が、詳細も不明なまま葬り去られてもしかたなかった。「しかたなかった」、高野幸彦もそう自分自身に言い聞かせようとした。まさか伊藤が殺されるなど思いもしなかった、あのときは……帰国して新聞記者を辞め、フランス語教師になった。死んだ伊藤越雄の妹洋子と結婚、先夫との間の一人の息子も引き取った。その息子はバイクで事故死し、やがて妻はうつ病にかかり、自殺した。

伊藤越雄と洋子、二人の死にオレは責任がある。だが、どちらもしかたなかったと目をそむけたまま、教師も辞めて翻訳業に専念してきた。横文字を縦にする。風俗小説から学術論文、企業のパンフレット、ファッション記事まで何でも引き受けた。解釈も感想もまじえず、ただフランス語を日本語に移し変える。そういう仕事が自分には合っていると高野は思ってきた。

一方でこの三十五年間という歳月、オレは罰を受けていたのだという思いもある。伊藤越雄の死を招いたことへの罰。だが、それは罪が謎につつまれたままの罰でもある。伊藤はいったいだれに殺されたのか、解き明かせないままに逃げ出してしまった。二年半のサイゴン特派員時代は、直視できない太陽のようにまぶしすぎる。その強烈な光の陰に隠れ死んだようにうずくまるアオザイ姿の女、ファム・チ・フォン……。

安田の電話を切ったあとも、高野はしばらく肘掛け椅子に座ったままだった。金縛りにでもあったみたいで動けなかった。東京郊外の分譲団地。七階建ての十棟が中庭をはさんで向かい合っている。五階の三ＬＤＫを買って三十年近い。建物も老朽化し、居住者も高齢化してきた。近くに救急医療センターがあるせいで、日に何度となくけたたましいサイレンを鳴らしながら救急車が通る。徘徊老人の行方を探す市役所のアナウンスも響き渡る。それらの音や声がないとき、団地は静まりかえっている。半年ほど前、向かい合う棟の六階の部屋で一人暮らしの老女が、死後二週間たって発見された。玄関にブルーシートが張られ、警官や関係者らしい姿が見えたが、三日もすると、またもとの静寂に戻った。

孤独死、遠くもない自分の像にそれが重なる。六十代半ばは中途半端な年齢だ。老人という自覚はないのに、体の衰えを容赦なく突きつけられる。安田には見栄を張って冗談まじりに話したが、視力の低下がはげしく、この一年ほどまともに翻訳の仕事をしていない。視野が狭くなり、ものがかすんだりダブって見える。泥酔するまで酒を飲み、睡眠薬の力で無理やり眠るという暮らしのつけがまわってきたのだと思う。網膜剥離による失明の危険性、以前そう言われたが、病院へ行く気にならない。死は足元の暗い穴ぼこみたいだ。用心深く避けてはいても、だれもがいつかは必ずそこへ落ちる。人より多少早いとしても、それもオレが受けるべき罰。どこかでそう思い込もうとしている。目をつぶったまま恐れつつ、ゆっくりと穴ぼこに向かって歩いて行く。緩慢な自殺とでもいうか、それがいまの余りもののような日々を支えている気もする。

だが、フォンが生きていた。記憶の暗闇に突然強烈な光があてられ、その光の陰からアオザイ姿が立ち上がり、後ろ向きにこちらへ近づいてくるようなイメージにとらわれた。

高野は机上のパソコンのふたをあけ、電源を入れた。目が疲れるため、このところ開くこともなかったメールを開いた。日本タイムズ・ホーチミン支局長から安田則之にあてたメールが転送されてきていた。

「先ほど電話でお話しした件です。タカノ・ユキヒコ氏に至急連絡を取りたいといってきたグエン・チ・ユンさんの電話番号とメールアドレスは以下のとおり。なお、先方は英語、仏語どちらでも可、とのことです」

グエン・チ・ユン。やはり記憶にない。ベトナムでは父親の姓を名乗るから、フォンの娘だとすれば、その娘の父がグエン姓ということになる。だが、ファム・チ・フォンも本名ではなかったという。何があっても不思議ではないのが戦争末期のサイゴンという街だったが、オレの知っている、忘れようにも忘れられない女は何者だったのか。

電話番号とメールアドレスを交互に何度も見ながら、高野はためらった。連絡してはいけない、という声が聴こえる。フォンが別の名前で生きていたとしても、いまさらという声も。この三十五年、伊藤越雄の死をめぐって解き明かせない謎に目をそむけたまま生きてきた。それを解くものがここにあるのかもしれない。だが、そうしたところでどうなる？こうして肘掛け椅子で背を丸めながら、衰えと向き合う日々が変わるはずもない。

窓の外から、歌声が聞こえてきた。登下校のさいに小学生たちが団地を通り抜ける。唯

一、この団地に灯がともる時間だ。数人がふざけながら笑い声をたてたり、追っかけっこをしながら通り過ぎたりするが、今日は歌っている。「夕焼け小焼けの　赤とんぼ」、声変わりのしていない澄んだ声。ふいに甦った。

「なにか日本の歌、子供の歌を教えて」

フォンにそう言われ、音痴だよと前置きし、「赤とんぼ」を歌った。二人でよく出かけたサイゴンの動植物園の木陰だった。黙って聞いていたフォンがぽつんと言った。せつないメロディね。歌の意味を教えた。

「日本にもそんな悲しい童謡があるなんて」

「フォンもなにか、歌ってくれ」

フォンは低い声でベトナム語の歌を口ずさんだ。赤とんぼより、さらにせつなく悲しいメロディだった。歌詞の意味を問うと、暗い横顔を見せた。

♪雨あがりの濡れた　さびしい一本道
遠くで呼んでいる　あなたはだれ?
しんきろうにかかげる　さびしい一本道
遠くで泣いている　あなたはだれ?

月明かりに浮かぶ　さびしい一本道
遠くで横たわる　あなたはだれ?

そこまでしか覚えていないが、フランス語に訳したフォンが、たしかにこう言った。

「だれの歌か知らないけれど、子供の頃に覚えたの。耳にこびりついてる、私の悲歌ね」

高野はメールアドレスを入力した。フランス語で通信文を打った。

「グエン・チ・ユン様
タカノ・ユキヒコです。日本タイムズ・ホーチミン支局長よりのメッセージを受け取りました。私は三十五年も前に同社を退社していますが、どういうご用件でしょうか?」

返信が届いたのは五時間後だった。

「タカノ・ユキヒコ様
私のメッセージによってご迷惑をおかけしたのではと心配しております。もしそうでしたら、どうかお許しください。

私の母、ダオ・チ・ミンは戦争中にファム・チ・フォンという名前でサイゴンの日本商社コウナンショウジに勤務しておりました。その折り、タカノ様と出会ったことを、母より聞きました。

実は現在、母は肺ガンにかかっており、主治医によれば余命三、四ヵ月ということです。私は小児科医でガンの専門家ではありませんが、骨にも転移している母の状態から察すると、悲しいことですが、主治医の見立てどおりと思わざるを得ません。

母も自分の病状を察したのか、『あとどのくらい生きていられるのか』と私に問いました。娘であり医師でもある私にとってはつらい質問です。ためらっていた私に母は言いました。『これまで自分の信念と運命に従って懸命に生きてきた。たくさんの人たちの死を見送ってきて、自分の死にも恐れはない。ただ、その前にできることなら会いたい人がいる』、まっすぐで強いまなざしでした。私は率直に余命を答えました。

タカノ様、母が最後に会いたいという人物があなたです。戦争中の短い期間、つきあいがあったということ以外、母は詳しいことは話してくれません。もうずいぶん以前のことで、私にとっても雲をつかむような話ですが、死を前にした母の願いをかなえたく、意を決して日本タイムズ支局を訪ねた次第です。

先刻、あなたから連絡をいただいたことを告げますと、母は『ぜひお会いしたい。病身の自分が日本へ行くわけにいかないので、こちらへ来てもらえないだろうか』と申しました。あなたのご事情をまったく存じ上げないまま、こんなお願いをすることがどれほど非常識か、自分でも承知しておりますが、こちらへお越しいただき、母に会っていただけないでしょうか。

ちなみに私は先月、やはり医師である夫と結婚し、母とともに暮らしています（父は私が幼児の頃に亡くなりました）。余命を知った母は、最期を家で迎えたいと退院、自宅療養しております。もしタカノ様がお越しいただけるようなら、ご連絡ください。私が空港までお迎えにまいります。

グエン・チ・ユン」

正確なフランス語のメール。翻訳家のおれよりよほどちゃんとしたフランス語だ、そう思いながら高野は、時空を超えて舞い込んできたフォンの消息に現実感が持てなかった。ガン、余命三、四ヵ月、死ぬ前に会いたい人物。現実感がないのに、目を閉じると、ベトナムのねっとりと熱い空気が肌に甦る。ぎらつく太陽、深い闇、そのなかで暗く輝いていたフォンの瞳。

あの闇から視線をそらしたまま生きてきたが、いま、正面に向き直れといわれている。死んだ伊藤越雄について告白せよと迫られているような気がする。それをする相手はファム・チ・フォン、伊藤とオレ、二人の男が愛したフォンしかいない。

「グエン・チ・ユン様

メール拝読しました。私はいま一人暮らしで、仕事もかなり自由がききます。すぐにというわけにはいきませんが、できるかぎり早くそちらへ伺いたいと思います。母上の病状が少しでも良くなることを祈っています。

タカノ・ユキヒコ」

送信する前に高野は、かすむ目で何度も画面の文章を読み直した。安田の電話に始まり、目に見えない何かにうしろ襟をつかまれ引きずられている感じだ。罠という言葉も浮かんだ。だが、いまのオレは新聞記者ではなくただの翻訳家、あの街も平和で観光客に人気の高いホーチミン市。魔都のような戦時中のサイゴンではない。返信に合わせクリック、吸い込まれるように文章が消えた瞬間、高野はまた軽いめまいを覚えた。

3

タンソンニャット空港から市内のホテルへ向かう間、高野幸彦は自分が迷子にでもなったような気がした。見覚えのあるものもないではなかった。空港の滑走路の端にはカマボコ型の格納庫が並んでいた。昔はそこから爆撃機が飛び立っては帰ってきた。前線帰りのパイロットに取材しようとした新参記者の高野は、空港警備兵にいきなりM16ライフルを突きつけられた。「ディ、ディ(行け)」、無表情だが刺すような目をしていた。

その記憶が甦ったが、あとは見知らぬ国へ降り立った気分だった。空港もエアコンのきいた近代的なビルに建て替わり、入国審査、税関検査もあっけなく終わった。

この国に初めて到着したとき、うだるような暑さのなか、執拗に荷物を検査する税関職員にうんざりし、パスポートにはさんだ五ドル紙幣を示した。職員は手品のように指先で紙幣を抜き取り、こちらの荷物に関心を失った。先輩記者のアドバイスに従ったのだが、ケチな腐敗役人に手を貸したジャーナリストの自分に嫌悪を感じたのを覚えている。和平協定近しの情報が流れていたが戦火のやまないベトナム、その真実を報道するのだ、そんな気負いを背に赴任した。

まったく見覚えのない高層ビルや建築中のビルの間をタクシーは走った。車の右も左もバイクと自転車の洪水。これは昔と変わらないが、バイクの数が圧倒的に増えている。カラフルなヘルメットをかぶりハンドルを操る若者。クラクションを鳴らしつづけながらバイクの波をかきわけ走る外国製高級車。戦争終結後に通りの名は変えられたようだが、昔のままのも残っていて、少しずつ記憶の回路がつながってくる。

予約していた街の中心部のホテルに着いた。グエンフエ通りに面した十五階建ての中級ホテルで、数軒離れたマンションにかつての日本タイムズ・サイゴン支局があった。現在のホーチミン支局がどこにあるのか知らない。このベトナム行きを、先輩の安田には知らせていない。安田に話すと、すぐに支局長に連絡を取り、「高野の面倒をみてやれ」とお節介をやくのは目に見えている。グエン・チ・ユンには出発前にメールを送った。

「これからベトナムへ向かいますが、空港への迎えはいりません。私にとっては三十五年ぶりの国です。ずいぶん変わっているでしょうし、母上にお会いする前に、心の準備をしておきたいと思います。気持ちが落ち着けば、こちらから連絡いたします。わがままをお許しください」

十二階の部屋は広々として天井が高く、羽根型のファンがゆったりと回っている。南ベトナムの戦局が緊迫してきた頃、日本タイムズはこのホテルの一室を借り上げた。バンコクやシンガポールから応援の記者が駆けつけるようになり、マンションの支局では手狭になったからだ。交代でホテルの部屋に泊まったので高野にも記憶が残っていた。当時は廊下も部屋も水色の壁だったが、いまはクリーム色に塗り直されている。窓の外、以前は見えたサイゴン川が、高層ビルにさえぎられて見えない。

大きなベッドに寝そべり、高野は天井を眺めた。かつてなら天井の隅に必ずヤモリが一尾や二尾はいたが、ききすぎるほどのエアコンのせいか、いまはまったくいない。このホテルにとりあえず四泊の予約をしているが、それで十分かどうかわからない。仕事もかかえていないし、一週間でも十日でも滞在できる。だが、余命いくばくもないというフォンに会い、そのあとどうすべきなのかの予測がつかない。三十五年前の事件でのオレ、それを聞いたフォンはどう反応するのだろう。理由はどうであれ、伊藤越雄を裏切ったことは事実だが、命の最期を迎えようとしている人間に、告白すべきことなのかどうか……ベトナム行きを決めたあとも、行きつ戻りつした同じ思いに、またはまり込みそうになる。

だが、とにかく来たのだ、この街に。そう自分に言い聞かせ、高野はホテルの部屋を出た。肌寒いほど冷やされたロビーを一歩出ると、待ち伏せしていた暑熱が押し寄せてきた。熱い空気の膜。雨季には湿気が加わって耐え難いが、乾季のいまは体が慣れれば暑さが快い。グエンフエ通りをサイゴン川の方向にワンブロック歩き、左に曲がった。その先に、この街一番の繁華街がある。

カトリック大聖堂からサイゴン川にいたるまでの通り。ゆっくり歩いても二十分もかからないこの通りに、五つ星ホテルや高級レストラン、ブティックなどが並ぶ。いまはドンコイ（蜂起）通りと呼ばれているが、南ベトナム時代はツゾー（自由）通りだった。そして、その前のフランス植民地時代はカテナ通り。グエンフエ通りも植民地時代にはブルバール・シャナルだった。支配者の変遷につれ、通りの名も変えられてきたのがこの街だ。権力が変わるたび、金やコネのある富裕層は国外に逃げ、逃げ場のない庶民は用意していた二つの国旗のうち、新しいものを取り出して生き延びる。それもこの街。

ドンコイ通りを歩きながら高野は、予想はしていたものの変貌ぶりに愕然とした。通りに点在するコンチネンタル、カラベル、マジェスティックの高級ホテルは、場所も名前も同じだが、ほとんど面影もないほど西洋ふうに改装されている。それらを圧するように建つ真新しい二十三階建てのシェラトンホテル。大きなショッピングバッグを手にホテルに出入りする観光客たち。ホーチミン市が若い日本人女性の人気スポットになっている、そんな記事を読んだことがあるが、どうやら本当らしい。通りをぞろぞろと練り歩く観光客のうち、目立って多いのが日本人女性たちだ。

以前にはまったく見られなかった光景。まだ戦火のもとにあったのだから当然だろうが、観光客などはほとんどいなかった。高野が赴任してきた当時、この通りの路地には米兵相手の怪しげなバーやクラブが並び、腰まで届きそうな黒髪をなびかせ、太腿をさらけ出した超ミニのベトナム人女性たちが客をひいていた。

まもなくアメリカがこの国を捨て去ったあと、ツゾー通りは急速にさびれた。店の灯が消え、行き場を失った女たちが金持ちのベトナム人や華僑を待ってひっそりと軒下にたたずんでいた。虫歯だらけの口を想わせる路地は、サイゴンという街全体を象徴していた。欲望や猜疑、裏切りなどが結び目もわからないほどからまり、膿んでただれた臭気をただよわせていた街、それが末期のサイゴンだった。

高野幸彦がサイゴン支局駐在特派員の辞令を受けたのは一九七二年九月だった。高野を前に外報部長が言った。

「ベトナム和平協定締結の噂は本もののようだが、それで本当に戦争が終わるはずがない。アメリカが手を引いたあと、北と南の本格的な内戦になるだろう。きみの社歴で海外へ出るのは二、三年早いが、サイゴン支局長はイキのいい若手を欲しがっている。横浜の脱走米兵の記事を読んで推薦したよ」

戦争特派員。国際報道を担当する新聞記者にとっては憧れの的だ。進行形の歴史の真っ只中に飛び込む。戦争の真実を伝える特ダネをつかむこともできる。生命を落とす危険と引き換えであっても、若いジャーナリストの血をたぎらせるには十分だ。その半年前からワシントンに駐在していた安田は電話口で大声をあげた。「ラッキーだな、おまえ。戦場を走り回っていい記事を書けよ。ベトナムはこれからもっと泥沼化するぞ。おれもベトナムへ行きてぇ！」。安田らしい激励だった。

東西冷戦の代理戦争として世界の注目を集めていたベトナム戦争は、当時、大きな分岐点に差しかかっていた。最盛期には五十万人の兵士をベトナムへ送り込んだアメリカは、勝利を得るどころか、ベトナム解放民族戦線側のゲリラ戦によって泥沼に引きずり込まれていた。解放戦線に加え、それまで後方に隠れていた北ベトナム正規軍が表舞台に登場、戦争の局面が大きく転換した。議会や国民の拒否反応、世界的な反戦運動の高まりのなか、アメリカは「名誉ある撤退」の道をさぐり始めた。七二年の共産側の春季大攻勢によって、その流れは決定的になる。アメリカは〝ベトナム化〟という名のもと、共産側との和平協定に傾いていった。戦争のベトナム化、アメリカをはじめ外国の援助軍が撤退し、北と南のベトナム人同士で戦えという意味である。

高野がサイゴンに赴任したのはそんな時期だった。和平協定実現近しという情報が流れ、世界中から数多くのジャーナリストたちがサイゴンに駆けつけていた。新聞社や通信社、テレビ局の記者やリポーター、フリーランスのライターやカメラマンたち、ベテランから新人まで、だれもが特ダネをつかもうと炎熱の街を走り回っていた。

着任した夜、サイゴン支局長の山口がささやかな宴を催してくれた。先任特派員の多田、香港から応援に来ていた記者も同席していた。ツゾー通り裏のこじんまりしたベトナム料理店だった。香辛料のきつい肉や野菜を肴に、地ビールを飲んだ。コップにたっぷりと氷を入れ、そこにぬるいビールを注ぎ飲みながら、山口が高野に言った。

「この国には何でもある。汚職、クーデター、爆弾テロ、密告、スパイ。街じゅうに噂やデマが飛び交っていて、どれが事実でどれがガセかわからない。できるだけ多くの人間に会い、たくさんの嘘にだまされてみることだね、高野君。その先に真実が隠れているかもしれない」

特派員時代をふくめ、ベトナム滞在五年になる山口支局長の言葉を、高野は噛みしめるように聞いた。隣の多田がビールで顔を真っ赤にしながら高野の肩を叩いた。「まあ、そうかしこまるなよ。支局長の伝でいえば、ここにはアヘン窟も売春宿もいっぱいあるけどさ、その何倍もの普通の暮らしもあるぜ。まずベトナム人を知ることだな、たっぷり汗をかいて。汗の量と情報量は完璧に比例する。これ、APの記者の受け売りだけどさ」

雨季の終わりが近づいていた。料理店のガラス窓に閃光が走り、いきなり叩きつけるような雨が降り始めた。スコール。降るというより、地面から吹き上げるようなすさまじい勢いの雨。遠くで響く雷鳴が、高野の耳には砲撃のそれのように聞こえた。戦争特派員としてのスタートの合図——。

4

伊藤越雄に初めて出会ったのは、赴任して半月余りたった頃だった。「今日、サイゴン日本人会の集まりがある。顔を覚えてもらういい機会だよ」と山口支局長に言われ、多田記者と一緒に出席した。

ホテルの会場には、ベトナムに住みついている人間から、商社やメーカーの駐在員・家族、大使館職員、マスコミ関係者まで二百人ほどが集まっていた。日本人会会長を務める大手商社の支店長や日本大使の挨拶のあと、懇談会に移り、大使館員や新聞社・通信社の特派員を囲んだ輪がいくつかできた。話題はパリ和平協定の真偽、進捗状況が中心だった。本当に協定は結ばれるのか？　いつ頃になりそうか？　結ばれたあとはどうなるのか？

矢継ぎ早にビールを注がれ、すでに真っ赤な顔の多田がやっと輪から抜け出し、大使館の書記官と話し合っていた高野の傍へやってきた。多田は書記官に声をかけた。

「興南の伊藤氏、相変わらず忙しいようで、顔を出してませんね」

「そのようですな」

伊藤という名前を聞いたとたん、不快な表情を浮かべた書記官は、それをきっかけに別の輪に移った。その背を見送りながら多田は声をひそめて高野に言った。

「伊藤というのは興南商事の駐在員でな、大学でベトナム語を学んだというが、これがネイティブ並みにうまい。おまけに独自の人脈を持ってるらしく、こっちへ来て二年足らずだが、南ベトナム政府軍に食い込んでえらく売り上げを伸ばしてるんだ。ほかの会社が大使館の顔色をうかがってるのに、伊藤は一匹狼的に動く。それで嫌われてるわけさ」

そこまで話した多田は、会場の入り口を見て「お、噂をすれば何とやら。いま入ってきたメガネの男が伊藤だよ」。ドアを背にメガネをかけた若い男が、汗をふきながらせわしなく会場に視線を走らせていた。眉の濃い精悍な顔立ちにメガネの奥のギョロリとした目、高野は見覚えがあった。どこで会ったのだろう……記憶をたぐりよせながら見つめる高野の視線に気づいた伊藤も、おやという表情になった。お互いに思い出したのはほとんど同時だった。

「たしか外大のインドシナ語科に?」

「きみはフランス語だったよね?」

伊藤のギョロ目がやわらかくなった。大学の同期生同士は意外な再会に驚きながら握手をかわした。同期生とはいっても、専攻が別だから教養課程の何かのクラスで一緒だったくらいで、在学中には話したこともなかった。名刺を交換して互いのフルネームを知った。

「うちの支店長がきてるので失礼するよ。近いうちにゆっくり食事でもしよう」と言い、伊藤は足早に立ち去った。高野の背を小突きながら多田が言った。

「いいコネクションができたじゃないか。彼なら他社のつかめない情報も握ってるぞ。うまくつきあえよ」

三日後、伊藤越雄から電話が入った。夕食をともにすることにし、高野は指定されたツゾー通りのレストランへ赴いた。だが、約束の時刻になっても伊藤は現れなかった。五分ほど過ぎた頃、民族衣装アオザイ姿の若いベトナム人女性が店に入ってき、店内を見回したあと、高野のテーブルに来た。

「ムッシュ・タカノ？」

うなずくと、「興南商事のファム・チ・フォンと申します。上司のイトウから会合が延びて三、四十分遅れるという連絡がありました。その間、私にお相手をしろという指示でまいりました」。

流暢なフランス語、白地に藤の花のような模様をあしらったアオザイが、すらりとした体に似合っていた。肩まで伸びたつややかな髪、面長のととのった顔、何よりその大きな目に特徴があった。射るような鋭さと深い翳りがひとつになっているような瞳。

それがフォンとの出会いだった。向かい合ってワインを飲みながら、高野は立て続けに質問を浴びせた。出身はサイゴンなのか、どこでフランス語を勉強したのか、興南商事にはいつから勤めているのか、家族構成は、夫あるいは恋人は。フォンはまっすぐに高野を見つめながら簡潔に答えた。フエで生まれ育ち、両親が早く病死し、フランス系カトリック孤児院に引き取られ言葉も覚えた。家族はいま一緒に住んでいる叔母だけで、夫も恋人もいない。「尋問にはありませんでしたが、二十三歳です」、そう言ったフォンは、手で髪をかき上げながら初めて笑顔を見せた。

「失礼、記者の習性でつい質問ばかりしてしまいました」弁解しながら高野は、フォンの笑顔の美しさに浮き足立つようなうろたえを感じた。そんな感覚はいままでで初めてだった。狼狽を隠すように、今度は自分のことばかり喋った。フォンは微笑みながら、やはり鋭さと翳りが同居するような目で高野をみつめていた。

一時間近く遅れてようやく伊藤が姿を見せた。遅刻を詫びる伊藤と入れ替わりにフォンが席を立った。高野は別の狼狽を感じた。二度と彼女に会えないような気がしたが、引きとめるわけにもいかなかった。フォンのアオザイ姿が店の外へ消えたあと、伊藤が「いい子だろ?」と言った。高野は率直に「すてきな人だな、フランス語もうまいし」と答えた。

「フランス語だけじゃなく、英語もできるんだよ。頭の回転も速いし、よく気がつく。僕の直属だけど申し分ないね」

有能な部下を自慢するというより、どこか恋人の自慢のような響きがあった。

笑顔の残像を振り払うような気持ちで、高野は伊藤に軽く頭を下げた。

「おれ、ベトナムにはまったくの新米だから、いろいろレクチャーしてくれないかな」

「ああ、何でも訊いてよ。僕が知ってることは教えるよ、同期生なんだから」

社交辞令かと思ったが、同じ青年時代に同じ学校で学んだ体験には、不思議な磁力のようなものがある。教授のニックネームや学食のラーメンの味、学生たまり場の喫茶店のうるさいマスターなど次々に話題が出た。高野は伊藤に好感をいだいた。伊藤のほうも同じらしかった。ひとしきり学生時代の話をかわしたあと、高野は尋ねた。

「和平協定が結ばれたら、南ベトナムはどうなるのか、きみの考えを聞かせてくれないか」

伊藤はすぐには口を開かなかった。ワイングラスを揺すりながらさりげなく周囲を見回し、低い声で言った。

「いまの政権も政府軍も腐りきっている。アメリカの莫大な援助で生き延び、私腹を肥やす連中ばかりだよ。そのアメリカがこの国を捨てようとしている。喜ぶのは北のコンサン、共産主義者のことだけど、あの連中だけだ」

低いが、熱のこもった声だった。

「だけど、きみの会社は政府軍と取引きしてるんだろ？　きみの力で伸びたと聞いたよ」

「少数だが軍人にも、本当の愛国者はいる。腐敗政権を批判すると同時に、共産側とは手を結ばない本当の愛国者。国会議員やキリスト教神父、仏教指導層にも同じ考えの人たちがいるんだ」

「いわゆる第三勢力だね？」

赴任前ににわか勉強で仕込んだ知識だが、伊藤はがっしりした体を前のめりにした。

「ジャーナリストはそう呼ぶが、僕はその言葉は好きじゃない。第三ではなく、第一と呼ぶべきなんだ。彼らにこそ救いがある」

伊藤はふっと口をつぐみ、改めて高野を見据えるような表情で言った。「だれにも話してないが、混血なんだよ、僕は」

日本からの移民として戦前のベトナムに渡った伊藤の父親は、北部ハノイで小さな貿易会社を興した。地主の娘と結婚し、長男が生まれた頃、日本軍がベトナムに進駐、父親は軍属の通訳として徴用された。日本の敗戦後、ハノイには共産主義政権が誕生、父は日本軍の手先として、母は地主出身として迫害された。すべてを捨てて脱出をはかり、南部への逃避行の途中、長男が死んだ。サイゴンを経て日本へ。東京でベトナム料理店を営みながら、新しく生まれた次男と長女を育てた。

「子供の頃から、死んだ兄のことをよく聞かされたよ。両親は自分の手で遺体を焼き、手で土を掘って兄の骨を埋めたんだ。越南の雄たれというのが、おやじの口癖でね、それで名前も越雄」

思いつめたようなまなざしで伊藤は話を続けた。外国語大学インドシナ語科に入りベトナム語を専攻、東南アジア貿易が専門の興南商事に入社直後から志願してサイゴン支店に赴任した。五四年のジュネーブ協定の折り、約八十万人の北ベトナム人が共産政権を嫌って南へ移住したが、母方の親戚たちもその中にいた。勤勉な北部人は南ベトナムに定着し、実業家や政治家、軍人として成功した者も少なくなく、伊藤の人脈になっている。

「僕の国籍は日本だが、心はここベトナムにある。いまの腐敗したグエン・バン・チュー政権は倒すべきだよ。しかし、それだけじゃなく、共産主義者からこの国を守らなくちゃいけない。そのためにも志のある人間が大同団結しなくちゃいけないんだ」

この大学同期生がそんな背景を負っているとは思いもよらなかったが、強い意志と情熱は確実に伝わってきた。同時に、この国がかかえている複雑さの一端を垣間見た気がした。

黙って聞いていた高野に、

「どうも僕は喋りすぎたようだな。だけど、きみは他言するような人間じゃないと信じてるよ」

「ああ、いま聞いたことはだれにも、うちの社の人間にも話さないと約束する」

「ありがとう」

「ところで、外大出身の癖だろうが、おれ、何事もまず言葉から入るんだよ。通訳がいるから仕事に支障はないが、地元の新聞はもちろん、店の看板も読めないというのは落ち着かなくてね。ベトナム語を勉強しようと思ってるんだ」

「それはいいね。ぜひそうすべきだよ」

「だれかベトナム語を教えてくれる人はいないかな。もちろん授業料は払う。きみならベストだが忙しすぎるだろうし、たとえば、さっきのフォンさんはどうだろ?」

伊藤の目が一瞬光ったように見えたが、

「適任かもしれないな。うちの会社の給料は大したことないので、彼女も助かるだろう」

「もっとも、おれの仕事は不規則でキャンセルも多いと思うけど、その分も保障するよ」

「僕から話してみよう。今夜は楽しい酒だった」

「また飲もう、同期生同士で」

伊藤と握手する手に高野は力をこめた。伊藤も強く握り返してきた。

5

サイゴンは不思議な街だった。

ツゾー通りの真ん中、国会議事堂前のプレスセンターでは毎日、米軍と南ベトナム政府軍将校によるブリーフィング(戦況説明)が行われた。前日の戦闘地域、規模、戦死者・行方不明者の数。淡々と発表する将校に、詰めかけた各国の記者たちから、作戦や戦闘の詳細についての鋭い質問が飛ぶ。外国人ジャーナリストのたまり場、マジェスティックホテルのバーに顔を出すと、たったいま最前線から戻ったばかりの記者やカメラマンが、硝煙や血の臭いをまといながら大ジョッキのビールをあおっている。ホテルの屋上に上がると、サイゴン川のはるか向こう、漆黒の闇が広がり、その闇をときおり曳光弾が切り裂き、爆音や砲声が響く。

だが、夜が明けると風景は一変する。早朝の涼しい風が吹く街を、菅笠をかぶり天秤棒をかついだおばさんたちや、通勤客を乗せたシクロ（人力車）が行き交う。そして、自転車とバイクの洪水。市場には肉や魚、野菜や花などがあふれるほど並び、値切り交渉のカン高い声が飛び交う。街のあちこちの電柱に取り付けられたスピーカーからは大音声の歌謡曲、開け放したどの民家からも、同じようにラジオの歌声が最大のボリュームで流れる。午後のシエスタの時刻になると、シクロ引きも道端のタバコ売りも、膝から下のない物乞いも、木陰に寝そべり昼寝する。

戦争の影も見えないその落差に、はじめ高野はとまどった。支局近くのベトナム料理店で食事をしていたときだった。ボーイがあやまってスチール製のトレイを床に落とした。けたたましい音が響いた店内を高野は座ったまま見回した。それまでかまびすしく喋りながら食事していた満員の客たちの姿がかき消えていた。よく見ると、だれもがテーブルの下や柱の陰に身を隠していた。のんびり座っているのは自分だけだと気づいたとき、この街の見かけの奥にひそむものがぼんやりと見えてきた。

そんなサイゴンで高野は、たくさんの人間に会い、たっぷり汗をかいた。前線取材に行き、米軍の輸送ヘリから飛び降りてデルタの泥水のなかを走り回った。街で爆弾テロがあると真っ先に駆けつけ、警備兵を振り切って現場写真を撮った。特派員は記者だけでなくカメラマンの仕事もこなすのだ。そのカメラをバイクに乗った二人組のスリにひったくられたが、追っかけて奪い返した。

「イキのいい若手をと、たしかに部長に頼んだが、高野君は少々イキがよすぎるな。気をつけないとケガするぞ」

山口支局長はあきれ顔でそう言った。高野は自分をつき動かしているものが、ジャーナリストとしての使命感よりも、むしろサイゴンという街自体と、そこに住む人間の不可思議さのような気がした。よくわからないまま強くひきつけられていた。

ファム・チ・フォンはベトナム語の個人レッスンに同意したが、ひとつだけ条件をつけた。「私を女として見ないでください」。伊藤に対する配慮と察し、「先生としか見ません」と答えた。週二回、大聖堂近くの喫茶店でのレッスン。フォンは生真面目な〝先生〟だった。二時間のレッスン中は、まったくニコリともせず、雑談も許さなかった。

それまで高野は、フランス語ほど精妙な抑揚を持つ言語はないと思い込んでいたが、ベトナム語はさらに複雑で音楽的だった。ベトナム語には六声があり、同じ綴りでも抑揚をまちがえると、まったく違う意味になる。ほとんど化粧もせず、口紅も塗っていないフォンの唇の動きを見つめては発音するのだが、「ノン！」、何度もやり直される。そのつど、上が薄く下がやや厚いフォンの官能的な唇を見つめる。初めて出会ったときの浮き足立つような感覚が甦っては、それを振り払う。

一度、スペシャルゲストと称して伊藤がレッスンの場に訪れた。短文くらいは作れるようになっていた高野が披露すると、伊藤はのけぞって笑った。どれかの単語の発音をまちがえたらしい。フォンも髪をかき上げながら笑った。レッスン後、三人で食事した。伊藤とフォンはベトナム語、高野とフォンはフランス語、そして時々三人共通の英語に切り替えるという妙な場だったが、違和感はなかった。フォンを間にして、どこか安定したものがあった。伊藤がフォンに好意以上の感情を抱いていることは、同じ高野には直感的にわかった。だが、フォンの内面はまったく読めなかった。どちらの男に対しても、鋭く翳りのある大きな瞳を向けて微笑むだけだった。

取材の合間、ハムギ通りの興南商事のオフィスに何度か立ち寄ったが、伊藤もフォンも外出中のことが多かった。フォンは伊藤の部下として外回りをしていた。もともと興南商事は、ベトナム駐留米軍に物資を調達するのが主な業務だったが、伊藤が赴任してきてから南ベトナム政府軍への納入が飛躍的に増えていた。弾薬からパラシュート、日用品のサンダルや歯ブラシまで扱っていた。伊藤は北部出身の人脈をたどって成績を上げ、フォンは堪能な語学で彼を助けているようだった。

高野が着任して以降、ベトナム情勢は大きく転回した。七三年一月にはパリで和平協定が調印された。北ベトナム政府、南ベトナム政府、南ベトナム臨時革命政府（解放戦線）、そしてアメリカの四者による停戦協定だが、実質的には北政府とアメリカが他の二者の頭越しに結んだ協定だった。世界のマスコミは「ベトナムに和平実現」と騒いだが、現地にいるとその実感はまったくなかった。協定によってアメリカ軍が撤退すると、すぐにサイゴン郊外、中部高原、メコンデルタなどでの戦闘が再開し激化した。

ベトナム民族同士の戦いは、実際の戦闘とは別の隠微な暗闘も招いた。サイゴンの街は協定締結後も、表面的には何も変わらなかった。市場には相変わらず商品があふれ、街中のスピーカーからは歌謡曲が流れていた。その一方で、北・解放戦線の秘密工作員が続々とサイゴンに潜入し、南の国家警察、秘密警察は血眼になって彼らを追い求めていた。密告が奨励され、疑心暗鬼が街や人の心の底に重くよどむようになった。

そんな情勢のなか、スポットライトを浴びたのが第三勢力だった。自分たちを見捨てたアメリカの援助にいまだ頼るしかない政府でもなく、共産主義でもない中立政権、それはたしかに人々の心をとらえる魅力を持っていた。サイゴン支局長から東京本社の外報部デスクに転任していた山口が、新支局長の多田に第三勢力についてのルポ記事を求めてきた。高野は伊藤の紹介で政治家、実業家、軍人などを取材し、克明な記事を書いた。なかでも、野党の大物議員による「新ベトナム構想」は欧米のジャーナリストたちにも反響を呼んだ。多田は舌を巻き、東京の山口からは「一人前以上の海外特派員になった高野君に敬意を表します」というテレックスが届いた。

だが、その代償も高野は受けた。第三勢力の台頭に神経をとがらせていた秘密警察に呼び出された。担当のサウ警部は高野と変わらない若さだったが、流暢なフランス語をあやつった。端正な顔立ちにぞっとするほど冷たい目をしていた。取材ルートを明かすことを迫られた。国外退去もちらつかされたが、伊藤越雄の名は隠し通した。

「ま、いいでしょう。ひとつだけあなたに忠告しておきます。この国は複雑です。外国人が深入りするととんでもない目にあいますよ。たとえジャーナリストでも、商社マンでもね」

サウが言い終わらないうちに、高野は椅子を蹴り倒すように立ち上がった。

伊藤は「きみを信じて正しかった」と礼を言ったが、それ以後、高野と会うときは毎回場所を変更するようになった。伊藤は第三勢力にのめり込み、グループの連絡役、まとめ役のような活動をしていた。日系商社駐在員という肩書きは、その隠れみのとして絶好でもあったのだろう。

フォンとのレッスンは続いていたが、高野にとってはレッスンに名を借りたデートになっていた。いつもの喫茶店で会い、「フリーカンバセーションにしよう」と言っては片言のベトナム語を口にするが、いつのまにかフランス語の会話になる。

彼女のすべてを知りたくて根掘り葉掘り尋ねたが、最初の出会いのときと同じくらいの簡単なことしか語ろうとしなかった。フォンは生まれ故郷のフエをフランス語でも正確にそう発音した。フランス人はHの音が発音できず、ユエと呼ぶ。フランス語を話すベトナム人もユエと発音していたが、フォンは違っていた。理由を訊くと、「自分の故郷ですから」、遠いまなざしで答えた。そうして一緒にお茶を飲み、食事し、サイゴンの街を散歩する。そんな時間が嫌いなら拒めるが、フォンは拒まなかった。

初めて「愛している」と告げたのは、出会ってから一年余りたった頃だった。日本の特派員はどこの新聞社も一年半ほどで異動になる。多田支局長から「ここの戦局もこう着状態だし、東京に戻りたいなら希望をかなえるよ」と打診を受けた。その翌日、フォンに会い、言った。

「結婚して、一緒に日本へ行かないか」

フォンの大きな瞳に驚きが走った。続いて、たしかに喜びの表情が。そのままフォンは窓の外へ視線をそらせた。高野も彼女の視線の先を追った。サイゴンが最も美しい季節だった。喫茶店の窓の向こう、通りを隔てた民家の塀壁にハイビスカスとブーゲンビリアが咲き乱れていた。舗道の火炎樹は鮮やかなオレンジ色の実をつけていた。それに見入るようなフォンの横顔を、高野は改めて美しいと思った。だが、こちらを振り向いたとき、フォンの目には射るような鋭さと翳りがいつも以上に深くなっていた。

「イトウさんは、とても危険なところに足を踏み入れています。あなたから忠告してあげてくれませんか」

意外な言葉だった。伊藤に嫉妬を感じた。

「なぜ、そんなことを言うんだ。おれへの答えになっていない。伊藤を愛してるのか?」

思わず詰問するような口調になった。フォンはまた視線をそらせたが、今度はうつむいた。長いまつげの下の目がどんな表情になっているのか、読み取れなかった。やがて顔を上げたフォンは、それまで見たことのない哀しみをたたえていた。

「あなたと結婚して日本へ行く。私には夢のようなことです。いままで話しませんでしたが、私にはたった一人の兄がいます。フエの孤児院を抜け出して行方不明のままです。

サイゴンにいるらしいという噂を聞き、叔母が探してくれています。その兄に会うまで、この街を離れるわけにいかないの。でも、ユキヒコ、あなたの言葉はうれしかった。いつか夢がかなえられるよう祈ります」

初めて名前で呼んでくれた。フォンの手の甲に自分の手を重ねた。下の手がそっと裏返り、強く握り返してきた。

つぎの日、高野は多田支局長に「あと一年、ここで頑張ってみたいんです」と、任期延長を申請した。その一年後、巨大な歴史の破局が訪れるなど、高野には知る由もなかった。

6

高野幸彦がグエン・チ・ユンに連絡を取ったのは、ホーチミン市に着いた夕刻だった。昔とは様変わりしてしまった街を歩いてみたが疲れるばかりで、ホテルに戻り、メールで教えられていた携帯電話の番号を押した。

「アロー！」快活な声が応じた。高野がフランス語で名乗ると、「お疲れになったでしょう。無理なお願いをして申し訳ありません」。ホテル名を告げ、「四泊しますが、明日にでもお母さんにお目にかかりたい」と言うと、「お迎えにまいります」。最後まで朗らかな声だった。ガン末期状態の母親をかかえ悲嘆に暮れているのではと想像していた。医師という職業のせいかもしれないが、その明るさに救われる気がした。

翌朝、ホテル一階のロビーに現れたのは、ディズニーのキャラクター入りのTシャツにコットンのパンツ、スニーカーという格好の女性だった。奇抜な姿だが、会った瞬間、高野はユンにどこか懐かしさのようなものを感じた。日本人とベトナム人はよく似ているし、何より記憶のなかのフォンを彷彿とさせた。握手しながらユンは「この上に白衣を着ますが、患者の子供たちがTシャツのキャラクターを喜びますので、毎日、別のに取り替えてるんですよ」。快活な声を別にすれば、フォンとそっくりだった。つややかな黒髪、面長のととのった顔立ち、そして大きな目。ただフォンの鋭さや翳りはなく、優しさと明るさに満ちた目だ。いい小児科医なのだろうと高野は思った。

そのユンが少し顔を曇らせながら言った。

「主治医が私の夫ですが、あと一ヵ月くらいだろうと言うんです。午前中は比較的体調がいいんですが、やはり長い時間話すのは無理です。タカノさんはあと三日間のご滞在ですよね？　できれば二時間ずつくらいで、三日間お話したらと母に言いますと、『そうします』。とても頑固で、どんなに痛くても口にしない母が、初めて素直に聞いてくれたんですよ。でも、無理にベトナムまで来ていただいたうえ、こんなお願いで勝手な母娘とお思いでしょうね」

「いや、そのほうが私もいいと思います」

ユンの運転するルノーに乗った。十五分ほどで閑静な住宅街の一角、二階建ての瀟洒な家に着いた。一階のキッチンに家政婦らしい中年女性がいて、ユンとベトナム語で言葉を交わした。二階の奥の部屋に案内したユンは「母は眠っているそうですが、もうすぐ起きると思います。どうぞ中で待っていてください。私は病院に戻りますので」と階下へ降りた。

そっとノブを回し、部屋に入った。十五、六畳はありそうな広さに窓が二つ、カーテンを閉じた薄暗い部屋にエアコンの静かな音が聞こえる。大きな窓際のベッドに近づき、傍の椅子に座った。目が暗さになじみ、ベッドの顔が浮かぶように見えてきた。

目じりの皺や白いものの混じった髪、歳月の流れを感じさせられるが、まちがいなくフォンだ。頬はこけているが、想像していたほどやつれてはいない。八ヵ月ほど前、肺にガンが見つかったときはすでに手遅れで手術もできなかった。急速に進んだので見かけはかえって病人らしくない、車のなかでユンがそう語った。

――フォン。

心のなかの呼びかけが聞こえたかのように、フォンの瞼がゆっくり開いた。

「ユキヒコ……」

「ああ、来たよ、フォン。だけど、きみのほんとうの名前はミンなんだね」

「フォンと呼んでください、昔のように」病気のせいか年齢のせいか、フォンの声は記憶よりもかすれていた。「ユキヒコの発音だと、フォンは風という意味になるの。でも、あなたにそう呼ばれるのが好きだった。窓をあけてくださる？」

カーテンをあけ、よろい窓を開いた。午前のさわやかな風が吹き込んできた。明るくなった部屋で改めて互いの顔を見た。「すっかり爺さんになっただろ、おれ？」笑いながら言うと、「私もお婆さん、おまけにとんでもない病人」とフォンも笑った。薄く化粧しているようだ。相変わらず大きな目に昔の翳りはないが、どこか底光りしている。話すことがありすぎて、何から切り出していいかわからない。フォンも同じ思いらしい。

「ユンさん、いい娘さんだね」

枕に頭をつけたまま、フォンは高野をじっと見上げ、「ありがとう」と言った。「この家は私が病気になってから、娘夫婦が買ったのよ。自宅療養するのにこんな贅沢な家なんかいらないと言ったんだけど」

「娘さんのご主人が主治医なんだね」

「長いつきあいなのになかなか結婚しなかったの。私の退院祝いといって、やっと結婚式をあげたのよ。きびしい主治医だけど、一生懸命にやってくれているわ」

「フォン……実は、きみに隠していることがある」

「待って、ユキヒコ。私にもあるわ、たぶん、あなたよりたくさん。三日間で話せるかどうかわからないけど、まず私に話させて」

いったん窓の外に目をやったフォンは、向き直って高野を見つめたまま言った。

「解放戦線の活動家だったの、私」

軽い衝撃と同時に、やはりという思いもあった。「ファム・チ・フォン」が偽名だったことを知らされ、高野は穴だらけのジグゾーパズルを突きつけられた。戦争末期のサイゴンでは、多くの政府機関や企業にＶＣ（ベトコン）工作員が潜入しているといわれていた。グエン・バン・チュー政権の閣僚内にさえ解放戦線のメンバーがいたことが戦後になってわかった。しかし当時、それらは噂や伝聞にすぎず、たしかめようもなかった。伊藤の死の直後に行方をくらませたフォンに、解放戦線の工作員という推理も浮かんだが、記憶のなかの彼女とどうしても結びつかなかった。

「しかし、どうしてきみが解放戦線に？」

「あなたにもイトウさんにも気づかれなかったのだから、優秀な工作員だったのね、私」

フォンはかすれた声で笑った。「はじめから話さないと、わかってもらえないわね」

フォンは語り始めた。高野にとっては驚きの連続だったが、それは穴だらけのパズルをひとつずつ埋めていった。

ベトナムの古い都フエに生まれたフォンには、三歳上の兄ホアンがいた。フォンが四歳のとき、両親が相次いで病死した。父親がフランス人経営の農園で働いていた縁で、フランス系孤児院に兄とともに引き取られた。ホアンは十五歳のとき、ひもじい思いをかかえる妹のため食糧庫からパンを盗み出した。孤児院院長に鞭で打たれたホアンは、院長をナイフで刺し、逃走。まもなくフォンも孤児院を追放された。

都会のダナンに流れ着いたフォンは、アメリカ軍人の家庭に住み込みで働くようになった。あてがわれたのは物置き小屋だった。一年後、軍人に犯された。毎夜のように物置きに忍び込む夫に気づいたベトナム人妻は、フォンが気を失うまで棒で殴りつけた。涙も出なかった。食べていくためには耐えるしかなかった。

聞きながら高野は息をのんだ。

「自殺も考えたわ。ダナンの夜の海に入ったけど、結局、死ねなかった……」

絶望の日々、妹の行方を探していた兄のホアンが突然尋ねてきた。孤児院から逃げ行き倒れ寸前のホアンを救ったのは、解放戦線の地方リーダーだった。五年ぶりにフォンの前に現れた兄は筋金入りの闘士になっていた。その兄に従い、フォンも思想教育を受けメンバーに加わった。二十二歳のとき、サイゴンの地下組織に呼ばれた。そしてファム・チ・フォンという名前を与えられ、興南商事へ送り込まれた。南ベトナム政府軍の内部にも解放戦線の工作員が潜入していた。軍へ物資を納入するつど、フォンはレポ役として工作員と情報の受け渡しを行った。

知らなかった。二十三歳のフォンに初めて出会ったとき、そんな壮絶な人生をくぐり抜けてきたとは、まったく思いもよらなかった。新聞記者失格、ただの恋する男だったのだ。

高野が言葉を失ったままでいると、フォンが急にあえぐように肩で息をした。

「苦しいのか?」と声をかけると、「大丈夫、背中の骨が少し痛むの」。そっと横向きにさせ、パジャマの上からフォンの背をさすった。遠い昔に抱いた背がひどく痩せてごつごつしていた。さすりながら切なさがこみあげてくる。

ドアをノックする音がし、ユンが入ってきた。母親の背中をさする高野に一瞬驚きの表情を見せたが、「すみません、そんなことまでしていただいて」と頭を下げた。そして、高野にも聞かせるつもりか、フランス語で母親に「もう二時間よ」と言った。

「もう少し話をさせて、ユン」

「これが限界だって、トゥも言ってたでしょう? あとは明日にしたら」

「わかったわ。じゃ、ユキヒコ、明日ね」

ユンがホテルまで送ってくれた。考え込むような硬い横顔でハンドルを握っていた。

「タカノさんと母は……あの、今夜は私、病院の当直ですが、明日の夜にでも少しお話できませんか？」

「いいですよ。送り迎えしてもらって、ありがとう。家の場所はわかるので、明日は今日と同じ時間に自分で訪ねます」

いったんホテルの部屋に上がった。ベッドに寝転がった。フォンの語った言葉が頭のなかでこだましていた。自分が愛していた女について何もわかっていなかった、その思いがつき上げてくる。輪郭がくっきりする一方で、逆に謎も深まる。明日は何を聞かされるのか不安さえ覚える。だが、オレが伊藤を密告したという事実は変わらない。結果的に伊藤は死んだ。それを告白すべきとき……。

起き上がり部屋を出た。ドンコイ通りを歩き、大聖堂近くまできた。もうないだろうと思っていた喫茶店が残っていた。店の名前は変わり、内部も改装されているが、テーブルの配置やガラス窓は同じだった。いつもフォンと向かい合っていたテーブルに座った。初めて愛を告白しプロポーズしたときのフォンの表情、言葉が甦る。行方不明の兄を探すまでは、この街を離れられない……。

喫茶店を出て、レロイ通りへ足を向けた。小路に入る。昔と同じように中層のアパートが建ち並んでいた。歳月をうつし、どれもかなり老朽化している。記憶をたぐって一軒のアパートの前に立ち止まり、階上を見上げた。五階建ての四階、バルコニーに花壇と洗濯物が見える部屋。たしかにそこだ。特派員の任期延長を申請したあと、支局住まいからアパート住まいに変えた。「君も一人前の特派員だから自由にしていいが、女が理由なら頭を冷やせよ」多田支局長がさぐるような口調で言った。

フォンにプロポーズした高野は、伊藤越雄にそれを告げた。「きみにはフェアでいたいから」と言うと、伊藤は濃い眉をひそめた。

「高野君はいずれ日本へ帰るだろうが、僕にはここが祖国でもある。ベトナムが理想の国になるまで僕は残る。フォンを日本へ連れて行って、幸せにできる自信があるのか？」

「なければ、プロポーズしたりしない」

伊藤は黙り込んだ。久しぶりに会ったのだが、伊藤はひどく疲れて見えた。一時は注目を浴びた第三勢力グループも、出身地の違いや、仏教系やキリスト教系などの内部対立によって衰えていた。そのまとめ役として伊藤は奔走を続けているようだった。

「例のグループの仕事、フォンが心配している。危険なところに足を踏み入れてると」

「われわれがベトナムを救うし、これからが本当の出番なんだ。彼女もいずれ理解してくれるはずだ」

伊藤もフォンにプロポーズしたことを聞かされたのは、それから一ヵ月後だった。「行方不明の兄が見つかるまで、結婚なんて考えられないと断りました」と言うフォンに、伊藤の反応を訊いた。「何年でも待つと言いました」困惑した表情のフォンをアパートに誘ったが、それまでと同じように拒んだ。

伊藤の部屋へ彼女が行ったことがないのもたしかだった。フェアプレー、かつての大学同期生と異国でボーイスカウトの真似事をしている自分が滑稽に思えたが、逆に伊藤への友情も濃くなるのを感じていた。だが、そんな余裕など吹っ飛んでしまう巨大な嵐がすぐそこまで近づいていた。

7

「昨日ユキヒコと話して、だいぶ胸のつかえが取れたせいか、今日は具合がいいの」

少し上げたリクライニングベッドに背をもたせ、フォンが微笑みながら吐息をついた。

「でも、まだ話してないことがたくさん」

フォンは窓のほうへ視線を向けた。庭のバナナの木の葉がゆったりと風に揺れている。

「おれも、話したいことや訊きたいことがたくさんある。昨日、お兄さんが解放戦線の闘士だったと聞いた。昔はたしか、故郷を出て行方不明になったままと言ってたね」

「愛してくれている人に隠しごとをするのはつらいものよ。でも、ごめんなさいね」

「いや、隠しごとはこちらも同じだよ。伊藤が死んだことは知ってるんだろう?」

「ええ」

高野はベッド傍の椅子から立ち上がり、窓際へ歩いた。窓外に目をやったまま、一気に言った。

「伊藤の活動を秘密警察に密告したのはおれなんだ。おれのせいで彼は殺された」

三十五年間、だれにも語らなかった言葉。フォンがどんな反応をするか恐れたが、彼女は低く静かな声で「違うわ」と言った。

「あなたの密告のせいじゃない」

思わず振り向いた。明るい戸外から薄暗い室内へ視線を移したせいか、視力の衰えのせいか、横たわるフォンがぼんやりと輪郭しか見えない。

「おれが密告したのを知っていたのか?」

フォンはすぐには答えなかった。目を閉じた顔を天井に向けたまま黙っていた。やがて息をととのえるように片手で胸を押さえながら、ベッドサイドの棚を示した。「そこの引き出しをあけて」と言った。漆塗りの小さな箱が置かれていた。ふたをあけた。

　手紙類が入っており、そのうえに一枚の写真があった。寄り添う男と女。高野には忘れようもない若いフォンがそこにいた。そして男。どこか見覚えがあった。高野は写真を手に再び窓辺へ行った。陽射しの下でくいいるように見た。端正な顔立ちに冷たい目の男、秘密警察のサウ警部――。

「兄よ。ホアンというほんとの名前は昨日言ったわね。戦争が終わってからの写真」

　立ちくらみがした。窓の外、ぎらつく陽光がゆったりと揺れるバナナの葉に反射している。その陽射しが無数の蜘蛛の糸のようにも見える。光の糸にからめとられた気がした。

「フォン……きみは知っているのか、だれが伊藤を射殺したのかを」

「すべて話すつもりで、ユキヒコに日本から来てもらったのだから、言うわ」かすかな吐息がつづき、「私にも責任があるけど、指揮したのはリン同志よ。リンにはあなたも一度会ったわね、川向こうの家で。覚えてる？　彼女は叔母ではなく、やはり解放戦線のメンバーで私の上司だったの」。

　記憶が甦った。いくら誘ってもアパートに来ないフォンに「せめてきみの住んでいるところを見たい」と言った。それも拒んだが、伊藤も訪れたことがないと知り、ぜがひでも行ってみたくなった。フォンもあきらめたのか、「じゃ、案内するわ」と先に立った。

筏を組み合わせたような渡し舟でサイゴン川の向こう岸へ渡った。プチ・パリと呼ばれるサイゴンの象徴のようなツゾー通りと川一本で隔てられたそこは、まったく対照的だった。岸辺にはいまにも潰れそうなバラック小屋が並び、泥水がよどんだままの池には、生ごみや動物の死骸が浮き異臭をはなっていた。汚れたパンツに裸足の子供たち、水たまりだらけの迷路のように入り組んだ薄暗い路地、傾いたままひしめきあう小さな家。

「これがほんとうのサイゴン、ほんとうのベトナムなの」

呟くように言うフォンのあとについて、一軒の家に入った。むきだしの土間とゴザを敷いた六畳ほどの一部屋だけの家。土間の裸電球の下で洗い物をしていた中年の女が鋭い視線を高野に向けた。フォンが早口のベトナム語で何か口にし、女はうなずいた。

縁の欠けた湯呑みに茶を入れて高野の前へ置き、女は自分を指差して「コー・リン（リン叔母）」と言い、ぎこちなく笑った。茶をすすりながら部屋を見回した。漆喰の剥げかかった壁際に粗末なベッドがあるだけで、家具らしいものはほとんどない。エアコンはもちろん扇風機もなく、ねっとりと蒸れた空気がよどんでいた。こんなところに住んでいるのかと驚き、ここからフォンを救い出したいという思いに駆られた……。

「第三勢力グループでのイトウの行動を監視して報告しろと、リンから命じられていたわ。イトウさんは、北の共産政権はもちろん、私たちの解放戦線も信じていなかった。北の本格的な攻撃が始まって追い詰められた彼は、サイゴンに残っていたアメリカの軍事顧問に接触した。第三勢力メンバーのなかの、北からの秘密工作員リストと交換条件に、アメリカの援助を得ようとしたの」

途切れ途切れに語っていたフォンがそこでいったん口を閉じ、またつづけた。

「もうイトウの監視は終わりと、リンに言われた。ユキヒコの部屋にはじめて泊まったつぎの日のことよ。『イトウ処理の指令がきた。あなたは顔を知られてるから、私がほかの同志たちと実行する』リンはそう言った。その夜、イトウさんは死に、リンと私はサイゴン郊外のアジトへ移ったの」

息をのむばかりだった。視野がふいに狭くなり、高野は目を閉じた。暗闇のなか、救急車のサイレンのような音が響き、瞼の裏に赤い炎が点滅した。サイゴンでの最後の日々が走馬灯のように駆けめぐる。

南ベトナムの戦局がにわかに大転換したのは七五年三月、北ベトナム軍の春季大攻勢によってだった。十日、ソ連製戦車団を中心にした北軍は中部高原の要衝バンメトートを一斉攻撃、わずか数日で陥落させた。ところが、グエン・バン・チュー大統領はまだ無傷の地域をふくめ、中部高原全体から南政府軍を全面撤退させた。これがきっかけとなり南軍は各地で戦うこともなく敗走、中部沿岸都市がなだれを打つように陥落していった。

下旬に入ると北軍は古都フエに攻め込み、チュー大統領批判の声が日増しに高まった。臨時革命政府が「チュー政権以外の政権となら交渉する」と停戦をにおわせていたため、チュー打倒運動、クーデター計画、チュー側の巻き返しと、サイゴンは騒然としていた。政治的謀略がからみ合い、敵味方が判然としなくなってきた。

ベトナム戦争の大団円を予感させる激動のなか、高野は連日、汗にまみれながらサイゴンの街を駆けずり回り、タイプライターに記事を叩き込んだ。支局やホテルに泊まりこみ、仮眠を取ってはまた取材に飛び出していた。フォンが気がかりだったが、会う時間もとれなかった。合間をみては興南商事に電話を入れてみた。総崩れ状態の政府軍相手のビジネスが成り立たなくなり、興南商事は支店閉鎖準備に追われていたが、何度電話しても伊藤もフォンも不在だった。嫌な予感が胸をよぎった。

フエ陥落の情報を得た高野は、ダナンへの取材行を多田支局長に申請した。ダナンはサイゴンにつぐ第二の都市で、南政府軍の最強基地でもあった。もしそこが落ちれば、首都サイゴンも危うくなる。取材許可が出て準備にかかっていた高野に思わぬ電話が入った。秘密警察のサウ警部からだった。

「前に忠告しましたね。あなたの友達のムッシュ・イトウはよけいなことに首を突っ込みすぎている。国外退去にされたくないなら、やめるよう伝えたほうがいい」

取り調べのときと同じ冷たい声だった。叩きつけるように受話器を置いたが、放っておけなかった。ダナン出発前夜、伊藤のアパートを訪ねた。ほぼ一ヵ月ぶりに会った伊藤はまるで別人のようだった。電話の件を話すと、いきなり大声をあげて笑い、メガネを外した。いつものギョロ目が血走っていた。

「そんなものを恐れていたのでは何も行動できないよ。いまこそチャンスなんだ。まずチュー政権を倒し、新しい中立政権をつくる。そして、北のコンサンと対等な立場で交渉して停戦に持ち込む。解放戦線は北の党の操り人形にすぎないんだ。きみだから打ち明けるが、いまコンサン幹部と交渉できる大物の北出身者を集めてるんだ。それだけじゃない、僕は彼らが有利に交渉するための切り札になる秘密工作をしている。いまはまだ言えないが、実現すればこの国を救える」

「しかし、興南商事は閉鎖するんだろ？」

「会社が引き揚げても、僕はここに残るよ」

北の怒涛のような攻勢から見ると、停戦に応じるとはとうてい思えない。まして反共主義の北出身者を交渉相手にするなど夢物語にすぎない。たとえどんな秘密工作をしようと悪あがきに終わってしまう。だが、それを口にできないほど伊藤の目がギラついていた。

帰りぎわ、高野は言った。

「明日、取材でダナンへ行く。状況しだいではサイゴンに戻ってこられないかもしれない。その前にフォンに話したいことがあったんだが、彼女、どうしてる？」

「僕のグループの仕事を手伝ってくれてる」

「きみが引き込んだのか？」

「違う。彼女から言ってきたんだ。愛国心にめざめたんだよ。だけど、もし僕が逮捕されるようなことがあっても、フォンは守る。きみと同じようにフェアでいたいからね」

翌朝、高野はダナンへ飛んだ。そこで見たのはこの世の地獄絵図だった。人口五十万のダナンにそれを上回る数の難民が続々と押し寄せていた。郊外に砲声が響き黒煙があがるなか、積めるだけの家財を積めこんだ車、六人も七人も折り重なって乗るバイク、そして圧倒的に数多い徒歩の難民が国道を延々と市街に向かっていた。力つきて道端に倒れている者もいた。ダナンの行政は完全に麻痺し、空港や港はサイゴンへ逃げようとする兵士、市民、難民であふれかえり殺気立っていた。将軍たちはヘリで脱出し、兵士は一般人を射殺して小舟を奪い沖合いの船に乗り込んだ。死んだ乳飲み子を抱きかかえて桟橋に座り込む母親、親を失って泣き叫ぶ子供たち。それは明日のサイゴンの姿のように見えた。

三日間、ほとんど不眠不休で取材し原稿を送った高野は、外国人記者団を退避させる最後の輸送機にかろうじて間に合い、サイゴンへ戻った。そのまま支局で総括の原稿を書き終えた高野に、多田が「とにかく今日はアパートへ帰って休め。くたばってしまうぞ」と言った。支局から興南商事に電話したが、やはり伊藤もフォンも不在だった。フォンへの伝言を頼み、教会近くのいつもの喫茶店で待った。ガラス窓の外には、ハイビスカスやブーゲンビリアの鮮やかな色彩が見えた。一年近く前、フォンにプロポーズしたときと同じ風景にダナンの光景が重なる。暗い予感と疲労で体が鉛のように重かった。

どのくらいそうして待っていただろうか、舗道の向こう側からアオザイ姿が駆けてくるのが見えた。店に飛び込んできたフォンは高野の前に座るなり、「ああ、よかった、無事だったのね」動悸をおさえるように胸に手を当てながら言った。

「ダナンへ行ったと聞いて心配で、毎日、支局に電話してたのよ」

高野はフォンの手を握った。まだ息をはずませながらフォンが「でもユキヒコ、すごく疲れてるみたい、だいじょうぶ？」。

「このところ、ろくに眠ってないんだ。そんなことより、フォンに話がある。きみは伊藤を手伝ってるようだが、彼にはいまの現実が見えていない。幻想をいだいてるにすぎないんだよ」。続いてダナンでの取材の様子を語った。高野に手を預けたまま、フォンはこわばった表情で黙って聞いていた。

「いつサイゴンも同じ状態になるかもわからない。政府の大物や実業家はどんどん国外へ逃げてるし、まもなくベトナム人の海外渡航が禁止される。一般市民は出国ビザを取れなくなるが、外国人との結婚証明書があれば問題ない。明日、おれと一緒に日本大使館で婚姻届を出し、証明書をもらおう。行方不明の兄さんを心配しているのはわかるが、戦争が永遠に続くわけじゃない。落ち着けば戻ればいい。とにかく一日も早くサイゴンから出るんだ。おれもいずれ本社から退避命令が出るだろうが、日本で待っててくれ。きみの世話は社の同僚に頼んでおく」

フォンはひと言も口にしなかった。

「きみが心配なんだ。日本が嫌ならタイでもシンガポールでもいい。航空券はおれが用意する。明日、大使館へ行こう。いいな？」

うつむいて聞いていたフォンが「ありがとう、そんなに私を心配してくれて」とくぐもったような声で言った。顔を上げ、「叔母とも相談してみる。とにかくユキヒコは体を休めて」。また鋭さと翳りがひとつになったような目をしていた。

アパートに戻った。バッグを投げ出しベッドに倒れ込んだ。頭のシンが尖ったようで寝つけなかったが、戸外が暗くなってうとうとした。ノックの音で目がさめた。時計を見ると、外出禁止時間が始まるギリギリの時刻だった。ドアを開けると、蒼ざめた顔のフォンが立っていた。「こんな時間にどうした?」、フォンが高野の胸に飛び込んできた。

互いに言葉をかわすこともなく、もどかしく抱き合った。初めはこわばっていたフォンの体がしだいに溶けるようにやわらかくなり、肌のどこもかもが熱を帯びてきた。高野は何度も果て、フォンも何度となくのぼりつめた。目を閉じ、声をこらえようとあえぐ彼女を、高野は狂おしいほど愛しいと思った。

夜明け近くまで、そうして抱き合った。豊かな乳房を両手でおおうフォンを抱きしめ、「どうしていままで拒んでたんだい?」と訊いたが、彼女は答えずに大きな瞳でくい入るように彼を見つめていた。デートのとき、フォンはよくサイゴンの動植物園に行きたがった。象やキリンを見ては少女のようにはしゃいだ。自分から高野の手を取って植物園を歩いた。だが、木陰で抱き寄せると、フォンの背中が急にこわばった。いま、その背はしっとりと汗ばみやわらかい。答えないまま、高野を見つめるフォンの瞳が暗闇の中で輝いていた。

「少し眠ったほうがいいわ、ユキヒコ」

夜が明け、フォンがそう言った。

「そうするよ。じゃ、大使館で」

遮光カーテンを閉めたフォンが高野の額に口づけし、「よく眠ってね、ユキヒコ」とささやいた。それが合図のように高野は眠りに落ち、フォンが部屋を出て行ったのも覚えていなかった。短い時間だが熟睡し、満ち足りた気分でめざめた。ベッドに残るフォンのかすかな匂いに力がみなぎってくるような気がした。カーテンを開けた。机の上に白いものが見えた。フォンの置手紙だった。

「ユキヒコ　あなたに愛され、こんな幸せを感じたことはありません。私を気づかってくれるあなたの優しさが痛いほど伝わってきます。日本へ行き、あなたと暮らすことができれば、どんなにうれしいことでしょう。

でも、私はベトナム人です。自分の国を捨て去ることはできません。いまがどんなにひどくても、いえ、ひどいからこそ捨てられないのです。イトウさんは半分日本人ですが、もう半分はベトナム人です。何があろうとベトナムに残るという彼の言葉に嘘はないと思います。

日本へお帰りになっても、ジャーナリストとしてご活躍してください。そして、もし神様がいるなら、いつか私たちが再び会える日が訪れるでしょう。愛しています。　フォン」

血の気が引いた。信じられなかった。何度も読み直した。突き落とされた思いの底から黒い霧のようなものがわいてきた。嫉妬とわかっていても、それを振り払えなかった。電話機を引き寄せ、秘密警察のサウ警部の直通番号をダイアルした。

その翌朝、伊藤越雄の射殺死体が発見された。サイゴン市警に詰めかけた日本人記者団のなかで、最も衝撃を受けたのが高野だった。そして「深夜、酔って歩く被害者が目撃された」というコメントをだれよりも信じなかったのも高野だった。秘密警察のサウ警部に面会に行った。

「あんたは伊藤を取り調べたうえで、国外退去命令を出すと言ったはずだ」

「そのとおりです。逮捕もしていない。任意で調べ、黙秘したので、翌日改めて出頭するように言って帰ってもらいましたよ。もちろん、外出禁止時間前に。彼は外国人ですから、外交問題になると厄介なのでね」

「とぼけるんじゃない。あんたたちは彼を射殺して、深夜の路上に放り出したんだ」

「ムッシュ・タカノ」低く冷たい声でサウが言った。「国家に反逆を企てる人間に消えてもらう、それもわれわれの仕事の一部です。しかし、ムッシュ・イトウをそうする必要があるなら、あなたに警告の電話をする前にやってましたよ。彼は火遊びをしたにすぎない。国外退去で十分です」

「じゃ、だれが彼を殺したんだ?」

「火遊びが気に入らない人間もいるかもしれないし、流れ弾に当たっただけかもしれない。この街では何が起きても不思議じゃない。あなたの通報には感謝していますが、火遊びにはかかわらないほうがいいですよ」

「おれの名前を、伊藤に?」

「情報源を明かさないのがわれわれのルール。あなたの仕事と同じようにね」

伊藤の足取りを追い、興南商事を尋ねた。支店長は「こんなときに、こんな事件が起きてもう」と頭をかかえながらも、前日の午後どこかへ出かけた伊藤が夕方にはいったん社に戻ったと証言した。「そのあと、またすぐ外出しました。行き先は知りません。伊藤君は単独行動が多かったですが、なにしろ営業力抜群でしたから。しかし戦争がこんな状況で、営業どころじゃないですよ、まったくもう」

「ファム・チ・フォンさんは?」

「現地社員のフォン? 今日は出社してません。現地人はみんな、国外脱出ルートを求めて血眼で、やっぱり仕事どころじゃない」

「昨日、フォンさんは?」

「よく覚えてませんが、伊藤君が夕方、外出したあと、彼女も帰ったと思いますよ」

秘密警察に再び呼び出され、何かが起きたのかもしれない。フォンもそこに巻き込まれたのでは……不安に駆られながら、高野は市警に向かった。担当刑事に伊藤の「目撃者」について尋ねた。「酔って歩く姿を目撃した者がいるらしいという噂」にすぎなかった。「彼は酒を飲んで夜中にふらつくような男じゃない。そんな曖昧な噂で捜査できるのか」と問い詰める高野に、刑事は怒鳴った。

「あんた、いまサイゴンには毎日、何千何万という兵隊や難民が流れ込んできて、あちこちで略奪や射ち合いが起きてるんだ。飲んでようがいまいが、外出禁止時間にうろついていて射たれても、文句なんか言えないんだ！」

伊藤のアパートへ行けば手がかりがあるかと考えた。警察が立ち入り禁止にしていた。プレス証を見せたが、中には入れなかった。あとはもうフォンに会うしかない。サイゴン川を渡り、迷路のような路地をたどった。粗末なベニヤ板のドアをノックしたが返事がなかった。鍵はかかっておらず、中に入った。フォンもリンもいなかった。もともと家具らしい家具もない部屋だったが、よけいがらんとしていた。押入れが開け放したままになっており、そこも空っぽだった。

支局に戻ったが、伊藤事件についての新しい情報は何も入っていなかった。日本大使館でもサイゴン陥落に備え、在留邦人を帰国させる準備で大わらわだった。死んだ人間に本気で関心を持つものはいなかった。汗だくで駆けずり回っても何ひとつわからなかった。フォンの行方は知れず、高野には自分が伊藤越雄を裏切ったという思いだけが残された。

そして三十五年間、それをどこかで引きずってきた。

8

「そう……ユキヒコもそんな思いで生きてきたの」ベッドに背をもたせたフォンがかすれた声で言った。「人間の運命って、舞台転換みたいにがらりと変わってしまうことがあるのね。それが、あなたとのあの夜と、つぎの日だった」

「どうして、あんな手紙を書いたんだい?」

「北正規軍の攻撃に合わせて、私たち南の解放戦線も、一斉蜂起する計画があったの。その準備のため、三日以内にサイゴン郊外のアジトに集結という指令が届いたのが、あなたがダナンから戻る前日だった。もうユキヒコには会えないと思った。悲しいけど、それが自分の宿命と思うしかなかった。だから、あなたがサイゴンに戻ったことを知って、ほんとうにうれしかったわ。そして、日本へ行こうと言ってくれたとき、ユキヒコを恨んだ」

「恨んだ?」

「私には決して許されない夢、それをユキヒコは、私が手を伸ばせば届くように語った。あなたの言葉がまっすぐであればあるほど残酷だった、あのときの私にとって」

「…………」

「恨むことで忘れようとしたわ。でも一方で、あなたへの思いがどうしようもなく、私のなかにあふれていた。家に帰ってリンに頼んだの、今夜だけは自由にさせてくださいって。リン同志に私が言った、最初で最後のわがままだった。こわい目で私をにらんでいたリンが、黙ってうなずいてくれたわ。あなたにあてた手紙を書き、それを持ってアパートへ行ったの」

暗闇のなかで輝く瞳がまざまざと甦った。

「イトウさんについて書いたのは、そうすればユキヒコが私を断念してくれると思ったからよ。でも、あなたのアパートから帰って、新たな命令が届いたことをリンに知らされた。私が報告していたイトウさんの動きを組織上層部が討議し、処分が決定されたの。『アジト集結前にイトウを抹殺せよ』と」

組織、処分、抹殺……見えないところで大きな歯車が回り始めた。頭のなかのどこかで否定しようとしながらも、高野はフォンの言葉を黙って聞くしかなかった。

その日、伊藤はミスターMと呼ばれていたアメリカ大使館所属の軍事顧問と会う予定だった。中国人街チョロンに、第三勢力グループが秘密会合に使う場所があり、そこで午後六時に会い、伊藤が北の工作員リストを渡す手はずになっていた。フォンはそれをリンに伝えた。「あとは私にまかせなさい。すぐに同志を手配する。あなたはいつも通りにしていて」と命じられ、フォンは興南商事に出社した。

「ところが午後になって、イトウさんが秘密警察に呼び出された」

胸が疼くと同時に、高野は同じコインの裏と表がひっくり返ったような気がした。

「これから警察に行くとイトウさんに聞かされたとき、正直いってほっとしたの。私たちと考えかたは違っていても、イトウさんのベトナムに対する思いは真剣だった。秘密警察に拘留されれば、少なくともリンが手をくだす必要はなくなる、と」

「しかしサウ警部は、いや、きみの兄さんのホアンは伊藤を出頭させたのに、その日に自由にした」

「ええ」うなずいたフォンがふいにベッドから背を起こし、苦しそうに咳き込んだ。顔が苦痛にゆがんでいる。「だいじょうぶか」高野は、昨日と同じように痩せた背をさすった。

「お水を」と呻くように言うフォンに、サイドテーブルの水差しを渡した。ひと口飲んだ彼女は、またベッドに背をあずけ、肩で大きく息をした。高野のなかで、あとを聞きたいという思いと、これ以上話させてはいけないというそれが交錯した。

「もういいよ、フォン。そのあと何があったか知らないが、すべては過去のことだ。話しても何ももとに戻らない」

「いいえ、話させて」まだ喘ぎながらもフォンが言った。「ユキヒコにはほんとうのことを話しておきたい」

秘密警察に出頭する直前、伊藤は会社の自室にフォンを呼び、何重にも封をした紙袋を差し出した。「チョロンでミスターMに渡すことになっている例のリストだ。警察に行けばいつ戻れるかわからない。ミスターMと会うのは延期したほうがいいかもしれないが、時間がないんだ。北軍がいつサイゴンに攻め込んでくるかもわからない。フォン、僕が帰ってこれないようなら、きみが代わりにチョロンへ行ってくれないか。アメリカに僕らのグループを援助させる最後の切り札なんだ。きみを信じて頼む」

フォンは黙って封筒を受け取った。「秘密警察がどこまでつかんでいるかわからないが、僕は何も喋らないから心配しなくていい。じゃ、頼むよ」そう言い残し、伊藤は社を出た。

事態の急転に、フォンも混乱した。リンに報告しなければならない。レロイ通りの小さな雑貨店でリンは店番として働いていた。店主が解放戦線のメンバーであり、リンはそこで情報の受け渡しを行なっていた。会社を抜け、リンに会いに行った。店の裏に古びた倉庫があり、積み上げた商品の陰に路地へ抜ける秘密の出入り口があった。合図のノックをしてフォンが倉庫に入ると、リンがホアンと声をひそめて話し合っていた。フォンを見た二人はうなずいた。

「イトウが何か最終工作をやっていると、タカノが通報してきた。とりあえずイトウに出頭するよう電話した。出頭しなければ、こちらから出向き、逮捕すると」ホアンは妹をじっと見据えながら言った。

「タカノが通報……彼はほかに、何か言ったの？」

「イトウに国外退去命令を出し、日本へ強制送還してくれ。それだけだ」

「フォン」眉をよせたリンがきびしい声で言った。「チョロンの会合はどうなった？」

フォンは伊藤から預かった封筒をリンに手渡し、託された用件を話した。リンは眉をひそめたまま少し考え込み、言った。

「日本人のイトウを秘密警察が処分するには、それなりの理由が必要よ。ホアンは七時までイトウを警察に引き留めておいて。そのあいだ、フォンはチョロンでミスターMに会い、イトウが警察に呼ばれて来られなくなった、リストは後日にと伝える。そして会社へ戻り、イトウが釈放されて帰ってきたら、ミスターMの伝言としてこう言うの。『われわれにはもう時間が残されていない。リストの内容確認をしたいから、できるかぎり早くチョロンに来てくれ、とにかく待っている』と。あとは私たちがやる」

「わかった」ホアンはまた妹をちらりと見てリンに言った。「だが、イトウの処理のあと、ミスターMはどう動くと思う？」

「日本人がからんだ事件に巻き込まれるのは避けるはずよ。アメリカ大使館に出入りしている同志の情報では、いま軍事顧問やＣＩＡ職員がこの国から逃げ出すときのために、せっせと資料を焼却している。たとえイトウのこのリストを入手したところで、ミスターＭにはどうにもできない。しかし」リンは封筒を指先ではじいた。「こんな反革命的な行為を企てた人間は、抹殺されてもしかたない。日本人だろうとベトナム人だろうと」

高野の脳裏に、最後に会ったときの伊藤の血走った目が浮かんできた。あの頃のサイゴンは、同じような目をした人間ばかりだった。追い詰められ理性を奪われ、方向を見失った人間。密告の電話をしたときのオレも、同じような目をしていたのだろう。

「そのあとは、リンの計画通りに進んだわ。夜中に家へ帰ってきたリンは『イトウの処理は終わった』とだけ言った。私も何も訊かず、アジトへ移るための準備に追われた」

おそらく、チョロンで待ち伏せしていたリンや仲間が伊藤を射殺し、車で運んで中央市場近くの路上に棄てた。あるいは、チョロンからどこかへ連れ出し、射殺して棄てた……。高野の耳に拳銃の音ではなく、巨大な歯車が軋みながらゆっくりと回転する、ギシギシという音が聞こえるような気がした。そして思った、オレもその歯車のひとつだった……。

「イトウさんの事件の真相は、これがすべてよ。兄もリンも死んでしまったから、あなたに話せるのは私だけになったの」

フォンは疲れ果てた表情で目を閉じた。高野も言うべき言葉がなかった。「結局」自分自身に問うように呟いた。「伊藤の死は何だったんだろう……」

「あの戦争は同じ民族同士が戦った。だれがほんとうの敵なのか味方なのか、最後には私たちにもよくわからなくなっていたと思う。解放戦線は北の党の操り人形にすぎないと、イトウさんが言っていたことは正しかった、結果的にね。私たちもあとで思い知らされたわ。でも結局、イトウさんはこの国では外国人だったのね」

高野はふと、伊藤の妹、死んだ妻がいつか口にした言葉を思い出した。兄はベトナム人になろうとしてなりきれなかったし、私は日本人になりきれなかった、それが混血。

フォンも高野もしばらく黙り込んだまま、窓の外を見やった。象の耳のようなバナナの葉がゆったりと揺れている。乾季の午前中はしのぎやすいが、昼近くになると陽射しが照りつけうなぎ上りに気温が高まる。そんな日盛りの下を駆けずり回った日々が甦る。陽光にあぶられた街が、一瞬真っ暗闇になる、明と暗が瞬時にひっくり返る、立ちくらみのような眩暈を高野も何度も感じた。いまもその感覚が体のどこかに残っている。

「今日はずいぶん話し合ったわね。とっくに約束の二時間を過ぎたわ。でもユキヒコ、あなたに話してないもっと大切なことが、ほかにあるの」

「何だい？　もう何を聞いても驚かないよ」

「そろそろ、きびしい主治医がお昼の診察にやって来る時間。うるさい小児科医も様子を見にくるかもしれない。あなたにその話をすべきかどうか、まだ決心がついてないの」

「その小児科医と、今夜会うことになってる」

「そう。今晩考えてみるわ、話すかどうか」

部屋を出ようとする高野に「ユキヒコ」と声がかかった。振り向くと、ベッドのフォンがまっすぐに高野を見つめながら言った。

「神さまはいたのね、こうして再び会えたのだから、私たち」

高野は「ああ、ほんとうだね、それだけは」と答えた。

9

ホテルに戻ると、ユンからのメッセージが届いていた。午後七時にハイバーチュン通りのレストラン、地図も添えてあった。高野は十二階の部屋に上がり、キーを机に放り投げベッドに倒れ込んだ。重い疲労感がよどんでいる。ベトナムに来てまだ三日目だが、もう一ヵ月もたったような気がする。それでいて、自分がベトナム・ホーチミン市にいるという実感がうすい。どこか見知らぬ異国の旅先のような頼りなさ。空白を埋め合うようなフォンとの時間、幻のサイゴンに息をひそめ語り合うその時間だけがたしかなものに思える。だが、フォンの命はもう残り少ない。フォンがいなくなれば、サイゴンも消える。オレに残されるのは東京の団地での死んだような日々。

思わず高野は、ツインベッドのあいだの小テーブルに置いたウイスキーボトルに手を伸ばした。指先が触れたが、これからフォンの娘に会うんだ、と自分に言い聞かせ手を離した。ボトルの横には睡眠薬を入れたビニール袋。どちらも手放せず、旅先まで持ってきた。アルコールと一緒に服用しないようにと医者に言われている。一日の仕事を終えるとウイスキーのオンザロックを何杯も飲み、酔って壁伝いにキッチンへ行き、二錠の睡眠薬を口に放り込む。ウイスキーに頼って眠るようになったのは妻の洋子が死んでからだったが、それでも眠れなくなり、睡眠薬も服用し始めた。アルコールと一緒に飲むとどうなるんですかと、医者に尋ねたことがある。記憶がとびますと医者は答え、女性患者が夜中にキャベツまるごと一個を千切りにした例を話した。朝になってまな板のキャベツと包丁を見つけた女性は、クリニックに駆けつけ、わたしは狂ったのでしょうかと訊いたという。

睡眠薬をのんだあと、いつもベランダに立つ。真夜中でほとんどの部屋の明かりが消えている。ふらつきながらベランダの手すりをつかみ、真下の暗闇をのぞく。地上は芝の植え込みになっており、この五階から飛び降りても死ねないかもしれない。そう思いながら、記憶がとんだまま朝になると下に倒れている自分を想像したりする。

そんな日々がけじめなくただ流れ、幻だった街に独り取り残されているような気がする。伊藤越雄の死の真相を知らされたいま、洋子への罪悪感がつのってくる。追い詰められた彼女に、どうして寄り添ってやらなかったのか……洋子は息子が死んだ道路に面したビルの屋上から飛び降りた。あなた、どうしてわたしと結婚したのよ。死ぬ数日前、もの憂げな声で訊かれた。何も答えなかった。答えようがなかった。追い詰めてしまったのはオレ自身だ……。


伊藤の母親と洋子がサイゴンを訪れたとき、興南商事の社員がつきそって世話をすることになっていたが、高野は自分からその役目を買って出た。母親と洋子には、大学同期生でこちらに来てから親友としてつきあっていたと説明した。遺体を火葬するとき、母親はベトナム語で叫びながら号泣したが、洋子は唇を噛みしめたままだった。母親とも日本語で話す洋子は、滞在中まったくベトナム語を口にしなかった。仕事を放り出して二人が帰国するまで世話をした高野は、支局長の多田に「なんでそんなに伊藤の事件にこだわるんだ。いま、それどころじゃないのはきみが一番わかってるはずだろ」ととがめられた。

実際、北ベトナム軍の攻撃によってサイゴンは日増しに追い詰められ、断崖に立たされていた。チュー大統領も辞任した。南ベトナム共和国というひとつの国が音をたてながら崩壊しようとしていた。歴史の大転換の現場にいて、それを報道できる。記者冥利にもつきるはずだった。だが高野は、自分のなかでも何かが崩壊しているのを自覚していた。

本社からの退避勧告に従い、他社の記者団とともに帰国。数日後、北ベトナム軍の大軍がサイゴンに入り、戦車が大統領官邸の前庭に突入した。北の完全制圧で、南の解放戦線一斉蜂起の起こる間すらなかった。日本タイムズもほかの新聞も「サイゴン陥落」の大見出しをかかげたが、一週間もたつと、「サイゴン解放」に変わっていた。

その変わり身の早さに、帰国したばかりの高野は傷口に塩をすりこまれるような苦さを覚えた。いったい、だれがだれを解放したというのか。外報部デスクで、前サイゴン支局長だった山口が言った。「戦地ボケだな、高野君。うちにせよ他紙にせよ、ベトナムの最新情報がほしいし、いずれ支局も再開する。崩壊した政権にいつまでもこだわるわけにいかない。解放ととらえるのが当然だろう」

帰国して半年後、高野は外報部長に辞表を出した。本社に帰任していた安田は「理由を言え、理由を！」と激昂したが、高野は最後まで口を閉ざした。フランス語教師の資格を得るため、母校の大学院に入った。

伊藤越雄一周忌の案内が届いたのは、大学院に入ってまもなくだった。伊藤に対する罪の意識が重く、高野は花を贈ったものの、法要は欠席した。数日後、洋子から電話がきた。「新聞社をお辞めになったんですね」と言う洋子に、ええとだけ答えた。洋子はサイゴンで世話になった礼を述べ、「折り入って高野さんにご相談したいことがあるんです。一度お会いできませんでしょうか」と言った。どこか思いつめたような口調だった。

越雄の死は、伊藤家に大きな余波をもたらしていた。父親は持病の心臓病が悪化し入退院を繰り返していた。経営していたベトナム料理店を母親だけではやっていけず、売却することになった。そして、大手銀行の銀行員と結婚し息子をもうけていた洋子は、兄の死がきっかけで離婚、息子を連れて実家に戻っていた。

「夫の両親はもともと私たちの結婚に反対だったんです。兄が死んだとき、『あいのこなんかと結婚するから、こんな面倒なことが起きる』と義母が言い、夫はひと言も逆らいませんでした。それで息子を連れて出ていきました。私、ベトナムなんて大嫌いです。兄は自分からベトナム語を勉強していましたが、私はずっと混血を隠すことに懸命でした。でも結局、ベトナムのせいでこうなってしまいました」

角張った顔の兄とは反対、丸顔の細い目をした洋子だが、思い込みの強い一途な性格は共通していた。まだ三歳の息子を女手で育てていかなければならない、働きたいのでどこか紹介してもらえないかという相談だった。新聞記者を辞め、一介の大学院生になった高野に紹介できる働き口などなかったが、いろいろあたってみましょうと応じた。

その後、高野のほうから誘い、何度か会った。息子の徹を連れ、三人で遊園地へ行ったりした。高野はベトナムのことも死んだ伊藤のこともいっさい話題にしなかった。それを洋子は、高野の心遣いと受け取っていた。「仕事先を紹介できそうにないし、結婚してくれませんか」と切り出したのは、三人でレストランで食事しているときだった。「永久就職？」笑いながら問い返した洋子が、傍の息子をちらと見て、「本気ですか？」真顔で訊いた。高野も徹を見ながら「本気です」と答えた。

伊藤への贖罪感からには違いないが、実際に洋子の夫となり徹の父親になってからは、彼らが伊藤の妹であり甥であるという意識はかえってうすくなった。何より日々の生活があった。高野は教授に頼み込み、フランス語翻訳の下請け仕事を回してもらった。大した金額にはならず、睡眠時間を削って数をこなした。洋子はスーパーマーケットのパート仕事をしながら通信教育で簿記を習い、経理事務所に就職した。

「私たちの家がほしい」と洋子が言い出したのは、徹が小学生になった頃だった。女子大の非常勤講師の職についていた高野の収入は不安定だったが、無理を承知で分譲団地を買った。家を持てば、サイゴンも伊藤の事件も記憶の底に沈んでいき、やがて忘れてしまう。そんな思いもあった。ローン返済のためにも、高野は翻訳下請けに没頭した。大学の専任講師に昇任してからは自分の名前で翻訳書を出すようになった。

表向き波風の立たない生活の陰で、実は家庭崩壊に向かい始めていた。徹が非行に走るようになったのだ。幼い頃の親の離婚や再婚がトラウマになっていたのか、徹は内にこもりがちな性格だった。洋子は小学生の徹を強制的に少年野球チームに入れ、練習や試合の応援を欠かさなかったが、翻訳仕事に追われる高野は、ほとんど行かなかった。少年野球でレギュラーになれなかった徹は中学の野球部も補欠どまり、ある日、「野球、やめたい」と口にした。洋子が理由を問いただした。上級生たちからいじめを受けていた。「おまえのオフクロ、あいのこだろ。ベトナム人なんかに野球はできねえよ」、毎日のようにそう言われていたという。

洋子は学校へ行き、野球部の監督に訴えた。補欠部員に無関心の監督から返ってきた言葉は「いじめじゃなく、事実そのとおりなんじゃないですか」。怒りにふるえながらそれを告げた洋子は、高野に「あなたから校長に抗議してください」と言った。「そんなことをすれば、徹はよけいいじめられるよ。部活は野球だけじゃないし、ほかのスポーツをやればいい」と答える夫をにらみつけながら洋子は、唇をふるわせていた。ふと、サイゴンで最後に会った伊藤越雄の血走った目が浮かんできて、高野は視線をそらせた。

野球部をやめた徹は、非行グループの仲間入りをした。徹が初めて万引きで補導されたとき、洋子は目を吊り上げ息子を激しい勢いで叩いた。徹は泣きながら「おとうさん、助けて」と駆け寄ってきた。「勘弁してやれよ、万引きくらい、たいしたことじゃないだろ」と言う高野を、目を吊り上げたまま洋子がなじった。「ものわかりのいい父親役なんて、やらないでよ！」

投げつけるような妻の言葉が、自分のどこかを射抜いているのを高野は感じた。その後も徹は非行グループの仲間と何度か小さな事件を起こしたが、高野は干渉しなくなった。徹も高野に助けを求めることはなく、母親の叱責をふてくされて聞き流すだけになった。

事件は徹が高校一年生のときに起きた。なんとか入学した高校もサボりがちだった徹は、夏休みになると髪を染め暴走族の尻にくっつくようになった。バイクで仲間が迎えにくると、夜中でも出かけた。引き止める妻の金切り声と息子の怒鳴り声が始まると、高野は背を向け仕事部屋に入った。その夜も、翻訳仕事に向かっていた。居間の電話が鳴り、一瞬、悲鳴のような声が聞こえた。続く沈黙が気になり、居間へ行くと、洋子が床にぺたんと座っていた。どうしたと訊くと、ひしゃげたような顔をあげ、「死んじゃった、あの子」。

病院に駆けつけた。霊安室の外で刑事から話を聞かされた。仲間とバイクを盗んだ徹は、歩行中の女性のバッグを引ったくり逃走、パトカーに追われて横転したバイクから放り出され、ヘルメットをかぶっていなかった徹はほとんど即死状態――手帳を棒読みする若い刑事を前に、高野は言葉もなく頭を下げた。洋子はベンチに座り、両膝に顔をうずめたままだった。

葬儀の前に、高野はあちこち謝罪に回った。身内だけのひっそりとした重苦しい葬儀。高校入学時の詰襟姿の写真が引き伸ばされ、遺影に使われた。徹の顎の輪郭が伊藤越雄のそれとそっくりだった。手をあげたことはもちろん、叱った記憶すらない義理の息子だが、正面からまともに顔を見たこともなかったような気がした。

高野は大学に辞職願を提出したが、学科長に「マスコミにうちの大学名が報道されてもいないし、辞める必要はないでしょう」と慰留された。しかし洋子のほうは、そうはいかなかった。経理事務所の社長から「うちの仕事は顧客の信用第一。息子があんな事件を起こした社員がいたんじゃ、信用がなくなってしまう」と、暗に退社を迫られた。

息子と仕事を失った洋子は、家に引きこもるようになった。高野が帰宅すると、徹の部屋でじっと座り込んだりしていた。動作が緩慢になり、目に見えて痩せていった。病院に連れていくと、うつ病と診断された。

「時間をかけて治すしかないですね。ご主人の支えが不可欠です」

担当医にそう言われた。洋子の両親はすでに亡くなっており、身内は高野だけだった。家事ものろのろとしかできない洋子に代わり、高野が料理や掃除をやったが、ソファに座ってうつろな目で夫の背を追う視線ばかりを感じた。そんな洋子に向かい合うのが、高野には耐えられなくなった。食事の用意をして大学へ出かけ、遅くまで大学の研究室に残り、帰宅してからは仕事部屋で翻訳にかかりっきりになった。

抗うつ剤の服用で一進一退の病状を繰り返していた洋子は、徹の三回忌をすませた二日後、飛び降り自殺した。大学での会議中に、高野は警察から知らされた。徹が死んだ道路を見下ろすビルの屋上に、「こどものところに行きます。ご迷惑をおかけします。お許しください」と走り書きされたメモが残されていた。しばらく騒動がつづいた。ある週刊誌が徹の事件とからめて書き、大学名も出された。責任をとって高野は辞職した。

以来、深い喪失感をかかえながら横文字を縦にする仕事だけをやってきた。ウイスキーと睡眠薬に頼って眠り込む日々……。いま、思う。心のどこかに罪を閉じ込めたかさぶたがあり、剥がせば血が流れるそれを後生大事にかかえてきたのかもしれない。自分のことしか考えず、洋子も徹も失った。こんな歳月をフォンには話していないし、話しようもない。もあったような気がする。その起点がサイゴンにあることから目をそむける日々で

高野はホテルのベッドに寝転がったまま、天井でゆっくり回るファンをみつめた。羽根が何枚あるのか数えようとしたが、四枚、五枚、六枚……わからない。一番遅い回転なの

に、羽根が何枚にもダブって見える。吐息をついて、高野は目を閉じた。カーテンを閉ざした薄暗い部屋のフォンの姿が浮かぶ。伊藤越雄の死の真相をオレに明かし、いまは迫り来る自分の死を待つ。ギシギシと軋む音、虚空のなかを吹き抜けるような無力感。

ベッドから起き上がり、窓をあけた。熱をおびた風とともに、車やバイクのけたたましい音、クラクションや呼び声、わめき声などが入り混じり一斉に流れ込んできた。人や街が生きていることの証しのような喧騒。

ユンとの待ち合わせにはまだ時間がありすぎたが、高野は部屋を出た。どこへというあてもなく、ドンコイ通りを歩いた。アオザイ・ブティックやブランドショップ、東京の表参道か青山のようなショーウインドーが並び、Tシャツ、ショートパンツの欧米人や、ショッピングバッグをぶらさげた日本人女性が行き交う。通りのほぼ中央、かつての国会議事堂は市民劇場に変わり、大聖堂の先、旧南ベトナム大統領官邸は統一会堂となっている。チュー大統領の合同記者会見で何度か邸内に入ったが、普段は厳戒下に置かれ、近づくにも緊張した。いまは一般に開放されており、子供連れのベトナム人家族がのんびり庭を歩いている。

中央市場に向かう商店街には、若いベトナム人カップルが腕を組んで歩いていた。真っ白のアオザイを着た高校生の女の子たちが、アイスクリームを食べながら笑い興じている。

小鳥がさえずり、つっつきあうようなリズミカルな抑揚の言葉。市場には食料品から日用雑貨までありとあらゆる商品が並べられ、売り買いの声が重なってこだましていた。市場近く、伊藤の射殺死体が発見された場所には、真新しいファッションビルが建っていた。多くの死がかき消されている、よろめくように歩きながらそう思った。

市場前のロータリー状になった大通りを横切ろうとしていたときだった。川の流れのようなバイクや車の切れ目をぬいながら渡っていた高野は、ふいに左目の奥に閃光を感じた。赤いカーテンのようなものが降りてきて、視界がふさがれた。あっと声をあげ、立ち止まった。痛みはないが、何か異変が起きていた。左目を掌でおさえた。右目は正常に見えたが、逆にすると、左目は紗幕をかけられたように、周囲がぼんやりとしか見えない。傍を走り抜けるバイクの若者たちの罵声を聞きながら、高野は左目をつぶり右腕を上にあげて通りを渡った。ふらつきながら渡りおえ、歩道にしゃがみこんだ。足元の地面に、蟻の群れが狂ったように右往左往していた。

「夫のトゥがあとで同席しますが、かまいませんでしょうか?」

案内された席につくと、ユンが尋ねた。

「もちろん、かまいません。私もお母さんの主治医にお会いしたい」

「タカノさん」ユンが声をひそめた。「どこかお体の具合がわるいのでは？」

ユンとロビーで待ち合わせ、エレベーターで上がり、レストランの席につくまで、高野は二、三度人にぶつかりそうになり、そのつど謝った。左目がほとんど見えず、人や物との距離感がおかしくなっている。それでも自分が予期したほどには取り乱していないことに安堵した。フォンの娘の手前、見栄を張っているだけかとも思いつつ言った。

「いや、だいじょうぶです。久しぶりの海外で、少し疲れただけです」

「無理をお願いして、ほんとうに申し訳ありません」

アオザイを着たユンが頭を下げた。無地のパープルカラーのアオザイ姿が、店内の照明を受け、淡いオレンジ色に見える。ハイバーチュン通りの高級ホテル上階のレストラン。ベトナムの民芸品を飾りつけ、フロアの隅では伝統楽器の一弦琴が演奏されている。ベトナム情緒をかもし出しているが、デザインのセンスは欧米ふうで、客の大半が外国人のようだ。高野と同じように見回しながら、

「このお店、アメリカ帰りのベトナム人が経営してるんです。私も初めてなんですよ。タカノさんをお招きするのにどこがいいかわからなくて、ネットで調べたんです。気に入っていただければうれしいんですが」

ベトナムも日本と同じＩＴ化の時代、と改めて思いながら「いい店ですね、眺めもいいし」

と応じた。眼下にサイゴン川が見える。黒々とした川面に水上レストランや観光クルーズ船の灯が映えている。こちら側のまばゆいほどの光の洪水とは対照的に、対岸の民家の明かりはひっそりとしている。暗すぎるうえ、片方の目が不自由なため、フォンがかつて住んでいた家の見当もつかない。高野の視線の方向に気づいたのか、ユンが言った。

「川向こうは貧しい生活をしている人が多いんです。ドンコイ通りで売っている洋服のレースやバッグのビーズなんかを作って暮らしてますが、ひどい安さなんです。病気になっても病院へ行けない人も多く、トゥと一緒にボランティアで回診してるんです」

フォンは自分の娘を立派に育てたんだなと思った。

「あなたのお父さんは早く亡くなったとか」

「はい。私が四歳のとき、父はカンボジアとの紛争に出征して戦死しました。ぼんやりとしか覚えてないんですが、優しい父でした」

「軍人だったの？」

「戦争中は解放戦線の工作員として、南政府軍に潜入してたそうです。その任務を通じて母と出会い、戦争が終わって結婚したんです」

またパズルの穴がひとつ埋まった。

「タカノさん」母親似の大きな目を向け、ユンが言った。「ぶしつけな質問かもしれませんが、母とはどういう関係だったんですか？」

「難しい質問だね。お母さんは何と？」

「運命的なもの、としか言いません」

「私も同じ答えになるだろうね」

「それでは何もわかりません。母の命はもう限られています。その母が最後に会いたいと言い、あなたも駆けつけてきてくださった。いったいなぜ……」

フロアでは一弦琴の演奏が続いている。ダンバウと呼ばれるこの民族楽器は、一本の弦をつまびき縦の細い棒を微妙にふるわせ音を出す。胸をかき乱すような哀切きわまりない音色で、嫁入り前の娘にはダンバウを聞かすなという古い言い伝えがある。その音色が高く低く尾を引きつつ流れている。ユンの視線を逃れるように、ダンバウの演奏者に目をやりながら自分に問いかけた。

——実際オレはなぜ、フォンに会いに三十五年ぶりのこの街にやってきたのだろうか。罰を受けるため、そんな答えをしたところで、ベトナム戦争を知らない世代のユンには何も通じないにちがいない。いや、肝心のフォンにも伝わるかどうか……。

席から立ち上がったユンが、店の入り口に向かって手を振った。長身で肩幅の広い男がテーブルに来て、「初めまして、トゥです」と英語で名乗った。理知的な顔立ち、白衣が似合いそうだ。トゥは「フランス語もいくらか話せますが、できれば英語で」と言った。すぐにもフォンの正確な病状を尋ねたい気持ち、避けたい気持ちが交錯した。それを察したのか、ユンが「とにかく食事しましょう」とボーイを呼んだ。ベトナム料理とフランス料理をミックスしたような皿がいくつも並べられた。味は悪くないが食欲もなかった。

「きみたちはどこで出会ったの？」

高野が尋ねると、ユンが「彼は医大の一年先輩なんです」と笑顔に戻って答えた。「トゥはアメリカに留学しましたが、私はフランス。それで数年間離れ離れでしたが、いまの病院で再会したんです」

「二人ともベトナムのエリートなんだね」

トゥがフォークを動かす手を止め、「ユンの両親もそうですが、僕の父も解放戦線のメンバーでした」と言った。

「戦争については学校で習いましたが、家で父の話すこととはくい違っていました。『仲間をたくさん失い、自分も何度も死にかけたが、国のために頑張ってきた。しかし、やっと戦争が終わると、同志のはずの北の党にすべての実権を握られ、自分たちは片隅に追いやられた』、父はよくそう言ってました。工場の名誉職についていましたが、トップは北から派遣された人で、自分には何の権限もないと。そして僕に『お前は医者になれ。医者なら出身や思想に関係ない』と言うのが口癖でした」

トゥの言葉を継ぐようにユンが言った。

「私の母も団体の名誉職をもらっていましたが、行商までやって女手ひとつで私を育ててくれたんです。私たちが留学できたのは、戦争中の親の功績のおかげです。でも私たち、エリートなんて思ってません。いまの病院もトップは北の人ですが、そんなこと関係ないんです」

「ユンの言うとおりです。患者を治す、苦しんでいる病人を助けるのが医者で、それ以上でも以下でもないと思います。それはタカノさんの国でも同じではないでしょうか」

高野は二人を見比べ、いい夫婦になり、いい家庭を築くだろうと思った。だが、そこにフォンはいないとも。トゥに訊いた。

「彼女はいつまでの命ですか？」

眉間にしわを寄せたトゥが、何かベトナム語でユンに告げた。ユンが暗い声で言った。

「ここへ来る前にも母を診てくれたんですが、具合がよくないようです」

「医学は科学です」トゥが高野を正面から見つめながら言った。「医者は奇跡を信じるべきではないと思いますが、昨日、義母を診察したときは、すごく良くなっていました。タカノさんに会ったあとでしたが、何か彼女のなかで奇跡が起こってくれるのではと期待したほどです。しかし、また悪化しています。最後まで僕は医者としても息子としても全力をつくしますが、科学的データからいえば、あと二、三週間だと思います」

ユンが息をのみ、目をそらせた。

「彼女はものすごく精神力の強い女性です。ガンが見つかったとき、もう手術不能まで進行していましたが、抗ガン剤や放射線治療を行えば、まだ一年、少なくとも半年は生き延びる可能性がありました。それを何度も勧めましたが、副作用で苦しみながら少し生き延びるより、運命を受け入れたいと拒絶されました。ひどい苦痛を感じているはずなのに、鎮痛のモルヒネも拒むんです」

「ちょうどタカノさんから初めて連絡をいただいたころです」とユンが言った。「モルヒネは意識を混濁させる。タカノさんとは、そんな状態で会いたくない。苦しみながら最期を迎えてもいいのと叱ると、ママは、まわりの人はみんなそうやって死んでいったと……私、いまお腹に赤ちゃんがいます。先月、わかったんです。せめて、この子が生まれるまで、ママには生きていてほしい」

ユンの大きな目から涙があふれてきた。彼女の肩を抱き、トゥが言った。

「明日、最後にお会いになるとき、言ってあげてくれませんか。あなたは苦しんだまま最期を迎えてはいけない、と」

10

開け放った窓の外に見えるバナナの葉が、だらりと垂れたまま動かない。風がなく、部屋の中も蒸し暑い。ベッドに背をもたせたフォンの額が汗ばんでいる。

「スコールがくるかもしれないな。窓を閉めてエアコンをつけようか」高野がそう言うと、フォンは「いいえ、このままにしておいて」と答えた。

「そういえば、ユキヒコとスコールのなかをボートに乗ったことがあったわね」

「ああ、動物園へ行ったときだ」

サイゴンには大きな動植物園があり、裏側をサイゴン川の支流が流れている。その川から行き来すれば、動植物園に無料で出入りできるのよ。フォンがいたずらっぽく言い、二人でボートを借りた。途中でいきなりスコールが降り始め、ずぶ濡れになりながら高野がオールを漕ぎ、フォンが溜まった水をかき出した。

「それにしても、ほんとうに動物園が好きだったね、フォンは」

「子供の頃から夢見てたわ。サイゴンに来るまで一度も見たことがなかったの」

孤児院で暮らすさびしい目をした少女を想った。フォンも遠くを見るようなまなざしをしていたが、

「一日二時間ずつで三日間、へんな再会だったけど、それも今日でおしまいね」

「フライトをキャンセルして、延期してもいいんだ。この街にもう少し」

「ユキヒコ、あなたが優しい人だとは知ってたけど、センチメンタルな人だとは知らなかった。予定どおりに日本へ帰りなさい」

「…………」

「そういう私も、昨夜は少しセンチメンタルになったの。もしあのとき、ユキヒコの言葉どおりに日本へ行ってれば、どんな人生を送ったんだろうって」

「おれも同じことを考えたよ。ユンたちと食事したあと、一人で歩きながら」

「どんな人生になった？」

「サッカーチームをつくれるくらい、きみにたくさんの子供を生ませてた」

笑うと思ったが笑わず、フォンの目が底光りした。

「新聞社を辞めたのは、イトウさんの事件のせいなの？」

「それもあるが、きみが解放戦線の活動家だったことを見抜けなかったのだから、もともと記者失格だったな」

「同じよ、私も。あなたと過ごす時間は組織のことを忘れていられた。工作員失格ね」

「だけど、きみはやり遂げた」

フォンは両手を胸に置き、目を閉じた。

「あなたはいま一人暮らしらしいけど、結婚はしなかったの?」

「息子のいる女性と結婚したが、息子が事故死し、妻も死んだよ。おれはいい父親でもいい夫でもなかった」

「そう、ユキヒコもつらい人生だったのね……私の死んだ夫はグエン・バン・ナムという名前で、解放戦線の工作員だったの」

「ユンに聞いたよ」

「やっとアメリカとの戦争が終わってからも、ベトナムはカンボジアや中国との戦いが続いた。もと解放戦線のメンバーがたくさん駆り出され、ナムはカンボジアに行って戦死したの。リンも中国国境で、やはり戦死」

「ホアン兄さんも死んだと言ってたが」

「兄は戦死じゃなく、戦争が終わった翌年、もと秘密警察にいた同僚に襲われて死んだわ。軍や警察に潜入していた仲間は、兄のように報復された人も少なくない。これも、やはり戦死ね。そうやって私のまわりの人たちはみんな死んでいったわ」

オレのまわりの人間もみんな死に、こうしてフォンと取り残されている。

「この三日間、私たちは過去のことばかり話し合ってきたわね。まるで未来なんか何もないみたいに」

「ああ」合いづちをうったあと、高野は言いようのない感情におそわれた。フォンはあと二、三週間。オレも東京へ帰っても、何もない。左目はやがて完全に見えなくなり、いつか右目も視力を失ってしまう。そうなっても、生きていくのだろうか。恐怖感、無力感、虚無感、すべてがないまぜになり、足元にひたひたと押し寄せてくるようだ。

「フォン、きみはこわくないのか、死ぬことが」

「私が育った孤児院はカトリックで、子供の頃は無心に神を信じていたわ。死ねば天国へ行き、先に亡くなった人たちと会えることができると思ってたけど、孤児院を追い出されてから信仰を捨てた。いまも天国なんかないと思うし、あっても私は行けない。正直、死ぬことはこわいわ。でも、神さまはいるのかもしれないと、また思えるようになった。ユキヒコと再会できたし、未来につながるものを残すこともできた」

「未来につながるもの……」

「ユンのお腹には赤ちゃんがいるの」

「それも彼女に聞いた」

「あなたの孫よ」

耳を疑った。「おれの孫？」と聞き返すと、フォンは目をひらき、高野をみつめながらゆっくりとはっきり言った。

「ユキヒコ。あなたの娘なの、ユンは」

呆然とした。言葉が出なかった。

「少女時代にダナンでつらい経験をしてから、私はどうしても男性の愛を受け入れることができなくなったの。何人か好きな人もいたけれど、そういう関係になりそうになると、私のほうから逃げた。あなたとも初めはそうだったわ。でも、あの夜、本当に幸せだった。戦争が終わり、妊娠していることがわかった。リンが言ったわ。『未来につながるものを残すことが、生き延びた人間の義務。父親がだれであれ、生まれてくる子は新しいベトナムの子供よ』。ナムに求婚され、打ち明けると、一緒に育てようと言ってくれたの」

オレに子供がいた、ユンがオレの娘……混乱したままの頭の中を同じ言葉がぐるぐる回っていた。十年前、先輩の安田と飲んでいるとき、脳梗塞で倒れた。突然、言葉が出なくなり、両手でテーブルにしがみついた。そのときと似た感覚だった。

「もちろん、ユンはナムを父親と信じてるし、私の口からほんとうのことを言うつもりはない。あなたにも言うべきかどうか迷い、昨夜ずっと考えたわ。そして、決めたの。こうして生きてるあいだに再び会えたということは、あなたにだけは真実を告げなさいと、神さまが会わせてくれたんだって。ユキヒコも三十五年間、心のなかで引きずってきたものを私に打ち明けてくれたでしょ?」

ぐらつくような感覚がおさまり、ユンと初めて顔を合わせたとき、どこか懐かしさを感じたのを思い出した。朗かな笑顔や涙にあふれる顔も浮かんできた。自分の娘という実感より、途方もなく大きな忘れ物をしていた、そんな思いがこみあげてきた。

「ユキヒコ、引き出しの箱を、お願い」

ベッドサイドの棚から、また漆塗りの箱を取り出した。ホアンの写真のうえに、便箋が一枚あった。

「昨夜、ユンにあてて手紙を書いたの。ユキヒコとのいろんなことを書こうと思ったんだけど、考え直して『ユンの実の父親はタカノ・ユキヒコです。私が心から愛した人です』とだけ書いた。それだけでも、いまの私の体力では精一杯だった。ユキヒコ、私の命ももうわずか、あとはあなたに任せるわ。その手紙をユンに見せてもいいし、私と二人だけの秘密にしておいてもいい。ただ、あなたの血を分けた娘がこの世にいる、それを覚えておいてほしいの。いまは私たちの時代とは変わってしまったけれど、世界の戦争もテロもつづいている。何が正しいかわからないけど、自分が何かに連なっていると信じられることは大切だと思う」

フォンは疲れきったように、また目を閉じた。高野は痩せた彼女の手を握り、瞼にそっと口をつけた。フォンの指にかすかな力がこめられた。強く握り返しながら切なさがこみあげてきた。オレはまたフォンを失おうとしている、娘の存在を告げられたいま、今度は永遠に。むごい、と思った。声をあげて泣きたい、叫びたい……。

「人間っておかしいわね。死ぬのがわかっていても、最後の瞬間まで苦しいのを我慢して、耐えて生きようとする。血を分け命をふきこんだ人間がいるから、それができるのね。だから、死ぬこともできるんでしょうね、きっと」

途切れながらのフォンの言葉、一語一語に鞭打たれていた。最後の罰、と高野は思った。握りしめたフォンの手に額をあて、祈るような姿勢をとっていた高野の耳に、遠くからかすかな歌声が聴こえてきた。

♪雨あがりの濡れた　さびしい一本道
遠くで呼んでいる　あなたはだれ？
しんきろうにかげる　さびしい一本道
遠くで泣いている　あなたはだれ？

月明かりに浮かぶ　さびしい一本道

遠くで横たわる　あなたはだれ？

顔を上げた。窓の外、バナナの葉がにわかにざわざわとそよぎ始めた。雲が走るように飛び、そして、来た。スコール。屋根を叩く機関銃のような音に、歌声もかき消されそうになる。フォンの手が自分の手をあやすようになでるのを感じながら、高野は激しい雨音のなかに歌声を探した。

母の恋

母は薄く口を開き、目を閉じたままベッドに横たわっている。眠ってはいないはずだ。私が病室に入ってきたとき、弟の幸次が母の耳元で「ほら、兄貴が帰ってきたでぇ」と語りかけた。母は細い目をあけ、私を見上げ何か言いかけたが、また目を閉じた。

「頭ははっきりしとるんやけど、まだよう口がきけんのやわ。すんませんね」

義妹の静枝は軽くため息をつき「ほな、先に帰るけんな」と弟に言い、洗濯物を入れたビニール袋を持って部屋を出ていった。

ベッド脇の椅子に弟と並んで座った。母のパジャマの袖から伸びた点滴チューブがエアコンの風でかすかに揺れている。冷房は入っているのだろうが、病院特有の消毒剤の匂いが混じった生ぬるい空気に息苦しさを覚える。

母が脳血栓で倒れたという電話を受けたのは一週間前だった。すぐにも帰郷しなければと思う一方、締切りが迫った原稿をかかえておりためらった。気配を察したのか弟は、手当てが早かったので命に別状はないと言ったあと、「何を書いとんな、今」と訊いてきた。

女性演歌歌手の自叙伝で、スポーツ新聞に連載した記事に加筆し単行本にする仕事、そう説明すると、つまりゴーストライターやな？　弟の口調に皮肉はなかったが、自分の中の棘が勝手に動いた。

最後の数日は徹夜に近い状態で原稿を仕上げ、東京駅へ駆けつけた。四国へ向かう新幹線の車中、うとうとしては目覚めることを繰り返した。目が覚めるたびに母の顔が浮かんできた。風邪ひとつひいた記憶のない母と病気が結びつかない。働きづめの母だった。四十年近く手がけてきた京染呉服の仕事が、着物需要の減少で立ち行かなくなり、店をたたんだ。喪失感からかしばらくふさぎ込んでいたが、ある日突然、広島へ行くと言い一人で出かけたという。数日後に帰ってきた母は「急に不良婆さんになった」と弟がメールで伝えてきた。私が妻と離婚してまもなくの頃だから、もう八年になる。毎晩のようにカラオケスナックを回っては酔っ払って帰る。働き通しだったそれまでの反動かもしれないと、弟のメールは困惑ぎみに書かれていた。

「わからんこともないけど、毎晩では体にさわるけん、ええ加減にしとけよ言うても、全然きかん。あげくに倒れてしもた」

弟の声が聞こえたのか、母は目を閉じたまま顔をそむけた。寝たきりのせいだろう髪が首筋に張りついている。白髪を黒く染める習慣は以前からだったが、色が褪せまだらになっている。私は小声で訊いた。

「医者はどう言ってるんだ?」

「リハビリにもよるけど、左半身の麻痺は残るらしいわ。さすがにもう遊び回ることはでけんやろのう」

「今年で七十四か、お袋」

「そや。兄貴も歳ぐらいは覚えとんやな」

「当たり前やろが」

郷里の言葉を使うと、弟夫婦に母を任せて東京で気ままな独り暮らしをしているうしろめたさを改めて感じる。ノックの音がして看護師が入ってきた。大柄な中年女性で、「お体、拭かせてもらいます」と無愛想な声で言う。弟に促され窓際に移ると、看護師は母のパジャマのボタンを外し始めた。弟が私の肘を突っつき、ベッドのほうへ顎をしゃくりながら自分の胸を指差した。

裸になった母の上半身を、看護師がタオルで拭いている。ぎくりとした。首筋や腕、腹はたるみ皺がよっているのに、両方の乳房だけが若い女性並みに盛り上がっている。老女の肌に真新しいお椀をかぶせたようだ。看護師の背中越しに見え隠れする母の胸から目が離せなかった。看護師が手際よく上着を着せ、つぎにパジャマのズボンを脱がせたところで、また弟に促され病室の外へ出た。

「やっぱり兄貴も知らなんだんやな。昔、豊胸手術をしたそうや」

母の名札がかかった壁にもたれながら弟が声を落として語った。担ぎ込まれて受けたCT検査で脳血栓がわかったのだが、医師は胸に丸い影が写っていることに気づいた。お母さんは豊胸手術を受けたことがあるんですかと訊かれた弟は驚き、母に尋ねた。麻痺のせいで言葉が聞き取れなかったが、母はうなずいた。担当医は、日本でもシリコンバッグを入れる豊胸手術が流行したことがあり、お母さんのもそれでしょうと指摘した。そんな手術をいつしたのか、弟が訊いても母は顔をそむけ答えなかった。答えたのは、これほどちゃんとした形のまま残ってるんだから、きっと腕のいい先生だったんですねと、担当医が笑顔で話しかけたときだった。母は動くほうの右手の指で三と〇を示したという。

「三十歳いうたら俺はまだ三つや。お袋と一緒に風呂に入ってもわかるわけないわ。兄貴には思い当たることないんか？」

三十歳という年齢に何か反応するものを感じたが、「いや、俺にもないな」と答えた。

「来週から相部屋へ移るんや。あのおっぱい、人に見られたらふうが悪い。年寄りのヤクザ者の入れ墨みたいなもんやろ？　けどまあ、お袋も女やったということやな」

私が黙ったままでいると、弟は腕時計を見て、「俺も、家へ帰るわ。明日は会社やから夕方まで病院には来れんけど、朝飯でも食べに寄ってよ。ホテルで食うたら高いけんな」。

手を上げて歩きかけた弟が立ち止まり、うつむきながら戻ってきた。

「言うてええんかどうか迷うたんやけど、実は三日前、久子さんが見舞いに来てくれたんや。静枝がお袋のことを知らせたらしい。大阪で仕事があったんで足を伸ばした言うて、兄貴と同じホテルに一泊して東京へ戻った。お袋の手ぇさすりながら、大丈夫、大丈夫、何べんも言うとった……いらんこと喋ったけど、まあ、気にせんといてな」

元妻の久子は、二歳下の義妹静枝と仲がよかった。ともに女きょうだいのいない嫁同士として気が合ったのだろう。久子を伴い帰郷すると、よく話し込んでいた。私との離婚後も二人が年賀状のやり取りをしていたのは知っていたが、単なる儀礼的なものと考えていた。この八年間一度も会っていない久子が、母を見舞いに四国まで訪れるとは思いもよらなかった。

病室に戻ると、母は口を大きく開き、軽い鼾をかいていた。体を拭いてもらい気持ちよくなって眠り込んだのかもしれない。ベッド柵に手をかけ、母を見つめた。何年も会わないうちに、小柄な体がさらにひと回り縮んだようだ。額や目の下の深い皺、手の甲に広がるシミ。掛け布団からはみ出た足はかさかさに乾いている。呼吸のたびに盛り上がるパジャマの胸から目をそむけ、布団をかけ直しながら、明日、また来るけんな、小さく呟いた。

すでに日は暮れていたが、日中にためられた地上の熱気が足元からじわじわと上がってくる。夕凪。朝と夕、海風も陸風もぴたりとやむ瀬戸内沿岸の現象だが、夏の夕凪はときに夜遅くまで続く。息が詰まるようなその暑さが子供の頃から嫌いだった。タクシーを拾ってＪＲ駅前のホテルに着いたものの、部屋へ上がる気にならない。母の胸、元妻の見舞い、どちらも不意打ちで気持ちがざわついている。弟夫婦には新幹線内で弁当を食べたと言ったが、甥や姪を交えた団欒のうっとうしさから逃れるための口実だ。何か腹に入れようと居酒屋の並ぶ駅裏へ向かった。

「決めないかんのや。うち、決めてくる」

ビールを一本飲み終えたとき、不意に母のその声が甦った。台所で祖母と言い合っていた。二人とも押し殺したような声で何を話しているのかわからなかったが、母のその強い声は隣室で寝ている私の耳にも届いた。たしか小学二年の夏休み中だった。

私が五歳のとき、岡山の造船所に勤めていた父が心筋梗塞で急死した。弟はまだ一歳だった。社宅を出なければならず、母の実家がある四国の高松市へ引っ越した。母は市内の大きな割烹料理店の仲居として働き始めた。帰りが遅く、夜中に水音で目を覚ますと、着物姿の母が首をよじって蛇口からじかに水を飲み、流しの縁に両手をついて肩で息をしたりしていた。そのうち明け方近くになって帰るようにもなったが、つぎの朝には必ず台所に立っていた。

あの夜、祖母との言い争いを断ち切るように、母がいきなり襖をあけて寝室へ入ってきた。布団の上でうずくまり聞き耳を立てていた私は、あわててうつ伏せになった。その背中へ寝間着姿の母がおおいいかぶさってきた。雄一、明日からお母ちゃん、ちょっと家あけるけんな。耳元でささやかれた。母の顔を見るのがなぜか怖く、うつ伏せたまま、どこ行くん？　と訊いた。ばあちゃんの言うことよう聞いて、幸次の面倒もみてやってな。

　翌朝起きると、母の姿はなかった。どこへ行き、いつ帰って来るのか祖母に訊いても、わからんと答えるばかりだった。夕方になると弟は玄関先でお母ちゃん、お母ちゃんと呼び続けていた。そのうち表通りまで出て泣きじゃくるようになった。連れ戻しに行っても帰ろうとしない弟の頬を叩いた。一瞬きょとんと私を見上げた弟は、わあと大声をあげ泣き叫んだ。母がもう戻らないという思いがこみあげたが、私は懸命に涙をこらえた。母が帰って来たのは十日後だった。疲れ果てた顔で、どこか遠い目つきをしていた。

　この母の短い出奔を、私は今までほとんど思い出すことがなかった。母はもちろん祖母も一切話そうとせず、幼かった弟はすぐに記憶が薄れ忘れてしまったようだ。私にとっては忘れられないはずだったが、思い出させないほどその後の母の生き方が変わった。仲居をやめた母は、親戚が経営する京染呉服店を手伝うようになった。客の古い着物を預かり、京都の染物会社に送って新しい柄に染め直す仕事で、母は外回りの注文取りだった。分厚く重い見本帳を何冊も入れた籠を自転車の荷台に積み、朝から晩まで走り回った。雨の日もゴム合羽を頭からかぶって出かけた。

数年後、母は親戚の店から独立した。自転車は小型バイクに変っていた。古い着物だけでなく、白生地から染める仕事も扱うようになった。そのほうが実入りがよいらしく、母の働きぶりに拍車がかかった。運転免許を取り軽ワゴン車を購入した。授業参観や運動会に母が顔を出すことはなく、遠足には仕出し屋の弁当を持たされた。

そんな働きづめの日々、母の中であの出奔はどう収められていたのだろうか。だれか男と一緒だったのだろうと子供心に感じていたが、相手が料理店の客なのか従業員なのか、あるいはまったく別のだれかなのかわからない。「決めてくる」と強い声で言った母の言葉の意味もわからない。わからないことだらけだが、あの夜、私の背におおいかぶさった母の感触は覚えている。寝間着の肌の熱さもはっきりと思い出せる。母に女を感じたのはあのときだけだ。豊胸手術をした年齢が三十歳というのが正しいなら、あのとき母の胸はすでに……一面に靄がたちこめた森の奥へ向かって母が一人歩いて行く。お母ちゃんと呼ぶと、ゆっくり振り向いた。寝間着の前がはだけて胸があらわになっている。

「お客さん、お客さん」肩を揺すぶられた。テーブルにはビール瓶のほか、空になった徳利が四本並んでいた。アルコールに強くない私の限度をはるかに越えている。ふらつきながら店を出て、駅前からタクシーに乗り込み病院名を告げた。自分が何をしようとしているのかわからない。やり場のない憤りのようなものが酔いの底にわだかまっていた。

フェンス塀の外から見上げると、五階の角部屋にオレンジ色のぼんやりした明かりが点っている。常夜灯かもしれない。その灯を母がうつろな目で見つめているような気がする。病院の玄関は閉まっており、「夜間受付」と書かれた入り口に回った。インターフォンを押すと、どうしました？ と男の声が返ってきた。病室番号と母の名前を告げ、会いたいと言った。もう面会時間は終わってますとそっけなく言う相手に、どうしても会いたいんですと訴えた。ドアが開き、守衛らしい制服を着た初老の男が出てきた。ドアに手をかけふらつく体を支えながら、母に会いたいと言う私から半歩退き、おたく、酔うとるでしょ、困ります。私が半歩詰め寄ると、ちょっと連絡してみますと守衛室に入った。しばらく待たされた。戻ってきた守衛に、患者さんはもう眠っとるそうです、明日にしてくださいと言われた私は、ドア枠に手をかけたまま腰からずり落ちた。ちょっとあんた、どないしたんな、タクシー呼びますか？ なんとか立ち上がった私は、ほんまに大丈夫ですかぁという守衛の声を背に聞きながら、ふらふらと病院の外へ出た。お袋の手ぇさすりながら、大丈夫、大丈夫、何べんも言うとった……なぜか弟に聞いた言葉が頭の中でこだましていた。

窓のカーテンを開けたままだったので、射し込んでくる朝陽で目を覚ました。ひどい二日酔い。頭が割れるように痛く、よろよろと窓まで歩きカーテンを閉めた。冷蔵庫の水をがぶ飲みし、ベッドに倒れ込んだ。再び目が覚めると、チェックアウト時刻の一時間前だった。頭の痛みはだいぶ収まっていた。

カーテンを開く。窓いっぱいに瀬戸内海が広がった。見飽きた海だが、地上十階の高さから見るのは初めてだ。湖の箱庭に大小さまざまな島を点在させたような光景。魚のうろこのような小波の立つ中、出港したばかりらしいフェリーが沖へ向かっている。

ふと思い出した。私の学生時代、瀬戸大橋はまだ完成しておらず、本州へ渡るには連絡船を利用した。出港のつど、桟橋にドラが鳴り、蛍の光が流れ、テープが飛び交った。大学へ入るために上京する朝、母が車で港まで送ってくれた。ここでいいと言うのにも構わず、私に丸い紙テープを押しつけた母は、桟橋の最前列に立っていた。ドラが鳴り響き、船のデッキから色とりどりのテープが投げられ、母の「雄一、早よ、早よ！」と叫ぶ声が聞こえたが、私は投げなかった。一緒に上京する同級生が隣で、アホらしい、嘲笑するように呟くのを耳にしたからだ。蛍の光が流れ出すのと同時に連絡船がゆっくりと岸壁を離れ始めた。「雄一、頑張れ！　雄一、ファイト！」小柄な母が背伸びしながら両手を振り回していた。羞恥心で震えた。母子家庭に育った自分が東京の私立大学へ進学する、それが母親の稼ぎのおかげということが恥ずかしくてたまらなかった。

ベッドサイドの時計を見ると、チェックアウトまで三十分しかない。下着だけを着がえ、のろのろと洗面所に入った。正面の鏡に無精ひげをのばした顔が写る。生気のない五十一歳の男。その自分と向かい合いたくなく、目をつぶって手さぐりでシェーバーを使った。昨夜、もし母と会えたとしていったい何をするつもりだったのかわからない。酔ったうえでの衝動とは言い切れない何かに駆られていた。その何かがわからないが、醜態をさらしたのは事実だ。このまま東京へ戻ろうかと思った。

ホテルを出て駅まで歩いたものの踏ん切りがつかず、駅構内の喫茶店に入った。店内のテレビがトーク番組を流しており、自叙伝原稿を仕上げたばかりの演歌歌手がゲスト出演していた。紅白歌合戦の常連で美人歌手の世評どおり、高価な着物を着込んだ彼女は艶然とした笑みを浮かべながら語っていた。週刊誌に連載中、劇場の楽屋やテレビ局喫茶室などで六、七回彼女に取材したが、一度も私を名前で呼ばなかった。どこかですれ違ってもこちらの顔すら覚えてないだろう。それがゴーストライターだ。

相手のきれいな横顔だけに光を当てる、陰に隠れたにせもの、ゴースト。そう思うと、不意に母の胸が浮かんできた。たるんだ肌の下にはめ込まれたにせものの乳房。昨夜は母の胸をもう一度確かめたかったのではないか。乳房をつかんで、だれのためにこんな手術をしたんだ、そう問いただしたかったのではないだろうか……。

五階でエレベーターを降り、ナースステーションの前を通るとき、看護師の数人が私をちらと見て目配せした。病室では、母の顔の上にかがみ込み額の汗を拭いていた静枝が「長男さん、よっぽどお母さん思いやね、看護師さんがそう言うてたよ」。のんびりした口調だが、病院中に昨夜の醜態が知れ渡っているような気がした。

「来週から相部屋だって?」と話題を変えた。「口はようきけんけど、そのほうが気がまぎれるしね」と言ったあと、静枝はつけ加えた。「お義母さんの胸、幸ちゃんはふうが悪い言うとるけど、うちはきれいやと思うわ。なんも恥ずかしことない」

ベッド柵をつかんでいた母の右手が、静枝の袖を引いた。母の視線の先を見て、テレビつけるんやね? 母が無表情のままうなずいた。お笑いのバラエティ番組、これでええんな? と訊くと、またうなずいた。しばらく三人でテレビ画面を見ていたが、静枝が立ち上がった。「うち、これからスーパーのパートやけど、お義兄さん、ちょっとええ?」

ステンレスの流し台とガスコンロが備えられた流し場へ行った。湯呑を洗いながら静枝が「幸ちゃん、久子さんのこと話したんやてな」と切り出した。「ああ、驚いたよ。そんなに仲のいい嫁姑でもなかったし」と応じた。

「子供がでけんことで、きついこと言われとったけんな。そいでも、離婚のすぐあと、お義母さんから手紙もろて泣いたんやて」

「手紙……どんな?」

「うちも知らんけど、久ちゃん、すごい明るうなっとったよ。お義兄さんと別れたあともずっと一人やわ。これ、今の携帯番号」

メモを手渡された。病室へ戻ると、母は首をよじった格好でテレビを見ていた。静枝が肩に手を置き、夕方また来るけんなと声をかけると、こっくりするようにうなずいた。

母がテレビを見やすいようにベッドの足元へ椅子を移した。お笑い芸人たちがひな壇に並ぶ番組。一時期、私はテレビの構成も務めていた。手間をかけずに視聴率を取れるこの種の番組は以前からあり、私も担当した。母は口をへの字に曲げにらみつけるような目で見ている。チャンネル変えようか? と訊くと、右手を横に振った。何か話さねばと思いながらも、まともに口がきけない母にどう話していいのかわからない。母が何か呟いた。え? 近くに寄った。テレビ画面から目を離さずもどかしげに口を歪めながら、「しごとは?」そう聞こえた。ちゃんとやっとるよ。答えたが、母はそれきり何も言わない。私も黙ってテレビを見るしかなかった。

小学六年生のとき、地元新聞社主催の読書感想文コンクールに入賞。母は私の文章が掲載された新聞を近所に配って回った。作文が好きになり、中学の卒業文集に「将来の夢は国際ジャーナリスト」と書いた。大学の英文科に進んだが、学生演劇に熱中し、まともに授業を受けなかった。いくつかの新聞社の入社試験にすべて落ち、芸能週刊誌の記者になった。国際ジャーナリストにはほど遠く、スキャンダル記事ばかり書き飛ばす日々。四年後に辞め、東南アジアを一年余り放浪した。節約だけが目的のような旅で、華僑経営の格安ホテルを泊まり歩いたり、高床式住居のあばら家に下宿したりした。文無しになって帰国、何かをつかむはずが目標も失っていた。

その頃、編集プロダクションに勤めていた久子と出会った。どこの国へ行っても言葉や宗教が違うだけで、同じような人間たちが同じように毎日を懸命に生きている。そんな当たり前のことを実感するために一年余りも費やしたと自嘲ぎみに旅を語ると、久子は目を輝かせた。会った人たちや見てきたものをありのままに書けば、きっと面白いものになりますと言い、知り合いの月刊誌編集部につないでくれた。思いがけず原稿が採用された。初めて私のプロフィール入り記事が掲載された翌月、久子と結婚した。

ほかの雑誌からもぽつぽつと依頼が入るようになり、ノンフィクションライターの肩書で執筆した。久子はそれらの雑誌を四国へ送った。母が私の記事を切り抜きノートに貼りつけていると、弟に聞かされたことがある。弟は私と同じ大学へ進んだが、東京みたいなゴミゴミした所は好かんと言い、四国へ戻って地元企業に就職した。私に対する弟なりの配慮だったのだろう。

久子との生活は順調だった。共働きなので経済的にもゆとりがあり、ローンを組んでマンションを買った。ただ子供ができないことに彼女は悩んでいた。四国へ帰省するたび母に、子供はまだな？　と問われ、つらそうな表情を見せた。不妊治療の相談にも通った。あなたも検査を受けてと言われたが、別に子供はいなくてもいいと考えていた私は聞き流した。父親を早くに失い、母が朝から晩まで外で働く暮らしが長く続き、私も弟も家族団欒には無縁であった。私は家庭とはそんなもんだと自分に言い聞かせ、逆に弟は、両親に子供たちがそろう家庭に憧れていた。

結婚して十年近く経った頃、久子の妊娠がわかった。それまでも生理が遅れることは何度かあり、今度も同じ結果になるだろうと私は予測していた。久子は「あまり期待しないでね」と言って病院に行ったが、自分自身にかける言葉だったのだろう。仕事から帰宅すると、久子が小走りにマンションの玄関まで迎えにきた。いきなり私の両手首をつかみ、赤ちゃん、と言った。上気した顔の大きな目に涙があふれていた。

よかったな、私は声をかけたが、子供を持つ喜びからではなく、全身で喜びを表す妻を祝福してやりたかったのだと思う。仕事上の漠とした不安もあった。出版不況が本格化し、雑誌のノンフィクション欄が減ってきていた。残ったところも予算が大幅に削られた。この先、ノンフィクションを書いて家族を養う自信がなかった。

妻との破綻は、思いもよらない形でやってきた。久子のつわりがなかなか収まらず、吐いたり出血したりした。妊娠中毒症が疑われ、入院した。検査の結果、「ほうじょうきたい」と告げられた。久子も私も意味がわからなかった。中年の医師は手元のボードに「胞状奇胎」と書き、「ぶどう子とも呼ばれ、染色体異常によるものです」と説明した。久子の肩が小刻みに震えていた。

「残念ながら今回はあきらめてください」

数日後、手術が行われた。ストレッチャーで病室に戻ってきた久子は、麻酔のせいか蒼白な顔をして眠り込んでいた。

私が担当医の部屋に呼ばれた。医師は「あれ、持ってきて」と看護師に指示した。トレイに乗せられた「あれ」は、レバーのような茶色のぶよぶよした肉塊だった。「ほら、ぶどうの房みたいになってるでしょ?」言いながら医師はピンセットの先で突っついた。肉塊が鈍く光り、私は吐きそうになるのを耐えた。「奥さんにも話しておきますが、六カ月間、生理時に経過観察します。その間、妊娠しないよう性行為はつつしんでください」

退院後、久子に訊かれた。堕ろした子供、どんなだったの? あんなの、子供とはいえない。でも、私たちの子供には違いないのよ。ただの肉の塊だったよ。久子は一瞬ひしゃげたような表情を見せたが、毎月病院へ通い続けた。半年後、もう解禁だって、弾んだ声をあげたが、どうしても彼女を抱く気になれなかった。あの病気になった人でも、また妊娠して出産した例は珍しくないそうよ。言われると目の前に茶色の肉塊がまざまざと甦ってくる。あんな醜悪なもの、二度と見たくないんだよ、俺は。殴られたように顔を歪め、久子はうつむいた。私は妻から目をそむけた。

寝室を別にして数カ月経った深夜、久子が私の部屋に入ってきた。今日、何の日か覚えてる？　彼女の誕生日だが、答えなかった。

「三十八歳の私には、最後のチャンスだと思う。抱いてください」

寝ている私の横に座り込み呟いた。抱いて。私は背を向けた。重苦しい沈黙が続き、背に突き刺さるような視線を感じた。

「あれは、私のせいでもあなたのせいでもない。そんなこともわからないほど身勝手な男なの？　家庭をつくろうという気がないのよ、あなたは。結婚するんじゃなかった」

「それなら」背を向けたまま私は言った。「別れるしかないな。別れよう」

久子がふらっと立ち上がった。両手をうしろにまわし、私を見おろしていた。目が吊り上がっており、一瞬、手に包丁を隠し持っているような気がした。私が起き上がると、そういうことなのね、呟きながら久子はゆっくりと後ずさった。

それぞれ部屋を借りて別れた。マンションを売り払ったものの私名義のローンが残り、返済のためゴーストライターを引き受けた。一度受けると歯止めがきかず、私は俳優になったり、スポーツ選手や会社社長になったりした。テレビのお笑い番組構成も手がけた。苦労しながらノンフィクション記事を書くよりずっと楽で、報酬もはるかに高い。借金のためと自己弁解していたが、言い訳にすぎないことはわかっている。やっつけ仕事に追われる自分が、このままゴーストとして独り年老いていくような思いがつのる……。

母がまた何か呟いた。耳を近づける。「つまらん」と聞こえた。テレビのことだと思いリモコンを取り上げると、自由のきく右手で私を指差し、再び言った。「つまらん」。言葉に窮し、目をそらせた。罰を受けるようにうつむいていると、母の声が聞こえた。「ひさこ」。女房の久子のことか？　見舞いに来てくれたんやな？　よかったなぁ。立て続けに声をかけたが、母は目を閉じたまま頭を反対側に向けた。

鞄から携帯電話を取り出し、廊下へ出た。メモに書かれた番号を押す。身構えるような気持ちで「もしもし」と呼びかけた。「あ、雄一さん？」拍子抜けするほど明るい声が返ってきた。「今、ちょっと手が放せないの。三十分後にこっちからかけ直す。いい？」

病院の屋上へ上がった。まわりの高層ビルにさえぎられよく見えないが、遠くに瀬戸内海が青く光っている。今夜も長い夕凪になりそうな空。ちょうど三十分後に携帯が鳴った。静枝から私の帰郷を聞いていたのだろう、久子は「病院なの、今？」と訊いてきた。

「ああ、屋上にいる」

「私もうちの事務所が入っているビルの屋上。天井がないって気持ちいいものね」

五年前に仲間三人と独立し、新たな編プロを立ち上げたという。「食べるのにかつかつだけどね」屈託のない口調に、かえってどぎまぎする。見舞いの礼を言ったあと、気になっていることを尋ねた。

「俺と別れたあと、お袋から手紙を受け取ったそうだけど、どんな内容だったの？」

「とても長い手紙でね……お母さんには内緒にしてね。雄一さんが小学生の頃、お母さん、一度家出したことがあったでしょ？」

相手は高校時代の国語教師だったという。授業中に自作の詩を朗読し、恥ずかしげにうつむく姿に憧れた。卒業前、恋文を渡したが返事はもらえなかった。母が仲居として働き始めた頃に再会した。彼は出身地広島の旅館の婿養子になっていたが、子供ができず居場所を失っていた。つきあいが始まり、休日ごとに四国へ渡ってきた。

君といるとまた詩が書けそうだと彼は熱っぽく語った。母の妊娠。彼は妻とは別れる、産んでくれと懇願した。君の子供たちも引き取って結婚したい。迷いに迷った母は広島を訪ね、人を不幸にして自分だけが幸せになるわけにはいかないと言い張り、中絶手術をした。術後の経過が悪く入院が長引いたが、彼はずっと付き添い、四国へ渡る連絡船まで送った。

てきた。桟橋と船上、互いの姿が見えなくなるまで立ち尽くしていた……。遠い昔の話ですが、貴女にだけ打ち明けます。広島へ行ってみようと思います。久子さんも辛いでしょうが、強く生きてください、そう結ばれていたという。

「あなたと別れたばかりの私には哀しすぎてね、声をあげて泣いちゃった。でも何か、心が洗われるというか、前を向こうと思った」

呆然としながら聞いていた。聞きながら引き裂くように久子と別れた自分を責めた。

「お袋のその手紙、読ませてくれないかな」

「いいけど勘違いしないでね。私、あなたとよりを戻す気はないの。独りで生きていく自信がついた。あなたのほうはゴースト専門らしいけど、お母さんが元気だったらこう言うと思う。雄一、しっかりせんか！」

本当に母にそう言われたような気がした。黙り込むしかなかった。

「もし、またノンフィクションを書く気になったら、編集者としてつきあってあげる。私が発掘したライターさんなんだからね」

電話を切って、病室へ戻った。看護師が点滴液を取り替えていた。その様子を見ながら母が「ごはん、食べたい」と言った。「もうすぐ食べれるけん。けどお婆ちゃん、お酒はあかんよ」。笑いながらの看護師の言葉に、母は口をすぼめて目を閉じた。看護師が出て行き、私はベッド脇の椅子に座った。麻痺した左手をさすった。左脚もゆっくりさすってやった。さすりながら、心の中で問いかけていた。仕事をやめたあと、お母ちゃん、広島へ行ったんやな？　昔の恋人と会えたんか？　それとも、もうこの世の人ではなかったんか？

母は目を閉じたまま、右手をパジャマの胸に当てていた。左手を持ち上げ、そっと右手に重ねてやった。

（初出／「江古田文学」第93号）

カユ・アピアピ——炎の木

旅行代理店の店先に並べられているカタログを手に取り、ぱらぱらとめくっているとき、その文字が飛び込んできた。

「幻想的なホタルのイルミネーション！」

いきなり鳩尾を突かれたような気がした。「マレーシア・ホタル鑑賞の旅」というツアー旅行で三泊四日、二日目に「このツアーのクライマックス、無数のホタルが木々に集まり、幻想的な光のシンフォニーを奏でる様を、ボートから鑑賞いただけます」とある。私は目を疑った。度の強い別の眼鏡に替えて読み直したが、間違いなくそう書かれていた。

「無数のホタルが集まり、光のシンフォニーを奏でるホタルの木……。ほんとうにあったのか、カユ・アピアピが」

カユ・アピアピというのはマレー語で、カユは「木」、アピは「火・炎」を意味する。つまり「炎の木」だが、無数のホタルがその木に集まり、まるで燃えているように見えることからそう呼ばれる。ずいぶん前、そのカユ・アピアピを探し私は、マレーシアやインドネシアをほっつき歩いたことがある。四十歳のときだったが、結局、見つけることができなかった。それがいま、ツアー旅行で見ることができるという。カタログを開いたまま、私はぼーっと突っ立っていた。ほうけたような表情をしていたに違いない。

「そうか、もう二十年たったのか」

そう眩いてみると、南の国々のねっとりした熱い空気を肌が思い出すようだった。そして、千津の顔が浮かんできた。いや、そういえば嘘になる。旅行代理店の店先で足を止めたときから、すでに千津のことが頭の片隅にあったのだ。

海外旅行を思いついたのは、行きつけの喫茶店に座っているときだった。フリーのライター業の私は、かなり気骨の折れる本を仕上げたばかりで、郵便局から原稿のフロッピーディスクを出版社に送ったあと、その喫茶店に入った。駅前のロータリーに面した店で、いつもの二階の窓際に座り、ぼんやり外を見ていた。

仕事を終えたあとはいつもそうだが、解放感と疲労感の入り混じった気分になる。この仕事を始めて十四、五年、最初の頃はほとんど解放感だけだったが、少しずつ疲労感が混じってきて、いまはどちらかといえば疲労感のほうが強い。二カ月前に六十歳になった年齢のせいかもしれないが、それだけではない。十年ほど前から、ときたま署名入りで雑誌の人物ドキュメントや企業ルポを書くようにもなったが、そんな原稿料ではとても生活できず、前からやってきたゴーストライトの仕事がいまも中心になっている。

ゴーストは文字通り「幽霊」、有名芸能人や実業家など、世の中で成功した人間になり代わって、その人の名前で記事や本を書く。たいてい自伝の類が多く、私は有名な女性演歌歌手になったり、健康食品でひと旗あげた会社社長になったりした。いまも、あるベテラン俳優の自伝を仕上げたばかりだった。ゴーストでも手抜きすれば仕事がこなくなるから、力を入れなければいけない。そうして書き上げ、幽霊から自分に戻ると、後ろ向きに全力疾走したような妙な徒労感におそわれる。

こんなことばかりやっていてどうなるんだろうと、重たい疲れを首筋に感じながら外を見ていた。ロータリーを隔てた正面にスーパーマーケットがある。十二月に入ったばかりというのに、店頭に大きなクリスマスツリーを飾っている。その隣がファミリーレストラン、さらに隣に旅行代理店が見える。

「海外旅行にでも行くか……」そう眩いた自分にちょっと驚いた。別に海外旅行が珍しいわけではない。たまにだが仕事で海外へ行くこともある。ただ、そういうときは編集者やカメラマン同行、決められたスケジュールをあわただしく駆け回るだけで、旅の気分など味わえない。妻の信子が大の飛行機嫌いときているから、夫婦でのんびり海外という経験もない。仕事を離れひとりでどこかへと思わないこともなかったが、この二十年、それを封印というか避けてきた。

海外旅行でも、と思いついた理由ははっきりしている。二カ月後から年金が入ってくるのだ。サラリーマン生活を十八年足らずしか経験していないため、金額はたかが知れている。一年分をまとめても、ゴースト本を一冊書いて得る原稿料とほぼ同じだ。先月、社会保険事務所から「老齢年金支給額決定通知」が届いたとき、老齢という言葉に軽いショックを受けた。人生の定年を宣告されたような気分になり、この金を思い切りバカげたことに使ってやるかと考えたが思いつかず、じゃ海外でもと呟いた。

旅行代理店の看板を見ながら、だけど、どこへ……と思ったといえば、これも嘘になる。海外旅行にでもと思いついたときには、反射的に「マレーシア」という言葉が浮かんだが、すぐにそれを打ち消した。私にとってそこは鬼門というか、古傷の場所なのだ。とっくに硬いカサブタに覆われていて、普段は痛くもかゆくもないのだが、無理に剥がせば血が噴き出すかもしれない、そんな場所。

二十年前、日本の何もかもをうっちゃって千津と旅に出た。放浪、漂泊、道行き、どうとでも呼べるがどれでもない。何かを追っているような、逆に何かに追われているような旅。唯一、目的らしいものがあったとすれば、カユ・アピアピを見ようということだけだったが、それも途中からどうでもよくなった。八カ月間、炎熱の下をふらふらと二人でさまよったすえ、千津と別れた。そして、千津は死んだ。

いったん浮かんだ「マレーシア」を打ち消したものの、どこかへ行くとすれば、そこしかない。ひとりで旅立てば、ほかのどこへ行っても、あの場所にとらわれるような気がする。それは単に空間ではなく、私のなかであまりに濃密な時間なのだ。千津とともにあてどなくさまよった二十年前のあの八カ月が、いまだに生々しく、自分のなかで完結していない。いや、あの旅だけでなく、千津という女そのものが私のなかでうまくおさまっていないのだ。私のなかの千津はともに旅した四十歳のままで、それから目をそむけて二十年間をやり過ごしてきた。とどめようもない時の流れのなかで、やがて色が褪せ形が崩れ、無意味なただの破片になるだろうと思っていたが、そうではなかった。こうして「たび」と口にし、「ちづ」と眩くと、それだけで胸のどこかがキリキリする。

いまの生活に、そんな灼けつくような思いを起こすものは何もない。徒労感だけの残るゴーストライトも、暮らしを立てる仕事と割り切れば苦痛ではない。十三年続いている信子との生活もこれまで平穏に過ぎたし、これからもそうだろうと思う。そう思う一方で、いつか突然、背に不意打ちを受けるような予感もある。ここは自分のいる場所じゃないと瞬時にめざめさせられ、叫びながらどこかへ走り出すような予感。六十歳のいま、その瞬間が来るのか、それとも六十五歳、七十歳……分からないが、いつか確実にやってくる。

あの旅を、千津という女を、自分のなかでおさめるべき所へおさめていないためと分かっている。だが、振り向いたところで、どうなるのだ。四十歳の自分自身に戻れるわけでも、もう一度千津の躰に触れることができるわけでもない。何かをかかえて、それでも振り向かずに歩くのが生きるということだ。たとえ、「違う、違う」と叫びながら走り出す狂ったような瞬間がいつか来るとしても――。

海外旅行なんかやめた、そう自分に言い聞かせて立ち上がった。一瞬、腰に鋭い痛みが走った。一年ほど前からときどき、この腰痛にみまわれる。六十歳の誕生日を過ぎると頻度が増してきて、二、三十分ならともかく、一時間も喫茶店に座って立ち上がると、必ずこれがくる。自然に腰をかばい、中腰みたいな格好でレジへ向かいながら、くそジジィ、自分に悪態をつきたくなった。

ロータリーを渡り、マンションと反対の方向に歩き出したのは、自分の気持ちを持て余したまま帰りたくなかったからだった。スーパーマーケット、ファミリーレストランの前を通ると、旅行代理店の店先に置かれた棚にたくさんのカタログが見えた。そうか、団体のツアー旅行なら大丈夫かもしれない。お仕着せのルートを運ばれ、ひとりで自分と向き合うこともないだろう。そんな自問をしながら店先で立ち止まり、「マレーシア」のカタログを手にした。そして、まるで待ち伏せしていたような「ホタル鑑賞の旅」に出くわしたのだ。

二十年前にも、こんなツアーがあったのだろうか……。

一年オープンの格安チケットを買うことから始まった旅だった。ツアー旅行など念頭になかった。千津と一緒に渋谷の旅行代理店を訪ねた日のことが、不意に浮かんできた。秋の終わりの風の強い日だった。前を行く千津は、背をかがめてつんのめるように歩いていた。舞い落ちてきたイチョウの葉が千津のコートの肩に止まった。彼女の肩から離れた木の葉が私の頬をかすめ、糸の切れたタコのようにくるくる舞いながら……。

携帯電話が鳴った。「信子」の表示。カタログを棚に戻した。

「道雄さん？　あたし。今日も遅くなりそう」

「ああ、分かった」

「仕事、終わった？」

「うん。さっきフロッピーを送った」

「そう。じゃ」

電話を切りかけた信子に、

「あ、そうだ。マレーシアへ取材に行く話がきたよ」

「どこの仕事？」

「A社。現地の日系企業のルポ」

「いつ、行くの？」

「詳しい日程はまだだけど、近いうちだと思う」

「たまに海外もいいわよね。じゃ」

電話が切れたあと、自分が口にした言葉を反芻してみた。意外な気はせず、あのカタログを手にしたときから、見えない道筋が引かれているように思えた。

マンションへ帰り、冷蔵庫からあり合わせの野菜やハムを取り出し、焼きソバを作った。友人二人と編集プロダクションを共同経営している信子は、このところずっと帰りが遅い。不景気で顧客からコストを叩かれ、その分、数をこなしているらしいが、よくは知らない。同じような仕事をしているため、お互いに干渉しないことにしている。そのほうが生活はうまくいくものだ。

再婚同士で子供のいない夫婦、気楽といえば気楽だが、地に足のついてないあやうさもある。東京郊外のこのマンションを買おうと言い出したのは信子のほうで、足固めのような気持ちがあったのだろう。頭金を半分ずつ出し、私が月々のローンを払っている。五十五歳のとき三十五年ローンを組み、私が死亡すれば生命保険でカバーするのでローンは終了する。

３ＬＤＫの六畳の和室が私の仕事部屋で、同じ広さの洋間が寝室、四畳半ほどの洋間を信子が仕事部屋として使っている。夜型の私は、たいてい夜中の三時頃まで仕事するため、仕事部屋に折畳みの簡易ベッドを置いていて、ほとんどそこで寝る。寝室で信子と寝るのは月に一度くらいだが、この二、三カ月は互いに忙しく、それもない。六十歳と五十四歳の夫婦としてはそんなものだろうと思うが、彼女がどう思っているのかよく分からない。一緒にいて黙っていてもそれが気にならないから、いままで続いてきたのかもしれない。信子とその類の話をしたことがない。それでなくとも口数の少ないのが彼女だ。

缶ビールを飲みながら焼きソバを食べた。台所であと片づけをし、コーヒーをつくって仕事部屋に入った。終えたばかりのゴースト本のための貸料が、ところかまわず散らばっている。かつては二枚目スターとしてもてはやされ、いまは人気の落ちた俳優の自伝。人気が落ちると男は自伝を出し、女はヌード写真を出す。爪先立つように資料のあいだを歩き、窓のカーテンをあけた。遠く電車の高架線の向こう、夕陽が沈みかけていた。残照もつつましく、空をおおう闇に押しつぶされるような夕陽。

不意に、南の国の夕陽が目の奥によみがえった。とてつもなく大きく壮麗な夕陽。空全体が炎のように燃え上がり、見上げているこちらの躰もすっぽり包まれてしまう。いっさいの音という音が途絶え、静寂の炎のなかを夥しい数のツバメが乱舞する。圧倒的なその光景に息をのまれ、私も千津もポカンと見とれていた。何度出会っても、同じように立ちつくしていた……。

すっかり日が落ち、吹き込んでくる冷たい風に身震いした。窓を閉めカーテンを引いた。散らばった資料をのろのろと拾い、宅配便用の袋にひとまとめにした。そうしながらも、胸の奥に何かが刺さりキリキリ痛むのを感じていた。痛いが、それを抜いてしまうと、一気にあふれてくるような気がする。カサブタを剥がすには、そろそろとやるしかない。私は自分に言い聞かすように呟いた。

要するに、ただのツアー旅行だ。カユ・アピアピさえ見届ければいいんだ。

翌日、旅行代理店を訪れた。応対した若い女性従業員に「ご希望のご出発日は？」と訊かれ、「いつでもいいです」と答えた。一瞬、怪訝な表情になった従業員は、こちらをヒマを持て余す定年退職者とでも見たのか、にこりと笑い、座ったままくるりと椅子を回転させコンピューターに向かった。

「このマレーシア・ホタル鑑賞の旅は、サイショーサイコウ人数が二名様なんですね」

「サイショーサイコウ？」

「はい」と言い、カタログの日程表の下に小さく書かれた字を示した。「最少催行人数2名様より」とある。

「ああ、なるほど」

「はい。十二月初めはお客様が少なく、一番早いのが二十四日のご出発ですね」

それもそうだろう。この師走、「ホタル鑑賞」にマレーシアくんだりまで出かけようという人間は、そんなにいないだろう。

「千葉のご夫婦ひと組様と、東京のお客様、合計三名様にご予約いただいています」

二十四日出発分を、私も予約した。三泊四日がスタンダードで、一週間以内なら延泊可能だという。「どう、なさいますか?」。ちょっと迷ったが、二日の延泊を申し込んだ。グループでの日程を終えたあと、現地に二日間ひとりで残る。「天候によってホタル鑑賞が中止になる場合もあります」とカタログに付記されていたので、その予備日のつもりだったが、それだけでもない。カサブタが剥がれたあとの、回復のための時間、そんな気持ちもどこかにあった。

予約金を払い、旅行代理店を出た。とたんに、オレはなんてバカげたことをしてるんだという思いに突き上げられた。ツアーの「ホタル鑑賞」が、ほんとうにかつて探していたカユ・アピアピなのかどうか、分からない。すでに何度か見た程度のものかもしれない。それなら、失望するためにわざわざ行くようなものだ。

――きっと、そうだ。だいたい、何のためにあの国へ行くんだ。たとえカユ・アピアピを見たところで、それでどうなるんだ。オレはもう六十なんだ。

すぐに引き返して予約を取り消そうという衝動にかられたが、自分が決してそうしないことも分かっていた。年金を思い切りバカげたことに使ってやろうと考えたのは、これだったのかもしれないと思った。

数日後、信子と四谷の居酒屋で待ち会わせしていた。前夜十二時近くになって帰ってきた信子は、仕事部屋をのぞき、疲れた声で「明日、なんか予定、ある？」と訊いてきた。「いや、とくにない」と答えると、

「飲まない、四谷で？」

「オレはいいけど、忙しいんじゃないのか……」

「いいのよ。話もあるし。じゃ、七時」

そう言ってコートを引きずり出ていった。一時間ほどたって、寝酒のウィスキーを取りに部屋を出ると、信子が食卓で頬づえをついていた。「どうしたんだ」と声をかけると、びっくりしたように振り向き、「あ、もう一時」と間の抜けた声で言った。

「話があるって、なんなんだ？」

「いいのよ、大したことじゃないから。お風呂、入る」

よいしょ、と言いながら立ち上がった。

約束の七時には、電車の時間を引いてもまだ二時間近くの余裕があった。とりあえず、駅前の喫茶店に入った。マンションを買ってこの町に引っ越してきたのは五年前。いまま

で何回か引っ越ししているが、どこへ移っても、まず行きつけの喫茶店を探すのが習性になっている。気に入った店が見つからない町は、住む期間も短かった。別に喫茶店のために引っ越したわけではないが、結果的にそうなった感じもする。この町はマンションを買って移ってきたのだから、簡単にまた引っ越すわけにはいかない。この店も気に入ったというより、往来に便利なため通っているうち、行きつけになった。

文庫本を取り出そうと、ショルダーバッグをあけた。数日前、旅行代理店でもらったカタログが見える。ツアーに申し込み、代金も払ったが、それきりカタログは開いていない。行程表の地名を見ただけで、千津との旅が浮かんでくる。それを避けたい。では、なぜあの国へ再び行くのか。彼女と向かい合うため、あるいは自分と……これが分からない。

喫茶店で時間をつぶし、七時少し前に居酒屋に着いた。信子はまだだった。畳の席へ上がり、焼酎を注文した。この店へは、信子に連れてこられたのが最初だった。一緒に住むようになる前だから、もう十四、五年になる。カウンターに椅子が十脚ほど、衝立で仕切った畳席が四つ、大きすぎも小さすぎもしない店だ。それに、魚がうまい。

十五分ほど遅れて、信子が現れた。ビールに取り替え、「とりあえず、乾杯」と、信子とグラスを合わせた。一気に飲み干した信子は、手酌でビールをつぎ、半分ほど飲んで「フーッ」と大きく息をつき、うしろの壁にもたれ目を閉じた。疲れているのだろう。

あと二カ月で、信子は五十五歳になる。髪はほとんど白髪だが、出会った頃も半分は白髪だった。髪の量は多く、染めればよさそうなものを彼女は無頓着だった。いまは年齢と白髪の釣り合いがとれ、似合っているといってもいい。口数が少ないのと、細い目がやや吊りあがっているせいで、最初は神経質なきつい印象を受けたが、知ってみると、ごく穏やかな気のいい女だった。

また「フーッ」と息をつき、躰を起こした信子は「おいしそうね」と魚の煮つけに箸を伸ばしたが、ひと口だけでやめ、ビールの残りを飲んだ。

「マレーシア、どうなったの？」

「昼間、電話がきて、二十四日の出発に決まったよ。仕事は二、三日で終わる予定だけど、久しぶりの海外だから、少しのんびりしてこようかと思ってる」

「クリスマス・イブを熱帯で迎えるわけね」

そんなことは考えていなかった。どこか不意をつかれたような気がした。

「そういえばそうだな。ホット・イブか」

「センチメンタル・ジャーニーね」

信子は別に皮肉な口調ではなかったが、ドキッとした。一緒になる前、一度、マレーシアを根城にあちこちうろついていたことを話したことがある。千津のことにも触れたと思うが、詳しく話さなかったことは、はっきり覚えている。信子は別に聞き出そうともせず、それ以来、マレーシアの旅を話すこともなかった。

「それより、話ってなんだい?」

マレーシアから話題をそらすだけでなく、昨夜から気になっていたことを訊いた。

「もう、アウトかもしれない、会社」

「アウト?」

「いろいろやったんだけど、ダメみたい」

信子が、学生時代からの女友達二人と編集プロダクションを起こしたのは、私と結婚してまもなくだった。それまで信子は、私がゴースト本を書かせてもらっていた出版社の編集者だった。経営など最も信子に縁遠いが、友人がそれぞれ営業と経理をやり、彼女は編集実務という分担らしかった。まだバブルの余韻が残っていた時期で、企業のパンフレット製作を中心に仕事は順調に進んでいた。パートも何人か雇っていたが、不況が深刻になり、この数年、ジリ貧状態が続いたという。

「三人とも、二百万円ずつつぎ込んで、なんとか立て直そうとしたんだけどね。やっぱり、女だけじゃダメなのよね、経営って。これ以上、深手を負わないうちに解散しようか、というところまできてるのよ」

黙って聞いていた私をちらっと見上げ、「あたしの預金運帳、もう空っぽ」。マンションのローンや光熱費は私が払い、あとの生活費は信子が払っている。ほかの自分に必要なものはそれぞれがまかない、互いの預金運帳の中味も知らない。それで何の問題もなかった。

「で、キミはどうするつもりだ？」

彼女は答えずに、飲みかけたビールを口から離し、グラスをじっとみつめながら、「生理がなくなってからさ、ヒゲが生えてくるようになったのよ。時々、あなたのカミソリ借りて剃ってるけど、これから歳とってくると、手が震えて、うまくやれなくなるよ。やだなあ、そういうのって」。

珍しく饒舌な信子だった。

「そうなったら、道雄さん、剃ってくれる？」

「……」

信子はグラスを飲み干し、自分でつぎ、また半分だけ飲んだ。

「冗談。——マレーシアって、暑いの？」

「そりゃ、熱帯だから……、いや、正確には亜熱帯だったかな」

「亜熱帯とか亜流とかの亜って字、ほんものじゃないというような意味でしょ？　でも、面白いんだよね、亜って。下に心をつけると悪という字になる」

ビール瓶の雫で濡れたテーブルの上に、信子は人差指で亜という字を書き、しばらく眺めたあと、心を書き加えた。彼女の指が細く節くれだっているのに驚いた。もともと痩せているが、そんなに細い指だと初めて知ったような気がした。

「経営者として亜だったんだよなあ、良子も明美も、あたしも。でも、亜夫婦じゃないよね、あたしたち——」

テーブルの字をみつめながら、信子は自分に言い聞かせるように言った。この女も、オレと似たようなところに立っているんだな、ざらざらする気持ちでそう思った。

店を出て、四谷駅から電車で帰った。シャワーを浴びて仕事部屋へ入ろうとすると、寝室からパジャマ姿の信子が出てきた。私の背後に抱きつき、「ね」と小さく言った。一緒に寝室に入った。初めて抱いたときからそうだったが、彼女の躰は骨張っていて、少女のように胸が薄い。珍しく自分から私の上にまたがったりしたが、私は萎えたままだった。あきらめてパジャマを着ながら、「いいのよ。仕事の疲れが出たのよね」と自分に言い聞かせる。寝室を出ていこうとすると、信子が何か言った。振り返ると、ベッドの端にうつむいて座ったまま呟いていた。

「歳とるって、やだなあ……ほんと、やだなあ……」

成田空港へは、隣のＪＲ駅から出ている直行バスに乗った。二十年前には、上野発の私鉄電車くらいしかなかったが、いまはいろんな空港行きのルートができている。便利にはなったが、朝のバス便は少なく、予定時刻より一時間半も早く空港に着いた。旅行代理店でもらったパンフレットには「ご集合 09時55分」と書いている。早すぎたが、団体カウンターへ行ってみると、そのままチェックインできた。ツアー旅行というから、てっきり旗でも持ったガイドがいて、そこに集まるのかと思っていたが、自分でチェックインして、現地でグループになるらしい。

私がカウンター前に並んでいるとき、すぐうしろにいた若い女が「あのー、すみません」と、心細そうな声をかけてきた。

「このバッグ、飛行機に持ち込んでも大丈夫なんでしょうか？」

キャリーつきの真新しいバッグだった。

「そのくらいの大きさなら、平気ですよ」

「よかったあ。預けて、途中でなくなっちゃうと困るなと思って。すみませんでした」

ぴょこんと頭を下げた。ストレートの長い髪が大きく揺れた。たぶん初めての海外旅行なのだろう。二十歳前後か、化粧っけのない顔の、びっくりしたようなまん丸い目が、ふと、だれかに似ていると思った。

チェックインを終え、喫茶店へ向かいながら、似ているのは娘の真由美だと気づいた。三歳のときに別れた娘はいま二十四歳、どこかの町中ですれ違っても、見分ける自信がない。娘のほうが私を見分けるかどうか、それも自信がない。旅行のしょっぱなにイヤなことを思い出したな、と舌打ちした。

喫茶店でコーヒーを注文し、ショルダーバッグから黒表紙の手帳を取り出した。メモ帳式の分厚い手帳で、二十年前の旅のあいだ、私はそれを日記代わりに使っていた。昨夜、その手帳を仕事部屋の押入れの奥から探し出した。写真やガイドブックなど、旅にまつわるものはすべて捨てたが、その手帳だけは残した。残したが、この二十年間、開いたことがなかった。昨夜も、これを持って出かけるかどうか迷った。信子に見つかる気づかいはないが、押入れに放り込んだままだと、なにか自分の躰を半分置いてきぼりにするような感じがして、結局、ショルダーバッグの一番下に入れた。

「センチメンタル・ジャーニーね」

三週間ほど前の信子の言葉がよみがえる。感傷旅行——二十年前の旅をなぞるのだから、そうには違いない。だが、この手帳を開くまいと思った。そこに書きつけたことの大半はもう覚えていないが、書いていたときの指先の感触はかすかに記憶している。一字ずつ彫り込むように書いた。ワープロのキーボードを使って原稿を書くようになったいまは、そんな書きかたをしたことがない。

――記憶に残っていることだけと向き合えばいいんだ。それをひとつずつ確かめてつぶし、最後にカユ・アピアピを見届ければ、それでいい。たとえ貧相な炎の木だったとしても、千津とオレが探し求めていたのはそんなもんだったと分かれば、それでいいんだ……。

手帳をバッグにしまい、冷たくなったコーヒーをひと口すすり、喫茶店の外に目をやったとき、いきなり、きた。中年の女が大きなスーツケースを引きずり、不安げにまわりをきょろきょろ見回しながら歩いていた。二十年前の千津が蘇った。


〈空港での待ち合わせ時刻に千津は現れなかった。一時間も前に着いていた私は、出発ロビーに突っ立ったまま、不安と苛立ちでじりじりしていた。三十分もすぎた頃、約束の番号のドアが開き、千津が姿をみせた。夫の亮、娘の洋子、息子の裕一まで一緒だった。人混みのなかで見えるはずもないが、私はとっさに植込みの陰に隠れた。一瞬、何かの事情で千津が出発できなくなったのかと思ったが、スーツケースを手にしていた。男との旅立ちに家族連れで現れる千津にも、陰に隠れている自分にも腹が立った。

入り口で立ち止まった千津は、屈みこんで裕一に何か話しかけていた。やがて父親の亮と姉の洋子が裕一の手を取り、ドアの向こうに立ち去った。それを見送った千津は腕時計に目をやり、きょろきょろと広いロビーを見渡した。ひとりになった千津に、うなりたいほどホッとしながらも私はしばらく植込みの陰から出ていかなかった。彼女は大きなスーツケースを引きずりながらロビーの人混みの中を歩き、ときどき立ち止まっては周囲を見回し、またのろのろと歩いていた。迷子になって、いまにも泣き出しそうな顔だった。

「チー」

振り向いた顔が、とたんに明るくなった。鼻の頭に汗が浮かんでいた。

「ああ、よかった。ミーさん、来てないのかと思ったよ。ごめんね、遅くなって」

「さっきのは何なんだ、家族公認の駆け落ちか?」

尖った声で言う私の手を握り、「ごめん。裕一がどうしても送っていくといってきかないのよ。言い聞かせたんだけど、最後には泣き出しちゃって。ほんとに、ごめんね。そんな顔しないでよ、ね。これから二人きりで旅に出るんじゃない、ね?」。

腕を私にからませて躰を寄せ、のぞきこむように言う千津に、

「人が見てるよ。みっともない」

「ぜんぜん、みっともなくないよ」

「だけど、オレが裕一に見つかってたら、どうするつもりだったんだ?」

「おじちゃんは仕事で出張、偶然ここで会ったことにするつもりだった」

平気な顔でそう言う千津に二の句がつげなかった。一生懸命になればなるほど大胆というか、大ざっぱになるのが千津だった。そこで言い合いをしてもしかたなく、二人それぞれスーツケースを引きずり、航空会社のカウンターへ向かった。〉

自分の番号の座席まで来ると、若い女が横に座っていた。チェックインのとき、声をかけてきた女だった。「どうも」と言うと、女はまたぴょこんと頭を下げた。「ちょっと通してもらえますか」、奥の窓際の席を指さすと、「あ、はい」と立ちあがりかけた彼女は、シートベルトを締めていることに気づき、ジーンズの長い脚を縮こめるようにした。ベルトを外せばいいのに、近頃の若い女はこういう点が鈍いなどと思いながら、しかたなく彼女の前を通ることにした。狭いので、どうしても脚が互いに触れてしまう。「すみません」と言いながら、女は脚を横倒しにしようとするのだが、逆にこちらの脚を押し返すような弾力性がジーンズを通しても伝わってきた。なぜか腹立たしくなった。

機内放送に続き、スクリーンに非常時の案内ビデオが映された。隣の若い女は熱心にそれを見ていたが、私はそっぽ向くように小さな窓の外に目をやっていた。そこからは巨大な翼しか見えなかった。やがて、飛行機が離陸した。約七時間の飛行、これは二十年前と変わらない。

あのとき、隣の千津は私の手に指をからませたまま、「いよいよね」と耳元でささやいた。それに答えず私は、いまのように窓の外に目をやったままだった。離陸した飛行機が上昇を続け、巨大な力で躰が引き上げられる感覚にあらがい、どうして自分がここにいるのか、と考えようとしていた。千津との長いかかわりはもつれにもつれ、結び目がどこにあるのかも判然としなくなっていた。私は混濁したままだったが、彼女はその私の手を握り、ひたすら前を向いていた。いままでの道筋をはっきりさせなければ、私には旅の先行きが何ひとつ見えてこないように思えた。

旅の一年余り前、大学の同窓会で千津と再会したのが始まりだった。私も千津もフランス文学科出身で、私たちの頃の主任教授がある文学賞を受賞し、それを祝う会だった。案内状が届いたとき、最初は欠席の返事を送るつもりだったが、会の幹事を通じて一学年下の千津が出席予定と知り、行くことにした。

会場の飯田橋のホテルに定刻少し前に着き、エレベーターに乗った。十階で降りたとき、向かいのエレベーターから、ブルーのドレスにパールのネックレスをつけた女が出てきた。お互いに「あ」と口をあけた。十七年ぶりだった。痩せて長い髪だった千津はふっくらとしたショートカットの中年女に変貌していた。そういう私も、すでに下腹のせり出し始めた中年男だった。小皺は寄っているが、瞳が光る大きな目は、昔の千津そのままだ。

「元気そうじゃない」

「そっちこそ」

相手がしおれていることを期待していたような言葉に、二人とも照れ隠しのように笑った。以前と変わらず少ししゃがれ声の彼女は、私が差し出した名刺を見て、「週刊誌の副編集長。偉くなったんだ、間宮ちゃん」。

「偉くなんかないよ。芸能専門、スキャンダルか、ちょうちん記事ばかり書いてる」

「わたしはケーキ屋のおかみさん。――亮、覚えてる?」

とっくに忘れていたはずのものが、ヒリヒリした感じとともに蘇ってくる。

「ああ、彼と結婚したって、噂で聞いた」

「小六の娘と小三の息子、二人の子持ち。間宮ちゃんは?」

「娘ひとり。まだ二歳だよ」

「どんな奥さん?」

「数学の教師をやっているけど、まあ、普通のおばさんだよ」

「わたしも、もうおばさん、デブっちょのおばさんよ」

「いや、千津はあいかわらずきれいだよ」

「間宮ちゃん、そういうセリフを、すらっと言えるようになったんだ」

会が始まり、彼女も私もそれぞれの学年の輪に入っていった。会は型通りに進行し、懇談になっても、学年同士で固まっていた。何を話しているのか、千津はときどきのけぞって笑っていた。右手で髪をかきあげ、小首をかしげる癖も学生時代そのままだった。久しぶりの学友たちと喋ったり、名刺交換したりしながら、私は盗み見るように千津を見ていた。

会の終了まぎわ、千津に近づき、「飲み直す時間、ある?」と声をかけた。腕時計をちらと見た彼女は、「うん、少しなら」と答えた。銀座に向かうタクシーの中で、二人とも黙っていた。話したいことがありすぎるようにも、逆に、何もないようにも思えた。十七年のブランクがもどかしかった。最後に会った日のことを、彼女は覚えているのだろうかと思いながら私は、それを切り出すのをためらっていた。

会社でときたま使うクラブへ連れて行った。芸能人もよく顔を出す店として知られていた。その夜も、豪勢な遊びっぷりで有名な歌手が取り巻きにかこまれながら飲んでいた。私を見た歌手が「お、デスクさん。今日はなに、いい女同伴じゃない」と大きな声をあげた。「たまにはね」と返し、ママに案内された席に千津と並んで座った。

「こちら、初めてよね。会社の方?」

「昔の恋人。オレを振って別の男と一緒になって、いまや二人の子持ち」

「お子さんがいらっしゃるなんて、信じられない。とってもお若くて、おきれいなんですもの」

「ママ、そんな見えすいたこと、言わないほうがいいよ。この人、昔、ホステスやったこともあるんだぜ。な、千津、学生ホステスやったよな」

なぜそんなことを口にするのか、自分でも分からなかった。店に入ったとたん、気後れしたようにぎこちなくなった彼女を、からかいたいような、いじめてやりたいような気持ちがどこかにあった。「マーさん、歌って」とホステスにマイクを差し出され、調子に乗って歌った。向こうの席で飲んでいる歌手の持ち歌を歌い、間奏のとき、「やめろ、ヘタくそ!」と笑いながら野次る歌手に、「おや、書かれてもいいの?」と応じ、いい気分になっていた。

「間宮さん、何か、書いてる?」

いきなり千津がそう言った。

「え、何かって?」

「小説、詩、自分のもの」

尻二重の大きな目が私を見据えていた。かつて私が正面からまともに見ることのできなかった射るような瞳がそこにあった。

「似合わないよ、こういうの、間宮ちゃんには――」

不意打ちから立ち直れないままでいると、

「ごめん、もう帰らなくちゃ」

千津が立ち上がった。ママを制して、店の外まで送った。

「ごめんね、あんなこと言うつもりじゃなかった。十七年もたったんだもん、みんな変わるよね。わたしも変わった」

私がタクシーを拾おうとすると、「いい、大丈夫、道は分かる。電車のほうが早いから」。胸の前で小さく手を振り、千津は背を向けた。私はどこか頼りなげなその背をただ見送るしかなかった。


〈大学三年の秋、私は大学主催の創作コンクールで一等に選ばれた。顔写真とともに、作品が大学新聞の二ページにわたって掲載され、それが学内のあちこちの掲示板に貼られた。私にとっては、誇らしい気持ちより羞恥心が先にきた。四国の田舎高校生の性の悩みや、上京してからの鬱屈した暗いものを吐き出しただけの稚拙な短編小説だった。掲示板の前で立ち止まった学生がそれを読んでいるのを見ると、日記をのぞきこまれているような気がした。

コンクール以来、同級生たちの私を見る目が変わった。それまで目立たない存在だった私は、フランス文学科の学生が中心の学内劇団に誘われた。劇団の稽古場を訪れ、秋季公演の翻訳劇の稽古を見学したが、芝居など観たこともなかった私は、浮ついた熱気になじめず、入団を断ろうと思った。休憩時間になり、場違いな思いで窓際に立っていると、プルオーバーのセーターを着た、痩せて小柄な女性劇団員が私のほうにやってきた。

「二年の岡野千津です。間宮さんの小説、二回読みました。感想、言っていいですか？」

右手で髪をかき上げながら、薄い上唇を少しとがらせ、挑むような目をしていた。整った目鼻立ちとは裏腹な、ちょっとしゃがれた声だった。気圧されるようにうなずいた。

「小説としては、あまり上手じゃないと思います。はっきり言ってヘタです。でも、何かあります。これだけは書きたいというものが、何か。それがとっても大事だと思います。生意気言ってごめんなさい」

言うだけ言うと、彼女はさっさと立ち去った。私はぼーと突っ立ったまま、この劇団に入ろうと決心した。

秋公演では、勝手の分からない私は制作助手をやらされ、芝居のパンフレットの文章を書いただけだった。照明助手の千津は忙しそうに走り回っていた。二度と私に声をかけてくることもなかった。稽古場の隅から私は、セーターにジーンズ姿の彼女ばかりを視線の端で追っていた。

つぎの春公演の演目が決まり、キャスティングとスタッフの割り振りが行なわれた。演出担当は、主役に千津を推したが、会議の席で彼女は「わたし、役者はやりません。照明でいいです」ときっぱり断った。三十人ほどいる劇団員の半分以上が女性で、一番美しいのが千津だった。私は演出助手ということになった。全般の雑用係のようなもので、彼女と話す機会もできたが、面と向かうとどぎまぎするばかりだった。

千津への胸苦しいほどの思いを、どう伝えていいのか分からなかった。公演前夜、私は射るような目をした少女をテーマに詩を書きなぐった。公演が終わると居酒屋での打ち上げが恒例になっており、酔っ払った勢いでその詩を千津に渡し、逃げ出すように下宿へ帰った。翌朝、電報が届いた。ナイフの刃のようなその文面を、何度となく読み返した。

「アイタイ 五ジ ケイコバ オカノ」

五時前に稽古場に行った。五、六分遅れてやってきたバックスキンのジャケット姿の千津は、いきなり「わたしのアパートに来ますか?」と言った。「え?」と裏返ったような声の私に、「男がいます。それでもいいのなら、来てください、間宮さん」。

頭の中が真っ白になったまま、彼女について高田馬場のアパートへ行った。銭湯の裏、長屋のようなアパートだった。台所つきの六畳部屋で、本棚には詩集や文学全集が並び、当時の学生には珍しくテレビもあった。千津と顔を合わすことができず、本棚の前に立っていると、台所の彼女が「亮っていうの、彼。西本亮。いま、学校へ行ってて、もうすぐ戻ると思う」。座卓の前に座り、千津のいれたコーヒーを飲みながら、私は何を話していいのか分からなかった。

「あの詩、すごくいい。間宮さん、小説より詩のほうが合ってると思うな」

私は赤面しながら「キミも書いてるの?」と尋ねた。

「前に詩を書いてたけど、ダメ、才能ないんです、わたし。読むほうが好き。間宮さんの詩、もっと読みたいなあ」

舞い上がってしまいそうだった。そのとき、ドアが開き、「ただいま」と男の声がした。千津は座卓から立ち上がらず「おかえり」と言い、「仏文の先輩、間宮さん」と紹介した。私はあわてて座り直した。部屋に入ってきた亮は色白で、唇が赤かった。微笑しながら伏し目がちに「いらっしゃい」と言う彼に、なぜかホッとした。どんな男と予想したわけではないが、太刀打ちできない相手のような気がしていたのだ。西本亮は千津の高校時代の二年先輩で、別の大学の法学部を卒業したばかりだったが、就職せずに調理の専門学校に通っていた。ケーキ職人になるという。亮は黙っているだけで、千津がそう話した。「そういう亮が、わたし、好きなの」と言う彼女に、私はうろたえながら嫉妬した。

それからというもの、毎日のように千津のアパートへ行った。彼女は喜んで迎え、亮はいつも伏し目がちに「いらっしゃい」と言った。行くと酒を飲むようになった。私は酒が強いほうだが、千津はそれ以上だった。亮はまったく飲めなかった。千津と私が飲み、詩や小説の話をする。亮は黙って聞いているが、不快な表情などまったく見せなかった。「間宮ちゃん、きっと詩人か作家になるよ。ね、亮?」と千津に声をかけられると、微笑しながら「うん」と答える。私は宿題のように毎日詩を書いては、それを持ってアパートを訪れていた。

たまに千津と私が外で飲み、二人でアパートへ帰っても、亮は「おかえり」と迎える。酔っ払ったまま三人で雑魚寝し、翌朝、私がアパートを出るとき、亮が玄関まで送ってきて、「じゃ、また」。駅へ向かう坂道を下りながら、千津と亮だけの部屋が目の前に浮かび、嫉妬に苦しんだ。それでも、夕方になると、引きずられるように高田馬場へ向かった。

壁にもたれて焼酎を飲む私に、

「間宮ちゃん、わたしのこと、好き?」

思わず亮のほうに目をやり、投げやりに「ああ」と返事する。

「ああじゃなく、はっきり言って。千津が好きだって」

「――千津が、好きだ」

二十歳の千津が、二十一歳の私には不可解だった。外で飲んだとき、酔いにまかせ、千津を抱きしめた。唇を合わせると、彼女のほうから舌をからませてきた。痩せた背中にまわした手に力をこめ、「オレの部屋へ行こう」と誘うと、「亮に悪いよ」と拒んだ。何度繰り返しても同じだった。猛々しいものに突き上げられながらも、どこか寂しげな亮の笑顔が浮かぶと、それ以上押せなかった。

千津は札幌の生まれで、父親は大きな木材会社を経営していた。千津の母親はその愛人、妾腹の子だった。六歳のとき、母親が急死し、実子のいなかった岡野家に引き取られた。亮の母親は若い頃に芸者をしていて、地方の政治家にひかされ、亮を生んだ。似たような境遇の二人が高校で出会ったのだった。そんな話を打ち明けられると、私には千津と亮のあいだに立ち入っていけそうになく、後ろに退いた。するとと千津は、その分だけ近寄ってきた。亮が学校に行っていない部屋で「キスして」と躰を寄せてくるが、それ以上はやはりかたくなに拒んだ。私は新宿の街娼を抱き、よけいやりきれない気持ちをかかえて自分の三畳のアパートに戻ったりした。

四年生だった私は、卒業に必要な単位はすでにあらかた取っていて、学校へはほとんど行かなかった。劇団へも顔を出さなかった。千津も芝居への関心を失ったようだったが、ある日、「わたし、ホステスになる」と言った。

「母はわたしとは血はつながっていないけど、よくしてくれたと思う。でも、どうしても許せないことがあるの。高校二年のとき、東京の大学へ行った亮に会いたくて、書き置きして家出したの。三日目に連れ戻されたけど、そのとき、母が『やっぱり、ホステスの子だね』と言ったのよ。あれだけは許せない」

千津は実際に新宿の高級クラブに勤め始めた。最初は週に二日だったが、そのうち三日、四日と勤める日が増えていった。

「有名な会社の重役とかタレントとか、よく来るよ。わたし、結構売れっ子で、お店のあと、よく誘われるのよ。もちろん、わたしの躰が目当てだけどね。面白いところだから、間宮ちゃんも一度、遊びにおいでよ」

居酒屋がせいぜいの学生の身で、高級クラブなど行けるわけがないし、千津のホステス姿など見たくもなかった。客に誘われることを得々と話す彼女を、苦しみながら憎んだ。そして、夜中に彼女が帰るまでいつも寝ずに待っているという亮をもっと憎んだ。そんな気持ちの動きに振り回されながら、私は少しずつ千津から遠去かっていった。

卒業までに半年あまりしかない時期だった。どこか出版社の入社試験を受けようと思っていたが、大手の出版社はほとんど試験が終わっていた。たとえ受けたところで、千津にかまけてろくに勉強などしていなかったのだから、無理な話だった。気がつくと、急に現実が押し寄せてきた。田舎で小学校の教員をしている父親の顔が浮かんだ。出世に縁のない万年ひら教師だった。弟と妹がおり、私と入れ代わりに弟が大学に進学する。とにかく、どこかに就職しなければならなかった。足元に火がついたような気持ちで大学の就職課に行った。

その年の暮れ近くになって、ようやく就職先が決まった。芸能週刊誌を発行している中規模の出版社だったが、採用通知を手にすると、自分のなかの学生気分がすっと抜けていくような気がした。週刊誌記者の自分を思い描くことはできなかったが、どんな仕事であれ、勤めながら書きたいものをこつこつ書いていこうと思った。それは大学に入ったときからの目標でもあった。改めてそんなことを考えながら、千津ともう三カ月も会っていない、と思った。出会ってから一番長いブランクだった。疼くようなものを感じながら、これで彼女からも卒業できるだろう、そう自分に言い聞かせていた。

千津から電話がかかってきたのは、クリスマス・イブの日だった。アパートの呼び出し電話をとると、

「間宮さん、助けてほしいの」

切迫した声だった。

「わけは会ってから話す。とにかく、すぐ会ってほしいの」

新宿の喫茶店で会うことにした。私が喫茶店に行くと、千津は隅の席にひとり座っていた。待ち会わせで彼女が先に来て待つのは、これが初めてだった。厚手のセーターにスエードのコートを着込んでいるのに、寒そうに肩をすぼめていた。顔がひどく蒼ざめていた。私が前に座るなり、「助けてほしいの」と、電話と同じ口調で言った。ハスキーな声がいっそうしゃがれていた。

「いったい、どうしたんだ？」

「間宮さんしか、頼める人がいないの」

「だから、いったい——」

「怒らないでね」

千津の勤めるクラブに、やはり大学生のアルバイトのボーイがいる。谷口というその男は、千津が店に入ってきたときから関心を示していた。一カ月ほど前、店の帰りぎわに酔いがまわった千津は階段を踏み外し、足首を捻挫した。痛みがひどく歩けない彼女に谷口が肩を貸し、タクシーを呼んだ。谷口は「送っていく」と言い張った。じゃ、あなたの家へと千津が言った。その夜、谷口のアパートに泊まった。明け方まで谷口は彼女の痛めた足首を冷やしてくれた。千津のほうから「抱いて」と言った。

翌日から、店が終わると、谷口は千津を誘った。谷口のアパートへ行っても、いつも夜明けまでには高田馬場のアパートに戻った。

亮はいつも寝ずに千津を待っていた。谷口はやがて「一緒に住みたい」と言い出した。千津は黙って店をやめた。それが四日前のことで、今朝、谷口から電話がかかってきた。

店に勤めるとき、履歴書の住所は以前住んでいたアパートにしたが、電話番号は連絡用に実際の番号を書いていた。谷口は履歴書の住所を尋ね、そこにいないことを知って、さらに電話してきたのだった。「お前と別れたくない」と昂ぶった声で叫んだかと思うと、急に電話口で泣き出したりしたあげく、「本当の住所を教えろ」と今度はすごんだ。千津が「男と住んでいる」と打ち明けると、谷口は一瞬絶句したあと、「そいつと会わせろ。本当に男がいるならお前と別れる。もし嘘なら、どんなことをしても探し、包丁でお前を刺してやる、いいな?」。

そこまで話し、「本当にわたしを刺すわ、谷口は。そういう男なのよ」。おびえた目でまわりを見回した。なぜか残酷な気持ちになり、私は言った。

「だったら、亮と会わせればいいじゃないか。それで別れられるんだろ?」

「できないの、それは。谷口も亮も同じタイプの人間なのよ。二人とも気が弱くてひよわだけど、本当にカッとなると、何をするか分からない。亮と会うと、きっとそうなる」

ようやく、察した。

「それで、オレに亮の代わりに会ってくれということか」

「お願い、あなたにしか頼めないの、助けて」

この女にとって、オレはいったい何なのか。そう思いながらも、亮との奇妙な関係のなかで初めて優位に立ったような気がした。

「いつ、会うんだ?」と訊くと、千津の顔がふっとゆるみ、「今日の夕方」と答えた。

谷口は色白で細身、どこか亮に似た雰囲気の男だった。二歳下の大学二年生というが、まるで少年のよう、約束の喫茶店で千津と座り、身構えるように待っていた私は拍子抜けした思いだった。同時に、気持ちにゆとりができ、千津に「キミは外に出ていろ。一時間たったら、戻ってこい」と告げた。彼女が黙って出て行ったあと、私は脚を組み、谷口を見据えた。

「あんたが千津をどう思ってるか知らないが、こんなことは初めてじゃないんだ。娼婦のような女だよ、あいつは」

谷口は小突かれでもしたように、びくっと肩を震わせた。泣き出しそうな表情で、

「そんな人じゃないと思います。ボクは本当に千津さんを愛しました。こんな気持ち、生まれて初めてです。でも、西本さんのような人がいるなら、きっぱりあきらめます。だけど、彼女に対するボクの気持ち、西本さんには分かってほしい」

それから三十分余り、谷口はかきくどくように話し、頭を下げて喫茶店を出て行った。その背中を見送りながら、呼び戻して「オレは西本じゃない、亮じゃない」と言いたい衝動に駆られた。千津はきっかり一時間後に戻ってきた。

「終わった。もう二度と電話しないと、自分から誓ったよ」

千津は「そう」とかすれた声で呟き、うつむいて黙り込んだ。

「なんだ、あいつをぶん殴ってほしかったのか?」

うつむいたままの彼女が、

「あなたの部屋へ行きたい」

不意に、猛々しいものが胸の奥からこみあげてきた。「お礼のつもりか」

千津は顔をあげ、「それしか、わたしにはできないの」と言った。大きな目の、いつもは射るように光る瞳が悲しげにうるんでいた。猛々しいものは怒りにふくらみ、思わず手が出た。頬を叩かれた彼女は、

「お願い、部屋へ連れていって」

つぎの瞬間、私は立ち上がっていた。「本物の娼婦だよ、お前は」吐き捨てるように言い、店内の客の視線を浴びながら店を出て行った。いたるところでジングル・ベルが鳴り響く新宿の街を、のろのろと歩いた。彼女が追いかけてくるような気がした。喫茶店から遠ざ

かるほどに、思い切り何かを叫びたいような気持ちがつのった。――それが千津に会った最後だった。〉

十七年ぶりの彼女との再会は、思ってもみなかった結果になった。思い出すたびに、苦い胃液のようなものがこみあげてくる。

「何か書いている？　小説、詩、自分のもの」

銀座のクラブでそう言われた。何も書いていない。書こうという気持ちも失っていた。週刊誌記者になって数年は、休日になると原稿用紙に向かっていた。千津を書こうとしたが、書き出しては破り、また書き出しては破ることを繰り返した。千津という女を、自分が何も理解していないことを思い知るだけだった。卒業した彼女が亮と結婚したという噂を耳にした。原稿用紙を前にすることも間遠になった。

仕事では夥しい原稿を書き飛ばした。入社して最初は事件もの担当だった。殺人、心中、強姦、汚職などありとあらゆる事件を取材し書いた。週刊誌は新聞記事のあとからスタートし、事件の背後をえぐっていかなければならない。初めての取材は、会社の金を使い込み失踪した男の事件だった。男の実家を訪ねた私は、母親から茶碗をぶつけられた。学校を出たばかりの私にはショックだったが、こういう仕事なんだと、ざらつくような思いで自分に言い聞かせた。

地方の輪姦事件を担当したことがある。警察署で被害者の名前を聞き出し、勤め先の工場から連れ出した。薄暗い喫茶店で向かい合い、おびえる若い女に事件の状況を根掘り葉掘り尋ねた。女は膝頭をかかえて震えていた。こちらも強姦しているようなものだが、女を冷ややかに見下ろしながらいっぱしの週刊誌記者になったように思っていた。

芸能担当に移ってからは、夜な夜なの酒だった。俳優やタレント、歌手などの事務所の連中と飲み歩いた。スキャンダル記事もちょうちん記事も書きまくった。ある女優から告訴されたが、芸能記者の勲章くらいにしか思わなかった。新人歌手の宣伝パーティーに呼ばれ、帰りに渡される「お車代」の封筒を外からさわっただけで、中身の額がおよそ分かるようになった。そんな金で水商売の女とホテルへ行くことも少なくなかった。

二十八歳のとき、元子と結婚した。正月休みに久しぶりで帰郷すると、待ち構えていたように母に見合い写真を見せられた。父の教師仲間の娘で私と同い年だった。東京の理科系の大学を出て、横浜の中学で数学の教師をしているという。スキャンダルを追う週刊誌記者に数学教師、苦笑したが、見合いを断る理由もなかった。元子は物静かで堅実そうな女だった。やはり断る理由もなかった。

横浜のアパートに三年間住み、共働きした。三十歳までに子供をつくるというのが、元子の目標だったが、できなかった。始終朝帰りする私の暮らしぶりにも悩んだのだろう、三年目の終わり頃、「わたしたち、別れたほうがいいんじゃないかしら」と切り出してきた。そんなとき、元子がせっせと応募していた新築の公団住宅に抽選で当たった。彼女は別れ話をひっこめ、私たちは横浜郊外の団地に移った。三十七歳のとき、真由美が生まれた。元子は娘に熱中した。半年間の産休をとったあと、真由美を保育園に預け、教師として復職した。相変わらずの私の暮らしぶりに目くじらを立てることもなく、「父親のいる母子家庭ね」と笑う。一戸住宅を買うのが、元子の新しい目標になった

千津から会社へ電話がかかってきたのは、同窓会から一カ月ほどたったときだった。彼女の住所も電話番号も知らず、もう二度と会えないような気がしていた。

「このあいだは、ほんとうにごめんね。間宮ちゃんに相談したいことがあるの」

しゃがれ声に胸がはずみ、「こっちこそ、嫌な思いをさせてごめん。わたくしでよければなんなりとご相談ください」と軽口が出た。浦和に住んでいるという千津に、「そっちへ行こうか」と言うと、「ううん、悪いから、わたしが行く」。亮に会わせたくないのだろうと思ったが、私も彼と顔を合わせたくはなかった。夕方、新橋のホテルのロビーで待ち合わせることにした。

千津は時間通りに現れ、ホテルのレストランで食事しながら話を聞いた。

専門学校を出た亮は、大手のケーキメーカーで五年間働いたあと、千津の父親の出資で浦和にケーキ店を開いた。製造販売の本格的な店だった。店は繁盛、二年前、亮はさらに喫茶店を開いた。関東各地でフランチャイズの大きな喫茶店を展開している会社との契約による店だった。だが、立地条件が悪く、喫茶店は赤字続き、手を引くことにして本部会社に解約を申し入れたが、「そっちの経営ミス。うちのイメージを壊された」とこじれ、暴力団がらみの代理人を通じて、莫大な解約金を要求されているという。

話を聞きながら、改めて歳月の流れを感じた。ケーキ店はともかく、亮がビジネスに手を出すというのが信じられない思いだった。

「父の出資で店を始めたから、今度は自分の腕でやりたかったのよ。わたしは反対したんだけどね。間宮ちゃん、だれか、いい弁護士さん、知らない?」

知り合いの弁護士を紹介することにした。芸能関係のトラブルには、暴力団がからむことが多い。その手の事案にはやり手の弁護士だった。そう説明すると、「ああ、よかった。やっぱり、間宮ちゃんに相談してよかった」。相談事が終わると、話がとぎれた。

一カ月前の同窓会の記憶がよみがえる。時計を見た千津が「あ、もうこんな時間」と言い、二人とも立ち上がった。ホテルを出て、駅まで並んで歩いた。横浜の私と浦和の彼女は反対方向だった。改札口で別れるとき、千津は髪をかきあげながら「このあいだの質問、間宮ちゃん、まだ答えてないよ。今度、ちゃんと答えてね」と言った。

翌日、私は弁護士に連絡した。「素人さんが欲かくと引っかかんのよ。よくある話さね。ほかならぬマーちゃんの頼み、片づけましょ」と弁護士は引き受けた。千津の家に電話した。亮が出てくるのではと少し緊張したが、「はい、西本です」と、女の子の声が応答した。「お母さん、いるかな？」と言いながら、千津が二人の子供の母親であることを改めて実感した。電話口に出た千津に、弁護士が二日後に浦和を訪ねることを話した。「ありがとう、間宮ちゃん。ほんとに助かる」と言う彼女の声を聞きながら、ふと、十七年前のクリスマス・イブの新宿が脳裏をよぎった。

十日ほどたった締切日の朝のことだった。編集部の仮眠室で眠っていた私は、「デスク、時間です」と起こされた。起き上がったものの、ひどく躰がだるかった。前夜も酒だった。特集のページ割をすませたあと、タレコミ屋と呼ばれる芸能情報を扱う男と夜中の三時近くまで飲んだ。三十代半ば頃までは徹夜で飲んでも、そのまま眠らずに原稿を書いていたが、だんだん無理がきかなくなっている。

「来年は四十か、オレも……」

洗面所で顔を洗い、鏡に映る自分にそう呟いた。編集部の大部屋に入ると、徹夜明けの記者たちが血走った目をして机に向かっていた。重い疲れをひきずりながら自分の席に座ると、机に数枚の伝言メモがあった。生あくびを噛み殺しつつ手に取った。一枚に「相手方　西本千津様」とあった。とたんに目がさめた。「用件　明日の昼、再度ＴＥＬしますとのこと」。前夜、タレコミ屋と飲んでいるときに電話があったらしい。酔って社に帰った私は、編集部をのぞいただけで仮眠室のベッドにもぐりこんだのだ。

弁護士を紹介してから、何度か千津に電話をかけようと思い、そのつどためらって止めた。「わたしの質問にまだ答えてないよ。今度、ちゃんと答えてね」という彼女の言葉がどこかに引っかかっていた。自分のものを書いているのかという問いに、どう答えればいいのか。何も書いていないと言えば、それきり千津とのかかわりが絶たれてしまうような気がする。「書きたくないの?」と問われればどうだろうか……団地の自室の本棚で埃をかぶっている文学全集を思い浮かべながら、考え込んでいた。

「デスク、お願いします」

若い記者が原稿を持ってきた。それを受け取り、赤ペンを手にした。乱雑な字の原稿に目を落とすと、「まだオレは、本当に自分のものが書けるのか」という自問がきた。頭を振って自問を追い払い、原稿を読み始めた。ある映画監督と女優の記事。不倫を否定する監督に怒鳴られでもしたのか、及び腰の記事だった。朱を入れ始めたが、妙に苛立ちがつのり、記者を呼びつけた。

「お前な、ゼニを払って雑誌を買う読者に、こんな記事を読ませるつもりか。訴えられてもいいんだ、書き直せ！」

原稿を机に叩きつけた。私の剣幕に記者は棒立ちになり、ほかの記者たちも盗み見るようにこっちを見ている。自分に対する嫌悪感のような苦いものがこみあげてきた。

千津から電話がきたのは、担当の原稿をあらかたチェックし終えたときだった。彼女はトラブルがうまく解決しそうだとはずんだ声で話し、「間宮ちゃん、今晩、会わない？」。

私はためらい、すぐに返事しなかった。

「あ、予定があるのね」

「いや、ないよ。明日は休みだし、飲むか」

毎週、締切日の翌日が休日になっていた。前と同じ新橋のホテルで会うことにした。時間前に私が着くと、千津はすでに来ていた。背後から声をかけると、振り向いた顔が輝いた。ワインカラーのドレスを着た彼女がまぶしかった。

レストランでビールを飲みながら軽い食事をとった。千津がブランド物のバッグから小さな包みを取り出し、「つまらない物だけど」と差し出した。開けると、タイピンとカフスボタンのセットだった。いかにも高価そうだった。

「そんなつもりで紹介したんじゃないよ」

「ほんのお礼。男の人への贈り物って分かんないから、亮と相談して決めたの」

突然、十七年前が蘇った。あのとき、オレを谷口に会わせたのも亮と相談したうえじゃなかったのか、そんな思いがした。新宿の街に鳴り響いていたジングル・ベルが耳の奥に聴こえるようだった。

「どうしたの、間宮ちゃん……」

「あのとき……いや、何でもない」

私は彼女から目をそらした。ぎこちない沈黙が落ちてきた。私がそっぽむいたまま黙りこくっていると、

「忘れてないよ、わたし、あの日のこと……」

かすれ声で言った。千津はうつむいていた。

「あのとき、喫茶店で二時間、待ってた、間宮さんが戻ってきてくれるような気がして……あなたが部屋へ連れていってくれてたら、それから、ずっと一緒だったと思う、あなたと……」

もう、いいと思った。終わったことだ。時間は取り戻せない。そう思いながらも、切な

く、いとおしい感情が胸にあふれてきた。

「千津――」

肩をすぼめてうつむいていた彼女が顔をあげた。泣きべそをかくような顔だった。

「とことん飲むか、昔みたいに」

彼女の目が輝いた。

「うん、飲もう、徹夜で」

ホテルのバーへ移った。分厚い絨毯を敷き詰め、オレンジ色の淡い照明が灯るバーだった。背筋をぴんと伸ばした年配のボーイに奥のテーブルに案内された。まったく足音をたてず無表情、いかにもプロという感じのボーイだった。スコッチウィスキーの水割りを注文し、グラスを合わせた。「こう見えても、だてに歳をくったわけじゃねえ、酒の修業はしこたま積んだぜ」と言うと、「お、受けて立とうじゃないの」と返し、千津はのけぞって笑った。

何杯かグラスを重ねたが、二人ともちびちび飲んだ。核心を避け、時間切れを待つような飲み方だった。話が途切れると、どちらからともなく話題を変えた。テーブルランプの陰に顔を隠すようにして千津が言った。

「『男と女』っていう映画、観た?」

「ああ、ルルーシュ監督。いい映画だな」

妻を失った男と夫を失った女が、互いの子供を通じて出会い、結ばれるストーリー。

「二人がホテルのレストランで食事するじゃない。そこで男が言うセリフ、覚えてる？」

もどかしいほどの距離がつまり、二人のあいだに何かが通い合う。突然、男はレストランのボーイに尋ねる。「ブ・ザベ・デ・シャンブル？（部屋はありますか）」、そこでカメラがすっと引き、二人を遠景でとらえる。一番印象的なシーンだった。

「ね、あのセリフ、言って」ささやくように千津が言った。瞳の中でランプの灯がかすかに揺れていた。「あのボーイさんに」

「ふざけてると思われるよ」

「試してみて。ね、お願い」

グラスを飲み干し、軽く手をあげた。音もたてず、ボーイがテーブルに来た。

「部屋、ある？　泊まりたいんだけど」

一瞬、ボーイは背をそらしたが、表情を変えずに「少々お待ちを」と言い、また足音もなく立ち去った。カウンター端の電話をとったボーイが戻ってきた。

「ダブルのお部屋なら、ご用意できますが」

「ああ、それでいい」

さらに小一時間ほど飲み、バーを出た。部屋に入り、二人ともももかしく着ているものを脱ぎ捨てた。もつれあいながらベッドに倒れ込んだ。時間が止まった。私は千津に、千津は私に、互いにのめりこんでいった……。〉

「みなさま、当機は約二十分後にクアラルンプール国際空港に着陸いたします。現地の天候は晴れ、気温は摂氏二十九度という報告がきております」

機内アナウンスが流れ、私は我に返った。七時間近く座席に座ったままなので、背中や腰が痛み、しびれるようだった。到着前に洗面所へ行こうと思い、隣席の若い女を見ると、本を読んでいた。

「ちょっと通してもらえますか」

女はびっくりしたように「あ、はい」と言い、脚を横倒しにした。成田空港で乗ったときもこうだった。今度は遠慮せずに女の脚と触れ合いながらすり抜けようとし、彼女が胸の前に立てた本の表紙が見えた。「金子光晴詩集」。思わず、正面から顔を見た。健康そのもののようなつやつやとした肌で、小さな鼻の横にホクロが目立つ。女は、は？　という表情のまん丸い目でこちらを見返してきた。

――旅行代理店のカタログといい、金子の詩集といい、この旅行は何か待ち伏せばかりされてる感じだな……。

洗面所の鏡に向かい、そう呟いた。二十年前の旅、千津のスーツケースには、文庫本の金子光晴の詩集やエッセイが詰め込まれていた。ホタルの木、カユ・アピアピという言葉も、千津が金子光晴のエッセイから見つけたものだ。狭い洗面所の中で躰をひねりながら上着を脱ぎ、ズボンを脱いだ。下着を二枚重ねにし、ズボン下をはいたうえにサマースーツという格好で、早朝に家を出たのだ。冬の日本から熱帯へ行くための工夫のようなもので、その余分な下着を脱いだ。二十年前も同じことをしたのを思い出した。

座席へ戻ると、若い女は自分から立ち上がり、いったん通路へ出て私を通した。先ほど脚が触れ合ったのを意識したせいか、それともまじまじと顔を見たせいかもしれない。いずれにせよ、それが機内のマナーだと分別くさいことを思いながら、窓の外を見た。翼が邪魔だが、下には濃い緑の密林や蛇行して流れる川が見える。高度が下がるにつれ、赤土の道や赤い瓦屋根の家々も見えてくる。二十年前も同じ光景を見た。窓際の千津はおでこを窓につけたまま、私にも見せようと腕を引っ張った。頬と頬をくっつけ二人ともじっと見入っていた。

飛行機を出て到着出口のほうへ向かいながら、違和感を覚えた。この空港へは何度も来ているのに、周囲の風景に見覚えがない。通路の両側に並ぶ商店も記憶とは違う。そのうち、天井が吹き抜けになった広場に出てしまい、以前のスバン空港とはまったく別なのに気づいた。マレーシアに新国際空港ができたことを、いつか新聞記事でちらと読んだことを思い出した。関心がありながら、この国のニュースには目をそむけていたのだ。今度の旅行にも、ガイドブックの類はいっさい持ってきていない。巨大空港らしく、エアロトレインまで走っている。少しうろたえながら、ようやく入国手続きを終えた。

到着ロビーには、名前を書いた紙をかかげた出迎え人が大勢並んでいた。それをひとつずつ確かめながら歩いていると、「間宮さん」と呼ばれた。中国系らしい青年が寄ってきて「ホタル観賞の旅の間宮道雄さんですね?」と声をかけてきた。旅行代理店でパスポートのコピーを取っていたから、顔写真を持っているのだろう。

青年にバスまで案内された。すでに二人の初老の男女が乗っていた。千葉県からツアーに参加した夫婦のようだ。ガイドの青年は「もう一人いらっしゃいますから、ちょっと待ってください」。流暢な日本語で言い、ロビーへ戻っていった。しばらくして青年が案内してきたのは、隣の席にいた若い女だった。私を見て「あ」と口をあけて、離れた座席に座った。この四人だけがツアー参加者らしかった。

バスが走り出し、ロンと名乗ったガイドがツアーの日程やマレーシア事情などを説明した。明朝の集合時刻だけを確かめた私は、窓の外に見入った。すでに日は暮れている。バスはまったく見覚えのない高速道路を走り、一時間余りたってようやく首都クアラルンプール市内へ入ってきた。道路標識の地名にも記憶のあるものが混じってくる。

「間宮さん」と呼ぶ声に振り向くと、ガイドが心配そうな顔で見ていた。「何か、からだの具合が悪いですか？」

「いや、大丈夫です」

「そうですか。まもなくFホテルに着きますので、みなさんにいろいろ注意することを話していました。もう一度、話しますか？」

「いや、結構です。Ｆホテルのあたりはよく知っていますから」

「あ、間宮さん、初めてじゃないんですね」

余計なことを口にしたと思ったが、もう遅かった。ロンがほかの三人に「みなさん、間宮さんと一緒なら、食事も安心ですね」と言い、初老夫婦が私に「よろしくお願いします」、若い女もぴょこんとお辞儀した。

ホテルのチェックインを済ませ、三十分後に三人とロビーで待ち合わせすることにし、八階の部屋へ入った。ツインベッドの広々とした部屋だった。冷房が強すぎ、調節のパネルを探し弱くした。二十年前は、エアコンのついたホテルなどにはほとんど泊まらなかった。一日でも長く旅を続けるため、どこへ行ってもまず「旅社」と呼ばれる華僑の安い宿を探した。

カーテンを開けると、まるで見慣れない光景が広がった。ほぼ正面に青いイルミネーションの巨大なタワーが見える。ロンが先ほど説明した「世界で四番目の高さ」というKLタワーだろう。その右方向には、これも巨大なツインタワー。ほかにも二十年前にはなかった超高層ビルがいくつも建ち並び、同じ土地にいるという実感がない。目をこらして見回しているうち、やっと覚えのある白っぽい建物を見つけた。各地方への長距離バスの発着点であるバス・ターミナルだ。千津と二人、そこから何度となくバスに乗った。

時間前にロビーへ下りた。このFホテルも様変わりしている。宿泊したことはなかったが、道路に面した一階がコーヒーショップになっていて、街歩きで汗まみれになった躰を冷やすために時折りそこに入ったが、それもいまはない。歳月の流れを感じながら、ふと思った。オレは以前の記憶を思い出すためにここへ来たのか、それとも消すために……。

初老夫婦と若い女がロビーへやってきた。若い女は白のTシャツにコットンの短パン姿、ガイドブックに書かれている定番の格好なのだろうが、生白く長い脚がまぶしかった。四人でホテルの外へ出た。とたんにムッとするような熱気につつまれた。これだけは以前と変わらない。

「このブキット・ビンタン通りは、クアラルンプール一番の繁華街と本に書いていますが」

初老夫婦の奥さんのほうが、私に訊いた。

「そうですね。略称してＢＢ通りといいますが、東京でいえば銀座か新宿でしょうね」

オレはガイドじゃないと思いながらも、この街でいきなり一人になるより、このほうがいいかもしれないと思い直した。何を食べたいかと尋ねると、初老夫婦の夫が「お任せします」と言い、あとの二人もうなずいた。

二十年前、この近辺で食事といえばチャイナタウンの路地裏の飯屋だった。そんな所へ案内するわけにもいかず、ＢＢ通りのゆるやかな坂道を上がっていった。飛行機、バス、ホテルの冷房で冷やされていた躰が少しずつ熱くなってきた。ねばつくような湿気に肌がなじんでいく。

記憶をたどりながらＢＢ通りを上がりきった交差点を折れた。広い道幅いっぱいに夥しい数の屋台が並び、食べ物とアセチレンガスの匂いや喧噪でごった返していた。ここは変わっていないと安堵したが、三人のほうはしゃれた商店が並ぶ通りから一歩入ったとたん、目の前に広がった光景に息をのまれていた。

「ここの人たちはこういう屋台で食べるのが普通ですが、どこかちゃんとしたレストランへ行きますか？　といっても、私もちゃんとした店なんて知らないんですけどね」

「ここがいいです、ここで食べたい」

若い女が上気したような声で言った。不安げな顔の初老夫婦もうなずいた。真ん中あたりの屋台に四人で座った。まわりでは中国系の家族連れや若者たちが声高に話しながら鍋をつっつき、麺をすすっている。注文取りのインド系の少年が躍るような身のこなしで近寄ってきて、「ジャパン?」と訊いた。うなずくと、手にしたメニューから一枚を選び出した。日本語で書かれているうえ、料理の写真つきだ。便利になったもんだと苦笑したが、三人にいちいち説明する手間がはぶけた。それぞれ注文したあと、若い女はきょときょとと周囲を見回していたが、夫婦の夫が「これからご一緒するんですから、自己紹介でもしませんか」と言った。

初老夫婦は山本夫妻、二人とも市役所職員を三年前に定年退職し、年に一度のツアー旅行をしている。アメリカとヨーロッパへ行ったが、アジアは初めてと話した。若い女は吉岡幸代、大学文学部の四年生で卒業旅行にここを選んだと言った。私はフリーのライター、雑誌に人物ドキュメントなどを書いているとだけ言った。ゴーストライトの仕事を説明するのも面倒だったからだが、どこか見栄を張るような気持ちもあった。

ライターという言葉に吉岡幸代が反応を示し、「どんな雑誌に書いているんですか」と訊いてきた。私は週刊誌の名と、そこに三カ月ほど前に書いた女優の名前をあげた。とたんに「あ、読みました、その記事」と吉岡幸代が大きな声をあげた。

「あれ、間宮さんが書いたんですかあ。すごーい！」

ものを書くというのは単純なもので、自分が書いたものを読んだという人間に会うと、そわそわしてしまう。無神経に見えたこの娘も、案外まともなのだと勝手に決めた。

「別にすごくはないけど、吉岡さん、金子光晴の詩集を読んでたね」

「大好きなんです、わたし、金子が」

私と吉岡幸代の話に関心がないのか、山本夫妻は二人でぼそぼそ語り合っていた。

「金子も若い頃、マレーシアとか放浪してたんですよね」

「そう、ヨーロッパの行き帰りにね」

「間宮さん。カユ・アピアピって、知ってます？」

いきなり殴りつけられたようなものだった。絶句している私に、彼女は歌うような口調で言った。

「金子によると、ホタルが木に集まって、まるで木が燃えているみたいに見えるらしいんですよ。それを見たくて、わたし、このツアーに申し込んだんです」

やはり、この旅行は待ち伏せされていると思った。料理が運ばれてきた。日本でも食べられるような中華料理だが、戸外の薄暗さの下では気味悪く見えるかもしれない。山本夫妻は「何だろう、これ」と言い合ったりしながら恐々つまんでいた。吉岡幸代は「おいしい！」を連発しながら、長い箸でぱくついていた。健康な女なんだと思った。大学四年生といえば二十一、二歳、娘の真由美よりまだ若い。不意に爆竹が鳴り、サンタクロースの赤い三角帽子をかぶった大勢の若者たちが屋台のうしろを通った。

「イブなんですね。明日、クリスマスの夜にカユ・アピアピを見られるなんて最高」

吉岡幸代が無邪気な声をあげた。

四人でホテルへ戻った。ロビーで私が「ちょっとぶらついてきますから」と言うと、山本夫妻は「お休みなさい」とエレベータに向かった。吉岡幸代は一緒についてきたそうな表情だったが、私は「じゃ、明日」と、ひとりでホテルを出た。

どこへという当てもなくBB通りを歩いた。もともと人通りが多い所だが、クリスマス・イブのせいでごった返していた。昔と同じようにマレー語、中国語、英語が飛び交っている。スターバックスのコーヒー店や日本のデパート、コンビニまでが進出していた。あまりにも様変わりしているが、足が踏んでいる道は同じだった。坂道の傾斜を調節する短い階段がいくつかあり、そこを歩く感触には覚えがある。それを確かめながらBB通りを下った。前は映画館のあった場所が駐車場に変わっており、そこを右へ曲がると、とたんに薄暗がりだった。バス・ターミナルへ向かう道だ。

明るく清潔なBB通りとは打って変わり、歩道の敷石が剥がれ、ところどころ水溜りがある。この落差も足が覚えていた。暗さがひときわ深くなり、見上げると巨大なバニヤンの木が夜空を覆っていた。幹が何匹もの蛇のようにねじくれてからまり、無数に伸びた枝から雨のような気根が垂れ下がっている。日盛りには濃い影をもたらすこのバニヤンの下で、よく千津とひと休みした。彼女も私もすでに、マレー人と見分けのつかないほど日焼けしていた。ぼんやりとたたずむ二人の前を、大きな鞄を下げてバス・ターミナルへ向かう人たちがゆっくりと通り過ぎる、「どこか、旅にでようか」と千津が言い、「そうだな」と私が答え、蜃気楼が立つ日盛りの道へ二人してのろのろと歩き出す……バニヤンの木からバス・ターミナルへ向かいかけた私は、足を止めた。

――いま、あそこへ行ってはいけない。一気にあふれてしまい、溺れてしまう……。

バス・ターミナルの大きな白い壁から目をそむけ、私はホテルへの道を引き返した。

〈旅に出ようと言い出したのは千津だった。二人で日本を離れてやり直そう、と。突拍子もない話だったが、たしかにそんなことでもやってみるしかない袋小路に、私も彼女も追い込まれていた。

新橋のホテルでの夜以来、私と千津は互いにのめりこんでいったが、それは、あらがいがたい力に引きずられるようなのめりこみかただった。それぞれ家庭を持つ四十歳近い男と女、分別がないわけではなかったが、それでは制御しきれない強い力だった。

翌週も同じホテルで待ち合わせた。レストランもバーへも寄らず、部屋に入って抱き合った。いままで背中合わせだった二人が正面から向き合い、もう目をそらせまいと何度も求めあった。白くなめらかな千津の躰は熱を帯びて濡れ、そのつど私はたぎった。

「この一週間、何も手がつかなかった、あなたのことばかり考えて」

「オレもだよ。何をやっていても千津のことが頭から離れなかった」

互いの背を抱きしめ、うわ言のように語り合った。最終電車までには帰ると言っていた彼女は、いったん躰を離し下着をつけ始めたが、「何か書けるような気がしてきたよ、オレ、千津がいてくれれば」と言うと、またベッドに飛び込んできた。「うん、書けるよ、あなたは。書いて、わたしのために」。言いながら片手で下着をはぎとり、私の胸にしがみついてきた。

そのつぎの週、私は浦和へ行った。千津は二週連続で明け方近くにタクシーで帰宅していた。「ずっと間宮ちゃんと飲んでたと言ったんだけど、亮は何か感じてると思う。家に来て」という言葉に抵抗を感じたが、彼女の顔を見ずにはおれなかった。

浦和駅に千津が車で迎えに来ていた。運転しながら彼女は片手で私に触れ、「今晩、泊まってね」とささやいた。浦和郊外の二階建ての瀟洒な一軒家だった。白と黒の石を敷いた玄関に入ったとき、妻の元子が欲しがっているのはこんな家だろうと思った。亮は太った中年男に変貌していたが、微笑しながら伏し目がちに「いらっしゃい」と私を迎え、一瞬、十七年前に逆戻りしたような錯覚を感じた。娘の洋子、息子の祐一と五人で食事するあいだ、千津はむやみにはしゃぎ、私もそれに合わせた。

食事を終え、私が「祐一クン、腹ごなしに相撲でもとるか」と声をかけると、祐一はキッチンで洗い物をしていた千津に「お母さん、いい？」と訊いた。彼女ははずんだ声で「うん、いいよ。お父さんと相撲したことなんてないもんね」と答えた。祐一はおずおずと私と向かい合った。私のほうから組み合って投げ飛ばし、「もう一丁、やるか」と言うと、目を輝かせてとびかかってきた。また投げ飛ばすと「もう一回！」と叫びながら飛びついてくる。すると、姉の洋子が「おじちゃん、わたしも」と腕を引っ張った。「よーし、女の子でも手加減しないぞ」と、やんわり投げた。「今度はボク！」と飛びついてきた祐一を受けとめながら私は、横目で亮をうかがった。リビングのソファに座り、じっとテレビを見ていた。

「さっきは、ありがとう」

千津が沈んだ声で言った。亮と子供たちが「お休み」と二階へ上がり、私と千津はリビングでウイスキーを飲んでいた。「ずっとお母さんと二人きりで育ったから、男親として、子供とどう接していいのか分からないのよ、亮は」

そういう彼を察して子供たちと相撲をとった。媚びだが、それが千津に対するものか亮へのものか、自分でも分からなかった。しばらく互いに黙って飲んだ。

「キスして」

私は思わず階段のほうを見た、「いいの」と彼女から顔を寄せてきた。フローリングの床の上で抱き合った。口を重ね、舌をからみ合わせ、乳房をまさぐる。たくしあげたシャツからこぼれる乳房を吸う。彼女が低いうめき声をあげ、私の手が下へ降りる。「だめよ」押し殺した声にはっとし、また口を重ね、舌をからみ合わせる。何度も繰り返しているうち、喉がからからになり全身がしびれたようになった。足音をしのばせて二階へ上がった。三部屋あるひとつに私を案内し、「明日の朝、起きてこなくていいよ」とささやいたあと、廊下の奥の部屋へ入っていった。

眠れなかった。奥の部屋の千津と亮が暗闇のなかに浮かび、キリキリと差し込まれるような切なさがきた。かつて、高田馬場のアパートで雑魚寝し、翌朝そこを出るときとそっくり同じ思いだった。それでも夜明け近くうとうとし、階下の物音で目覚めた。

子供たちの甲高い声に千津と亮の声が交じる。やがて「行ってきまーす」という子供たちの声がし、玄関のドアが閉まる音、車の音がした。家全体が静まり返り、そのまま何の物音も聞こえない。亮も千津も出かけたのだろうか、布団に腹這いになって考えていると、いきなり部屋のドアが開き、千津が飛び込んできた。あわただしく服を脱ぎ捨て、布団にもぐりこんでくる。私の首に抱きつき、切ない声で言った。

「人を好きになるって、どうしようもないんだよね」

こんなことが幾週も続いた。毎週の締切日の夕方、私は自宅とは反対方向の電車に乗った。子供たちは喜んで飛びついてき、亮は相変わらず伏し目がちに「いらっしゃい」と迎えた。亮の仕事が長引くときは、私と千津、子供たちだけで食事した。「この家に下宿してるみたいだな」と言うと、彼女は真顔で「ここから会社へ通ったら」と応じた。

二階の部屋で眠ることにも慣れてきた。亮と子供たちが出かけたあと、千津が布団にもぐりこんでくる。それが常軌を逸した行為という分別より、互いの躰に触れ合う悦びのほうがはるかに勝っていた。どこに触れても彼女は敏感に反応した。上になった千津は声を殺しながらとめどなく愛液をあふれさせ、私はこんな男女の交わりがあることに驚き、感動していた。

ある朝、部屋に入ってきた千津の表情がいつもと違っていた。うつむき加減にのろのろと服を脱いだ。抱き寄せた彼女の目の端が少し血走っていた。私の胸に息で字を書くようにささやいた。

「彼にやられちゃった。明け方になって急に求められたの。初めはいやいや応じてたんだけど、わたし、いっちゃった。目をつぶってあなたのことを考えてたんだよ。あなたとしてるんだと思ってたの。そしたら、いっちゃったの。わたしの躰をこんなふうにしたの、あなただからね」

切ないものと凶暴なものがない交ぜになって突き上げてきた。荒々しく抱きしめた。彼女はうめき声をあげ、「好きな人には何をされても感じる」と耳元でささやいた。

出社のため帰り支度をする私に「もう少し一緒にいて」と千津が懇願し、迷いながらも会社に取材先直行の電話を入れた。二人きりで食事をしていると、一緒に住んでいるような錯覚を覚える。ぐずぐずしているうち、子供たちが学校から帰ってきた。千津は夕飯の支度を始め、立ち上がった私に「ね、食べていってよ」。「そうもいかないだろ。タクシーを呼んで帰るよ」と言うと、彼女は手早く料理を作った。洋子に「おじちゃんを送っていくから、祐一にちゃんと食べさせるのよ」と言いつけ、二人で家を出た。

運転しながら千津が前を向いたまま、

「間宮ちゃん。奥さんとも、するの?」

「……」

「今夜は、しないで」

答えようがなく黙っていると、「しないで」と、また呟くように言う。駅へ向かういつ

もの道を走らせていた千津が、看板を見上げて脇道に曲がった。モーテルの駐車場に車を入れ、切なさそうな声で、

「あなたがほかの女の人としてるのを想像すると、頭がおかしくなりそうなの」

モーテルの部屋に入ると、「しなくていいから、抱っこだけして」と、私の胸に顔をうずめた。胸を強く長く吸った。左胸に紫色の傷跡のようなマークが残った。指先でなぞりながら「これが消えるまでは、奥さんとできないよ」小さく笑いながら言った。

横浜へ向かう電車の座席で私はけだるい疲れを感じながら、彼女を考えていた。改札口でこちらが見えなくなるまで手を振っていた。引き返してもう一度抱きしめたくなるほどいとおしい。その一方で、これからどうなるんだろうという、漠然とした不安もつのってくる。彼女に「何か書けそうな気がする」と言ったのは出まかせではなかった。もう何年も感じたことのない若々しい気力を感じていた。千津といれば、その気力をずっと保てるような気がする。だが、週に一度浦和に通ういまの状態が、このまま続くとも思えなかった。何かが起こるような予感がした。

団地の自宅に帰ると、居間で元子がテストの採点をしていた。娘の真由美はテレビの前に座っている。元子は半年ほど前から「細かい字を見るのがつらい」と老眼鏡をかけるようになった。居間に入ってきた私をちらっと見上げ、眼鏡を外して「ご飯は?」と言った。「い

や、いい」と答えると、また採点に戻った。真由美は首だけよじって私を上目づかいに見ていた。

週に二日続けて帰ってこない私を、妻がどう思っているのかは分からない。締切日前日の会社泊まりは以前からで、ほかの日にも朝帰りしたり、帰ってこない日もあった。それがこのところずっと、二日続けて家をあけ、ほかの日は以前より早く帰宅することが多い。元子が不審に思っているのはまちがいないが、まだ真由美が生まれる前、朝帰りをなじった彼女に「これも仕事のうちだ。口を出すな」と怒鳴ったことがあり、それ以来、私の行動には何も言わない。朝、自分で娘を保育園に送り届け、夕方、学校の帰りに連れて帰る。土曜、日曜も私は仕事に出るので、親子三人でどこかへ出かけることもほとんどない。「父親のいる母子家庭」といわれてもしかたない。

冷蔵庫から缶ビールを取り出し、自分の部屋に入った。娘が生まれてから私はこの部屋で寝起きし、妻は娘と一緒に居間の六畳で寝ている。畳にあぐらをかき、缶ビールをちびちび飲んだ。ふと入り口を見ると、顔だけ出した娘が部屋をのぞきこんでいた。「おいで、真由美」と呼ぶと、顔を引っ込めた。少しして、ミルクカップを両手に真由美がとことこと部屋に入ってきた。私の前にちょこんと座り、私がビールを飲むと、真由美もミルクをひと口飲み、まん丸い目でにっこり笑う。そんな二歳の娘に胸をつかれた。

それでも浦和通いは続いた。「一週間に一度しか会えないなんてイヤだ」と千津が甘えれば、「毎週、七夕が来ると思えばいい」と私が茶化す。亮が何も感じていないはずはないが、元子と同じように何も表情には出さない。その奇妙な安定のなかで、彼女と私は抱き合っていた。

一度、電話が鳴ったことがある。階下から聞こえる呼び出し音はいつまでも止まなかった。千津は「子供に何かあったのかもしれない」と躰を離し、ガウンだけを羽織って駆け下りた。亮からの電話だった。「何をしてるんだ」という尖った声に、「間宮ちゃんを駅まで送って、いま帰ったばかり。電話の音が聞こえたからあわてて家に入ったのよ」と答えたという。ガウンを脱がせて胸に抱き寄せ、「亮がほかの女性と結婚してくれれば、だれにも遠慮せず千津と一緒にいられるのにな」軽い口調で言うと、彼女は不意に躰を起こして「子供はどうするの?」真剣な顔だった。

異変が起きた。例によって浦和から帰った私に元子が「道雄さん、ゆうべはどこに泊まったの?」と訊いてきた。「会社だよ」と答えると、「変な電話がかかってきた」。

夜中の二時すぎ、元子が電話を取ると、女の声で「間宮さん、いらっしゃいますか?」と言った。とっさに元子は「もう寝ていますが」と答えた。女は少し黙り、「嘘です。いま、私と一緒ですよ、ご主人は」。

「おたく、どなた?」元子が訊くと、電話は切れたという。

「どんな声だったんだ?」

「若い人ね、あれは。二十代前半くらい」

ホッとした。一瞬、千津ではないかと思ったのだ。二時すぎというと、彼女と飲んだあと、私は二階で眠っていた。

「いたずら電話だよ」と言う私から目をそらしたまま、

「本当に会社だったんですか、ゆうべは?」

「当たり前だろ、ほかのどこに――」

苛立つ私の声をさえぎり、

「それなら、いいんです」

翌日、会社から千津に電話した。「いたずらにしても悪質だよな」と言うと、彼女は「こわい、わたし……」とおびえたような声を出し、それから口調が変わった。

「間宮ちゃん、どこかの若い子ともつきあってるんじゃない? あなたが冷たくなったから、そんな電話をしてきたんじゃないの」

「バカ。それより、来週の休日は大阪支社へ行くことになった。昼に東京を発って一泊してくる。だから、そっちへは行けない」

「イヤだ」

「イヤといったって——じゃ、それまでに一度、外で会える時間をつくるよ」

「ほんと? じゃ、いい」

電話を切ったあと、オレたちはまるで十代のガキのような恋をしていると思った。それにしても、あのいたずら電話はだれだったのだろう、元子の狂言なのか……しばらく考えてみたが、どうにも分からなかった。

翌週の月曜日、特集の割り振りを終えた夕方、新橋のホテルで千津と待ち合わせた。初めての夜からすでに半年以上たっていた。ロビーに現れた彼女は「今日は部屋へ行かなくてもいい。あなたも明日は締切で大変だから、ご飯だけ食べない?」。レストランへ行った。

食事しながら不意に彼女が言った。

「あさって、わたしも大阪へ行く」

唖然とする私に、「ひとりで行くんでしょ?」。

「仕事の邪魔はしないから。ね、いいでしょ?」

「そりゃ、ひとりだけど——」

「家のほうは、どうするんだ?」

「間宮さんの奥さんが急病になった。小さい子供がいて大変だから、ひと晩泊りで世話をしに行く。もう亮に話しちゃった。一泊でもいいから、あなたと旅行したいのよ」

料理を作ったり、掃除したりしながらそんな見えすいた口実を懸命に考え出している千津の顔が浮かんだ。いとしいと思った。同時に、あまりにもまっすぐ向かってくる彼女の一途さを、オレはどこまで受けとめられるのだろうと思った。

水曜日の朝、東京駅の喫茶店で待ち合わせた。淡いピンクのツーピースに真っ赤なハイヒール姿の千津は、二人の子供がいる三十八歳の女にはとても見えなかった。若やいでいるが、痩せて射るような目をしていた学生時代の千津でもない。この半年余りを経て、いま目の前にいるのはまったく別の女のように見える。

「なによ、ジロジロ見て」

「いや、いい女だと、改めて感じ入りました。ただ、これからわが家のお手伝いさんに行く格好じゃありませんな」

「奥さまのご病気、いかがですか？」

「深く静かに潜航中、といったところです」

そんな軽口をたたいて笑い合ったが、私のなかには漠とした不安があった。この半年に加え、先夜の電話があってから、妻の私を見る目がどこか変わってきた。昨夜、締切を終えたあと、酒も飲まずまっすぐ帰宅し、娘の遊び相手をした。そんな私を彼女は、妙にひんやりするような目で見ていた。「明日、十二時の新幹線で大阪支社へ行く。夜は支社の連中と飲むから一泊してくる」と、普段はほとんど話さないスケジュールを口にしたのも、妻の視線に気づまりなものを感じたからだった。

喫茶店を出ると、千津は私と腕を組んだ。プラットホームに上がり、千津が「ね、駅弁を買おうよ」と浮き浮きした声で言った。二人掛けの席に座ると、彼女は仕切りの肘掛けを上にあげ、躰を寄せてきた。人目のある場所では「よせよ」と言う私も、やはりどこか浮ついた気分になっていた。

しかし、大阪へ向かうのは浮ついた話ではなかった。大阪支社は販売と広告が中心だが、記者も三人駐在している。その中のキャップである岡田が先日、編集長あてに退職願を送ってきた。「一身上の都合」としか書いておらず、編集長が電話しても「いろいろありまして、とにかく後任を早く決めてください」と繰り返すばかり。仕事のできる岡田を簡単に辞めさせるわけにいかず、私が説得に行くことになった。「オレがそっちへ行く」と伝えると、岡田は「慰留ですか。もう私の腹は決まってますから」と言う。「そういわずに、久しぶりで一杯やろう」と言うと、「いえ、会社で話しましょう」。

岡田は私より三年後の入社で、よく一緒に組んで仕事をした。初めは線の細いひ弱な男だったが、無理を承知でやらせるうち腕をあげてきた。私のあとのデスクは岡田と思っていた。電話の感じでは無駄足になりそうだったが、とにかく理由を聞く必要があった。

新大阪に着き、先にホテルにチェックインした。部屋に入ると、千津は「やっと二人きりになれたね」と躰を寄せてきたが、さすがにいまはそんな気になれない。「これから支社へ行くんだ」と言う私の語調が強かったのか、彼女はくしゃんとなり、「仕事の邪魔しないって言ったのに、ごめんね」。二、三時間ですむと言い残し、ホテルを出た。

岡田は支社で待っていた。編集は休日なのでほかの記者はいなかったが、販売の社員がおり、「どこか落ち着いて話せるところはないのか」と訊くと、支社から少し離れた静かな喫茶店へ案内された。「わざわざ来てもらってすみません」と頭を下げる岡田に「どうしても退職願を撤回する気はないのかい」と尋ねた。

「ないですね」

「理由を聞かせてくれよ」

「それを一番話しにくいのが間宮さんなんだなぁ」と前置きし、岡田は話した。

一カ月ほど前、ある殺人犯が神戸で逮捕された。東京で殺人を犯し逃走したその若い男は、ホテルや旅館では足がつくと考え、各地を転々としながら行く先々のキャバレーやスナックの女をたらしこみ、女の家で寝泊まりしていた。一年近くそうやって逃げたが所持金がつき、最後の女のアパートで隣室に盗みに入り捕まった。ひと晩男を泊めただけの女は被害者のようなもので、新聞記事も女については触れていなかった。
岡田は女に取材した。彼女には婚約者がいた。週刊誌に書かれると婚約者に知られると
おびえる彼女に「ほかの女性を中心に書くから」と約束し、詳しい話を聞き出した。雑誌
が発売になった日、電話をしてきた女は「嘘つき。死んでやる」と泣きながら言った。女
の名前は仮名で場所もぼかしていたが、事件のあったアパートや近所では当然彼女と分か
る。一方的に電話を切ったものの、気になった岡田が数日後アパートを訪ねると、彼女は
大量の睡眠薬を飲んで病院へかつぎこまれていた。
「命は助かったんですが、脳に障害が残るかもしれないそうです。それを聞いたとき、
つくづくこの仕事が嫌になった。それが理由です。甘いですか?」
その記事は別のデスクの担当だったが、私ももちろん読んでいた。男の狡猾さにだまさ
れた女の哀れさがよく出ていた。
「結局、間宮さんみたいに徹しきれなかったんですよ、ボクには」
岡田は唇をゆがめ、薄笑いした。
「それで、会社を辞めたあとどうするつもりなんだ?」
「女房の実家が福岡で古本屋をやってるんで、それを継ぎます。古本屋のオヤジでも、
こんな商売よりはましでしょう」

二時間ほどで岡田と別れた。ホテルへ戻ったが、ざらついた気持ちが残ったまま部屋へ上がりたくなく、千津を一階のティーラウンジへ呼んだ。浮かない顔の私に、

「仕事、うまくいかなかったの?」

岡田のことをあらまし話した。千津は真剣な表情で聞いていたが、「あなたはどうなの?ずっと週刊誌に勤めるの?」。

「そうしなきゃ食えない」

「あなたが出かけてるあいだ、わたし、あなたと仕事のことを考えてた。前に、あなたに似合わないって言ったよね。いまは、もっとそう思う。その岡田さん、あなたみたいに徹しきれなかったというけど、あなたは徹するフリをしてるだけのように思う。違う?」

「フリでもしてないとやっていけないのが、この仕事だよ。だけど、たとえ詩や小説を書いても、それで食える保証はない。食えない可能性のほうが圧倒的に大きい」

「やってみなきゃ分からないじゃない。あなたは大事なものから目をそらしながら、いまの仕事をしてきたんだと思う。学生時代にあんないいもの、書いたじゃない」

「ヘタクソって、だれかにけなされたぜ」

「でも、何かあったよ。すごく引きつけるものが。——ね、自分のものを書いて。あなたとわたしのこれからも、そこにかかってる」

大きな目で私をまっすぐ見つめていた。そうかもしれないと思った。大事なものから目をそらしていた私に、それと向き合うために千津との再会がもたらされたのかもしれない。東京を発つときの浮ついた気持ちは薄らいだが、互いにまた一歩踏み込んだ気がした。

事態が急転したのは、大阪行きから三週間ほどたったときだった。例によって二日続きで家をあけ、帰宅した私は元子に大きな紙袋を突きつけられた。袋を開き、愕然とした。私と千津が喫茶店の窓際に座り笑っている。腕を組んだ二人、プラットホームで駅弁を買う二人、大阪のホテルに入っていく二人、そして浦和の家の前で車に乗り込む二人……それらの写真に、詳細な報告書も添えられていた。愕然としながらも、いつかこんな日が来ることを予感していたような気がした。

「いつ、興信所に頼んだんだ」

「あの変な電話があったつぎの日ですよ。これ、どう説明するの？」

「……この通りだ。言い訳はしない」

「この女のご主人、お店をやってるんですね。そちらへも、同じものを送りましたから、いまごろ見てるでしょう」

互いに顔をそむけていたが、妻の声はぞっとするほど冷ややかだった。

「女と別れますか?」

亮にもすべて知られるが、それでも千津と別れることは考えられず、「いや、別れない」と答えた。

「主人と子供がいて、こんな泥棒猫のようなことをする女を選ぶんですか?」

「……」

いきなり、右頬に痛みが走った。平手打ちを食い、そういえば元子は左利きだった、とつまらないことが頭に浮かんだ。

「もう、顔も見とうないわ。あの女の所へでも行ったらどうな」

最後は郷里の言葉で言い捨て、元子は居間の襖を開け、中に入った。真由美の寝顔がちらと見えた。私はのろのろと外に出た。駅前の電話ボックスに入り、浦和の番号を押した。亮が電話口に出た。

「これからはもう、うちへ来ないでくれ。電話もしないでくれ」

つっけんどんに言うと、電話を切った。受話器を叩きつける音がしばらく耳に残った。駅裏のスナックに入った。カウンターだけの店で、眠そうな目をした中年の女がひとりカウンターの中にいた。ビールを頼んだ。有線放送から、ヒット中の「恋人よ」が流れていた。カウンターの中の女はビールを注ぎながら「この歌、いいよね」と言った。

ここまでは予感しなかったわけでもない、しかし、これから先、どうなるのか……グラスを手にしたまま、ぼんやりと考えていた。

翌日、出社してすぐに千津に電話しようと思ったが、また亮が出るような気がした。編集会議の日だった。会議室に入り、配布された特集の企画案を読みながらも、字が頭に入らない。「どうしたんだ、今週はマーちゃんの司会だろ」と編集長に促された。

会議を終え、編集部の席に戻ると伝言メモがあった。一時間前の千津からの伝言で、「アミで待つ」と書かれていた。急いで飛び出し、会社の斜め前にある喫茶店に入った。隅の席で千津が肩をすぼめていた。学生時代の新宿の喫茶店での彼女が脳裏をよぎった。

「どうなるの、わたしたち……」

「分からないが、オレは女房と別れることになると思う」

「ほんとに？」

「こういうことを許す女じゃない。亮は何て言ってるんだ？」

「いつからだって訊かれて、正直に答えたら頬っぺた、叩かれた」

私は思わず苦笑し、「同じことをオレもやられたよ」。

「でも、お前とは絶対に別れない、彼はそう言うの」

二人ともしばらく黙り込み、窓の外を見ていた。

「どうしてあんな写真、撮られたの？」

「女房が興信所に依頼したんだ。前に話したいたずら電話のあとで」

千津はうつむいた。うつむいたまま「怒らないでね」とかすれ声で言った。

「あの電話、わたしなの」

「……」

「お店の女の子に頼んだの……独り占めにしたかったのよ、あなたを」

怒りはわいてこなかった。うつむいている彼女がいじらしかった。

「あのホテルで部屋をとってくれないか。できるだけ早く、オレも行く」

千津の顔が輝いた。この女とはもう離れられないなと思った。

夕方、千津が電話で伝えてきた部屋をノックした。飛びついてきた。「わたしを離さないで、絶対に離さないで」と繰り返す彼女をベッドに運んだ。

常務室に呼ばれたのは五日後だった。編集長も部屋にいた。常務の机には大きな封筒が置かれ、西本亮という字が見えた。

「間宮君。スキャンダルを追う人間がスキャンダルを起こしたんじゃ、シャレにもならんだろ？　まして、出張先でこんなことをされたんじゃ、社員にしめしがつかん。この奥さんとは、当然別れるんだろうな？」

「いえ」

常務と編集長が顔を見合わせた。編集長が「しかし、尾行され、写真まで撮られるようじゃ、マーちゃんもヤキが回ったな」皮肉な口調で言った。

「とにかく、こんな写真が他社にでも持ち込まれたら面倒なことになる。しばらく書籍部で頭を冷やしてもらうよ、間宮君」

頭を下げ、常務室を出た。会社に写真を送りつけられたことを、千津には言わなかった。亮を責めるつもりもなかった。

一週間後、書籍部次長の異動命令が出た。雑誌の連載小説を単行本にまとめるのが中心のひまなポストだ。亮のいない時間を見計らい電話すると、千津が出た。「休暇をとって、どこかに部屋を探すよ」と告げると、「わたしも行く」。翌日待ち合わせ、不動産屋を回り、西日暮里の六畳一間の部屋を契約した。横浜に帰ると、食卓の上に家庭裁判所からの呼び出し状が乗っていた。

それからは機械的にことが進んだ。本や衣類などを小型トラックに積み、自分で運転してアパートに運んだ。翌日、横浜の家庭裁判所へ行った。元子は真由美を連れてきていた。それぞれ別々に調停委員に呼ばれた。上品な顔立ちの女性調停委員に「奥さんは離婚したいと言っていますが、あなたはどうですか?」と訊かれ、「それでいいです」と答えた。

「奥さんの言い分は、これまで共働きをしてきたので預貯金の半分は自分のもの、残り半分を慰謝料としてもらい、お子さんが成人するまで毎月、五万円の養育費を支払うということですが、どうですか?」

「それも、いいです」

元子と私が改めて一緒に呼ばれ、「離婚の審判を下します」と宣告された。部屋の雰囲気におびえていた真由美が、私のほうによちよちと歩みよってきた。元子が娘の腕を引っ張り、「もう、この人はお父さんじゃないの」と、きつい声で言った。


それからの日々、私はしだいに追い込まれていった。夕方、千津は毎日のようにアパートへ来た。家具の何もない部屋で抱き合った。終電が近くなると、「ごめんね。子供たちが心配なの」と言って部屋を出て行く。がらんとした部屋でひとりになり、真新しい原稿用紙を広げるが、どんな言葉も浮かんでこない。苛立ちがつのり、アパートを出て、駅近くの居酒屋に入る。生酔いの胸苦しさをかかえながら部屋に戻り、一字も書かれていない原稿用紙を押しのけて布団を敷き、もぐりこむだけだった。

書籍部の勤務は暦どおりで日曜祭日が休日だった。いつのまにか私と千津は、互いをミーさん、チーと呼ぶようになっていた。「ミーさん、休みの日は自分の仕事をしてね」と言いながら、日曜日に子供たちを連れてアパートへ来るようになった。祐一とキャッチボールをやり、四人で上野の動物園に行き、四人で食事する。夕方、千津は「これから電車に乗せる」と亮に電話し、子供たちを駅まで送る。子供の姿が見えなくなったとたん、タックルでもするように私の腕をつかみ、躰を寄せてくる。アパートへ戻り、せわしなく服を脱ぎ捨てた彼女が布団にもぐりこんでくる。

浦和通いをしていた頃と同じだった。すべてが変わったはずなのに、何も変わっていない。前よりもっと妙な安定感にひたっているような千津が分からなかった。許している亮も理解できない。抱き合って果てたあとの空しさを埋めるように、布団に腹這いになったまま、コップ酒をあおり、「こんな暮らしをするために、オレは女房子供と別れたんじゃない。違うんだよ、なんか」。彼女は「わたしにもちょうだい」と、私の手からグラスをとってひと口飲み、「ミーさんの気持ち、分かってるよ」と呟く。

「ここへ来るのを黙認してるけど、亮は絶対に別れてくれない。子供は人質なのよ。彼は子供よりわたしを失ってしまうのが怖いの。ミーさんには分からないかもしれないけど、亮とわたしは夫婦というより、二人きりの兄妹みたいなところがあるの、昔から」

そんな言葉を聞くと、胸の奥に氷の刃でも差し込まれたような気がする。いまになって、自分が捨てたものの重さに打ちのめされた。時折り、思い出したように真由美に会いに行った。元子は玄関のたたきから先に私を入れようとしなかったが、娘が不憫なのだろう、外へ連れ出すことは許した。遊園地や水族館に行き、夕方になると団地へ連れて帰り、玄関で元子に渡した。アパートへの帰途、あびるように飲んだ。部屋で待っていた千津に、娘と行った先をくどくどと話した。

「そうやって、わたしに復讐してるの?」

「復讐? 違う、後悔だよ」

彼女は哀しげに私を見つめ、「わたしだってつらいのよ。分かってくれないの?」。

「分からん。分かりたくもない」

「……書いてる?」

「書くことなんか何もない。とっとと旦那と子供の所へ帰れ!」

黙って立ち上がり、部屋を出て行く彼女のしょんぼりした背中にすがりつきたいような気持ちだった。そして翌日、会社から帰ると、千津が夕食の支度をしながら「お帰り」と迎える。そんなことの繰り返しだった。書籍部の仕事には何の張り合いもなかった。社内ですれ違う記者たちは、こちらを避けて通った。自分の居場所がなくなっていた。

あと一カ月で四十歳の誕生日を迎えるときだった。千津が「旅に出ようよ」と言い出した。「このままだと、ミーさんもわたしも駄目になってしまう。日本を離れて二人でやり直そうよ」

「会社を辞めてか？」

「いろんなしがらみを断ち切らないと、新しいものは生まれてこないと思う。ミーさんは会社。わたしは亮や子供」

たしかにそうだが、四十歳にもなって職を失うと思うとためらう。だが、そんな荒療治でもしないかぎり、がんじがらめになったようないまの袋小路から抜け出せないこともたしかだった。

「日本を離れるって、チーにどこか当てがあるのか？」

私の気持ちが動いたのを知って、彼女は勢い込んで言った。

「高校時代の友達がね、マレーシアで日本語の先生をしてて、このあいだ、帰ってきたのよ。マレーシアって面白いところらしいよ。そこを足場にして、あちこち自由に旅するのよ。それに、あのへんは詩人の金子光晴が放浪したところでしょ？　ほら、いつか読んだ『マレー蘭印紀行』に、カユ・アピアピってあったじゃない。ホタルがたくさん集まってきて、燃えてるように見える木。それ、見に行こうよ。すごいと思うなあ。それを見たら、ミーさん、きっといいものが書けると思う」

四十面さげた男が職を捨て、ホタルを見に海外へ行く。しかも夫のいる女連れで。愚かで滑稽だが、どこか破れかぶれの爽快さも感じた。

「だけど、資金はどうするんだ？　貯金は全部女房にやって、オレは一文無しだよ」

「退職金が入るでしょ？　わたしのことは心配しないで。父がお店に出資してるから、そのうちのいくらかを亮に出してもらう。節約旅行して、何かをつかむまで、一日でも長く二人で旅するの。ね？」

「子供たちの世話はどうするんだ？」

「お店の従業員に頼むか、お手伝いさんを雇うことにする」

そこまで考えているとは思わなかった。突拍子もないことを思いつき、それを現実的な判断で進める彼女に驚いた。それだけいまの袋小路から脱け出たいと懸命なのだろう。こっちも腹をくくるしかなかった。

三日後、会社に退職届を出した。常務はあっさりと受け取った。離婚し、いまも人妻とつきあう男を会社の厄介者に思っていたのかもしれない。経理課から退職金の計算表が届けられた。日本でなら数年は暮らせる金額だが、どんな旅になるのか見当もつかず、これで足りるかどうかも分からない。分からないといえば、旅から帰国したあとの生活はもっと分からない。

そこを考えているとたじろぐが、もうあとへは引けない。生命保険類を解約し、その金で浅草近くの安アパートの三畳を借りた。建物全体が傾いでいるようなアパートで、畳もささくれだっている部屋だが、その分家賃も安く、一年分を前払いした。帰国後に最低限必要なものだけ移し、あとは捨ててしまった。

一年オープンの格安往復航空券を買い、出発日が決まった。その一週間前から千津とは会えなかった。「旅行の準備もあるし、子供たちと少しでも一緒にいてやりたいの」と言う彼女をアパートに引き留めるわけにもいかなかったが、ひとりで部屋にいると心細さがつのった。ミーさん、チーと呼び合う私と千津が、まるで「青い鳥」のチルチル・ミチルのように思えた。どちらがチルチルでどちらがミチルなのかも忘れたが、幸せの青い鳥を探して旅に出た二人が、本当の幸せは家庭にあったと気づく。こんな皮肉な話もない。

出発日前夜、横浜へ行った。団地の駅で降り、改札口を出ると、強い風が吹きつけてきた。もともと山を切り崩して造成した地域で、いつも風が強いが、十二月初めのその夜は木枯らしが舞っていた。五階の部屋の前に立ち、チャイムを押した。

「はい、どちら様でしょう?」

「あ、オレだ」

数秒の沈黙のあと、インターフォンから元子のかたい声が流れてきた。

「真由美と会う約束はないでしょ? それに夜ですよ」

「ちょっと、話がある」

また数秒の沈黙があり、ドアがあけられた。玄関のたたきに立ったまま言った。

「しばらく、海外へ行くことにした」

「……会社は、どうするんですか？」

「辞めたよ」

「真由美の養育費、ちゃんと払ってもらえるんでしょうね？」

「一年分、銀行に振り込んでおいた」

「一年も――あの女も一緒なの？」

「ああ」

「とうとうそこまで行っちゃったの。道行きとかいうんでしょ、そういうの」

薄ら笑いを浮かべる元子から顔をそむけた。廊下の奥、居間から真由美がこちらをうかがっていた。私が「おいで」と手招きすると、壁伝いに歩いてきたが、途中でふと立ち止まり、部屋に戻った。

「真由美、ここへ来て、さよならしなさい。もう会えないのよ」

元子が尖った声を出したが、真由美はしばらく出てこず、やがて姿を見せたとき、腰に泳ぎの浮き輪を巻いていた。空気が少なくずり落ちそうになる浮き輪を両手で支えながら、娘は私の数歩前で立ち止まり、うつむいた。

「この前、真由美と会ったとき、あなた、今度はプールに行こうと言ったでしょ？　それからずっと、浮き輪を用意して待っているのよ、この子」

浮き輪を両手で支え、じっとうつむいたままの娘を前に、私は言葉を失った。

「いい気になって、仕事も辞め、女と海外へ行くなんて……父親を奪われたこの子の悲しみが、あなたには分かりますか？」

元子の声が震えていた。私はたたきの端に屈み、真由美に両手を差し出した。ゆっくり近づいてきた娘の頭をなでた。真由美は上目づかいに私を見上げた。

「帰ってください！」

外へ出た私の背後で、ドアが激しい音をたて閉じられた。アパートへ戻る電車の中で、私は「ひとでなし」という言葉を呟いていた。

翌朝、まだ夜が明けきっていない街を、重いスーツケースを引きずりながら歩き、始発電車で成田空港へ向かった……。〉

遠い声にたぐり寄せられるように、ふっと目が覚めた。分厚いカーテンを閉じた部屋は暗く、一瞬、ここがどこなのか分からなかった。目をこらし、耳をすます。どこか遠くで歌うような男の声が聞こえる。胸にしみいるような哀調を帯びた独特の節回し。礼拝を呼びかけるアザーンの朗誦だ。マレーシアで朝を迎えたことを実感した。

——毎日、これを聴いていたな、二十年前は。

朗誦が終わり、暗がりの中でベッドサイドのスイッチを探し、明かりをつけた。天井が高く、クリーム色の壁の角に、矢印が描かれている。イスラム教徒が礼拝するメッカの方向を指しており、この国のどのホテルにもこれがある。床に絨毯など敷かれていない安宿には、矢印の下に、礼拝用の小さなマットが置かれている。

カーテンをあけると、夜明け前の街並みが広がった。ツアー観光の集合時刻は八時半、まだ時間がありすぎるが、もう眠れそうになく、外へ出てみることにした。夜明けから二時間ほどは、熱帯でも空気が澄んでひんやりしていて、物の色や形もくっきりしているように見える。千津は「ゴールデンタイム」と呼んでいた。その時間帯が過ぎると、うなぎ昇りに気温が上昇し、何もかもがぐちゃぐちゃに溶け合ってしまう。

身支度をしてホテルの玄関を出ると、すっかり夜は明けていたが、まだ空気はひんやりしてさわやかだった。ＢＢ通りのゆるやかな坂を上がっていった。昨夜のイブの名残りの爆竹やテープなどがあちこちに落ちている。坂を上がりきったとき、通りをはさんだ向こうから「間宮さーん」という声が聞こえた。吉岡幸代が手を振っていた。立ち止まると、彼女は小走りに通りを横切ってきた。

「おはようございます」

初めて会ったときと同じように、ぴょこんと頭を下げ、長い髪が揺れた。Tシャツに短パン、昨夜と同じスタイルだった。

「早く目がさめちゃって、散歩してたんです。間宮さんもですか？」

「年寄りは早起きなもんでね」

「そんなあ。間宮さん、年寄りなんかじゃないですよ」

「コーヒーでも飲む？　と言いたいとこだけど、まだ喫茶店はあいてないな」

「あ、コンビニがあります。わたしの英語、通じるかなあ。とにかく買ってきます」

言ったかと思うと、すらりとした長い脚で駆け出していった。育ちのいい娘さんなんだろうなと思った。真由美はどんな娘に成長しているんだろう、もう結婚しているのかもしれない。だとしたら、どんな相手なんだろう……ぼんやり考えていると、

「わたしのカタコト英語でも、ちゃんと通じました。はい、コーヒー」

まだ店が開いていないカフェテラスの、通りに面した椅子に並んで腰かけた。昨日出会ったばかりの若い女とこうして並んで座る。それがなんの違和感もない。旅に出ると、気持ちが一種の真空状態になるんだな、そんなことを考えながら、日本のそれと同じように甘っ

たるいが、よく冷えているのだけが取り柄の缶コーヒーを飲んだ。吉岡幸代は椅子をずらせてこちらを向き、

「間宮さんは、いつ頃、こちらへ来たんですか?」

「二十年前」

「そんなに昔なんですか?」

「吉岡さんがまだ赤ちゃんの頃だな」

「幸代と呼んでください」

この娘も真空状態だと思った。

「やっぱりツアーだったんですか?」

「そうじゃないけど、吉岡さん、いや幸代さんか、あなたと同じようにホタルの木を見に来たんですよ」

「どうでした、カユ・アピアピは?」

「あっちこっち探したけど、結局、ホタルで木が燃えあがるようなのは見られなかった。まあ、途中からどうでもよくなって、探すのもあきらめたんだけどね」

「じゃ、ずいぶん長く旅行したんですね」

「そう」と答えてから、おいおい、と自分に呼びかけた。この小娘に二十年前の旅を話

すつもりなのか。

「そろそろホテルへ戻らなくちゃ。コーヒー、ごちそうさま。今度、お返ししますよ」

「はい」と言い、幸代も立ち上がった。

八時半きっかりにロビーに降りると、すでに山本夫妻、幸代が待っていた。ガイドのロンもいた。ホテルの玄関に横づけしていたバスに乗り込んだ。山本夫妻が並んで座り、通路をはさんだ窓際に私が座ると、その横に幸代が自分から座ってきた。山本夫妻の奥さんがちらとこちらを見た。「こっちのほうが外がよく見えるよ」、窓際の席を勧めると、「すみませーん」と無邪気に席を代わった。

午前中はクアラルンプールの市内観光だった。王宮、国立博物館、セントラルマーケット……どこも一度は訪れたことがある。セントラルマーケットの外観は一変していたが、ありとあらゆる品物があふれ、ごった返すような雰囲気は同じだった。観光ポイントごとにバスが止まり、ロンが説明した。山本夫妻はいちいちうなずき、幸代はノートに書き込んでいた。彼らのうしろに立っているとき、不意に蘇ってきた。

千津が「一度は名所も見ておこうよ」と言い、渋る私をせきたてる。二人ともTシャツ、ジーンズにゴムぞうりで宿を出て、地図を片手に歩き回る。どこへ行っても、いろんな国のツアーグループがいて、日本のそれを見つけると、さっそく千津は近寄っていく。ガイドの説明を初めはうしろで聞いているが、そのうち前へ前へとせり出し、ときには一番前まで出て、ガイドの説明にうなずく。そんな図々しい彼女に、私はただ苦笑していた。二人ともまだほとんど日焼けしていない頃だった……。

「間宮さん。シャッター押してくれます？」

国立モスク（回教寺院）の広々とした中庭を眺めていると、幸代に声をかけられた。頭からすっぽりと白いベールとローブをまとっている。モスクでは女性が肌を露出することを禁じており、観光客にはローブやベールが貸し出される。大柄な幸代にはよく似合っていた。シャッターを押し、カメラを返すと、「一緒に撮りましょうよ」と、幸代は山本夫妻の奥さんに「すみません、お願いします」と言った。私の横に立った幸代は、肘が触れるほど近づきこちらに小首を傾げていた。カメラをのぞきながら、奥さんが「お二人、仲のいい親子みたいですね」と言った。

午前中の観光の最後はKLタワーだった。上階の展望台から、クアラルンプール市全体を眺めることができる。「これはすごい」と声をあげた山本夫妻の主人は、ガラス窓越しにビデオを回し、奥さんのほうもしきりにカメラのシャッターを切っていた。日本からビデオもカメラも持ってきていない私は、説明パネルに描かれた地図と、目の前に広がる風景を見比べながら展望台の中を歩いた。二十年前に千津と暮らした場所を探したが、街の変貌に加え、こんな高さから見るのは初めてで、見つけることができなかった。

ふと気づくと、ガラス窓から離れて立っている幸代が蒼ざめた顔をしていた。「どうしたんです。具合でも悪いの?」と尋ねると、消え入りそうな声で「ダメなんです、高い所は」。高所恐怖症。健康のかたまりのような娘にも欠陥はあるんだと思うと、おかしくて笑った。「ひどい、ほんとなんです」泣き出しそうな彼女に、「ごめん、笑ったりして。じゃ、先に下りようか」。山本夫妻に声をかけ、集合場所まで一緒に下りた。エレベーターの中で、彼女は私の肘をつかんでいた。

昼食時刻になり、ロンに大きな中華料理店へ案内された。テーブルをはさみ、山本夫妻と、幸代と私が向かい合って座った。ひとしきり幸代の高所恐怖症が話題になった。「せっかくの海外旅行だから、なんとか克服しようと思って、頑張って上がったんですけど、一度下を見たらもうダメ!」と言う彼女は、もう元気になっていた。やはり若いのだ。運ばれてくる飲茶料理を屈託なく食べていた。

そのあと、四人はロンに宝石や民芸品を売る店に連れていかれた。旅行社とマージン契約をしているのか、ロンは「この店はほかより三割安いです」などと、しきりに勧めていた。私はまったく関心がなく、タバコを吸うため窓際へ行った。店はチャイナタウンの一角にあり、三階のその窓から裏通りが見えた。にぎやかな表通りとは違ってひっそりとし、路地にはゴミ袋が放り出され、犬がうろつき、従業員が窓にもたれてタバコを吸ったりしている。何本も走る路地のひとつに目がいき、おやと思った。商魂たくましい華僑たちは、そんな路地にも食べ物の屋台を出しているが、そのひとつに見覚えがあった。まわりの建物の位置関係も記憶があった。その屋台でよく千津と食事した。

「何か見えるんですか?」幸代が窓際に来て、傍に並んで見下ろした。「このくらいの高さなら、わたしも平気」

「自転車が転がっている路地、真ん中の屋台が見える? 昔、よくあそこで飯を食べた」

ベニヤ板の上に肉や野菜の煮つけ、揚げた魚や豆、漬物などが並び、そこから好きなものを選んで木の丸椅子に座って食べる。雨が降れば、普段は畳んでいる天幕を広げる。一度、すさまじいスコールに見舞われたことがある。みるみる天幕の真ん中に雨がたまり、重さで倒れそうなほどしなった。屋台の兄ちゃんが一本の棒で下から天幕を突き上げ、水を落とす。雨の勢いが増し、路地全体が水浸しになってゴミや食べ物のカスがぷかぷか浮いていた。水落としに懸命な兄ちゃんの傍で、白い顎ヒゲの老人が丸椅子の上にあぐらをかき、長い中華箸を使って悠然と食事を続けていた。

「すごーい! 金子光晴の自伝小説に出てくるような世界じゃないですか。そのとき、間宮さんも一緒に食べてたんですか?」

「いや、それほど腹がすわってないからね。軒下で見物、いや、あれは見学だったね」

これは見学ものだわね、そう言ったのは千津だった。二人ともジーンズの裾をまくりあげて軒下に逃げ、老人に見とれていた。あれもまだ、あまり日焼けしていない頃だった。幸代に千津のことを話せば、どんな反応を示すだろうか。「すごーい！」。金子そのものじゃないですか」とでも言うか、それとも「要するに不倫旅行じゃないですか、それって」と眉をひそめるだろうか。そういえば、黒い手帳に金子光晴についても何か書きつけた記憶がある……。


「間宮さん、吉岡さん。出発ですよ」

ロンに促され、窓際を離れた。いったんホテルに戻って休憩し、夕刻、ホタル観賞へ出かける予定だった。バスがホテルに着く前、隣の幸代が「コーヒーのお返し、してもらってもいいですか？」と小声で言った。三十分後にロビーで会うことにした。

部屋に入り、ショルダーバッグから黒表紙の手帳を取り出した。しばらく手に持ったままだった。そこには、千津と私の二十年前が閉じ込められている。

——何をためらってるんだ。千津はもうここから抜け出し、あちこち歩き回ってるじゃないか。正面から向き合い、つかまえなければ、どっちへ走り出すかもわからない……。

手帳を開いた。細かな字と数字がびっしり書き込まれている。

「○月○日　リドホテル投宿。天井ファンの部屋。夕食・酢豚、焼きそば、ビール計8・7R　使いすぎ」「○月○日　街歩き。朝食・福建麺2R，昼食・インドのボルタボ4R、バナナ1R」

こんな調子で延々と記している。「節約旅行だから、毎日、使ったお金、書いておかない？でもわたし、そういうの苦手なんだなあ。書くのはミーさんの担当、ね？」、千津がそう言って書きつけるようになった。Rというのはこの国の通貨リンギットのことだ。

手帳をひっくり返した。表からは家計簿のような日録を記し、反対側を自分専用のメモにしていたはずだ。その最初にこう書かれていた。

『詩人金子光晴が妻の三千代とともに日本を発ったのは、一九二八年初冬のことだった。以後、中国、東南アジアからヨーロッパ、再びアジアへと四年に及ぶ苦渋と呻吟に満ちた旅、若い恋人のもとへ走った妻との切羽詰まったかかわりを立て直すための、それは詩人にとって命がけの旅の幕開けであった』

気負った文章だが、その気負いに二十年前の私の思いもこめられていた。このメモにあるように金子光晴は、のちに作家森三千代となる妻と、幼い子供を日本に残して旅に出た。恋人から妻を引き離すための旅。行く先々で詩人が絵を描き、それを現地の日本人に売って食いつなぎ、旅費を工面するという無謀で破れかぶれの旅だった。

人妻である千津と一緒の私はまるきり逆の立場だが、追い詰められたすえ、日本の何もかもうっちゃって旅に出た点だけが共通している。ケチくさく日々の出費を記録しながら、詩人と共通するその一点にしがみつき、あてのない自分の旅の幕開けを飾ろうとしていた。気負った文章には、金子光晴の歩いた跡をたどり、評伝でも書こうという心づもりもこめられていたはずだが、それもいつかなし崩しになってしまった……。

電話が鳴った。あわてて受話器を取った。「あのー、幸代ですけど」、心細そうな声が流れてきた。時計を見ると、約束の時間を十五分も過ぎている。「ごめん、すぐ行くから」と言い、受話器を置いた。

幸代はロビーのソファの端っこに腰かけていた。私を見ると、ばね仕掛けの人形のようにぴょんと立ち上がった。

「いやー、申し訳ない。ちょっとベッドに横になったらうとうとしちゃって。年寄りは情けないいね」

「また、年寄りだなんて。間宮さんは若々しいですよ」

「そんなことを言ってくれるのは幸代さん、あなたくらいだね」

「街並みとか、人の流れを見ているときの間宮さん、鋭い目をしていますよ。何かに挑むというか、戦っているような目。年寄りってそんな目をしないじゃないですか」

この健康娘、ちょっと油断できないぞと思いながら「さて、コーヒーのお返しはどこがいいかな。ホテルなら涼しいけどね」。

「外にしませんか。熱い風に吹かれたい」

通りに面したスターバックスのテラスに向かい合って座った。上に日除けのテントが張られ、大型の扇風機が何台も回っている。コーヒーを飲みながら、二人ともしばらく通りを眺めていた。この国そのものがマレー人、中国人、インド人による多民族国家だが、そこへさまざまな国からの観光客が押し寄せ、まさに人種のルツボ。短パンにヘソ出しルックの白人娘と、全身をすっぽり黒のローブで覆い、目だけ出した女性がすれ違う。

「カユ・アピアピって、どんなのかなぁ」幸代がひとり言のように言う。

「金子は本の中で、カユ・アピアピの木のことは書いてますが、実際にホタルが光っている様子は書いてないですよね」

「そうだね。実際に見なかったのかもしれないし、ホタルより木のほうに関心があったのかもしれないね。彼が書いているカユ・アピアピは水辺の柳みたいな木なんだけど、地元の人によると、ほかの木にホタルが集まることもあるらしい。ただ、しょっちゅう移動するので、ホタルが集まれば、それがカユ・アピアピだって教えられたよ」

「じゃ、間宮さん、二十年前にバトパハへも行ったんですか?」

バトパハというのは、詩人が放浪中に最も心安らいだマレーシア西海岸にある街で、その街を記述した文章にカユ・アピアピが登場する。

「なんだか平べったくて居眠りしてるような街だった。金子光晴が滞在した日本人クラブのあとが残っていたな」

「間宮さん、このツアーが終わると、すぐ日本へ帰るんですか？」

「いや、二日間延泊することにしています」

「何か、予定があるんですか？」

「とくにないけど、まあ、のんびりと」

幸代は考えごとをするような表情で通りに目をやった。

「わたしは一日の延泊なんですけど、一緒にバトパハへ行きませんか？」

こっちをまっすぐ見ていた。この若い娘と二人でバトパハへ行く。それもいいかもしれないと、一瞬迷ったが、

「一人で行ってらっしゃい。そのほうが、金子光晴を旅してるような気分になるよ」

「でも、心細くて。ガイドブックには長距離バス利用って書いてるんですが」

「そう、ここから四時間近くだったかな。バス・ターミナルで切符を買うくらいならつきあいますよ」

言ってから、そうだ、この娘と一緒なら、あそこも冷静に見ることができるかもしれないと思った。ツアーの集合時刻にはまだ一時間余りの余裕がある。

「いまから行ってみようか、バス・ターミナル。車だとすぐだから」

私が立ち上がると、幸代はびっくりしたように目を瞠りながら「はい」と答えた。タクシーをとめ、運転手に「プドゥラヤ・バスステーション」と告げた。

そのバス・ターミナルは地階がバスの発着場で、その上のフロア全体が大きな待合室になっていて、切符もそこで買えるはずだった。地階は以前のままで、大型バスが何台も停車していた。鉄の階段を上がってそこへ入ったとたんに、一気に押し寄せてきた。

ほとんどがマレー人やインド人の乗客でごった返している。バス会社のオフィスがいくつもあり、食堂や雑貨店が並んでいる。二十年前とまったく同じだったが、そんな光景よりにおい、エアコンもなくむっとするような熱気に、食べ物や階下の発着場からのぼってくる排気ガスが混じった独特のにおい、これだ。千津も私もじっとり汗ばみながら、何度となくそのにおいをかいだ。

「ここからバスに乗るんですか?」

幸代がおびえたような声で言った。この雰囲気にたじろいでいるらしい。バス会社のカウンターで尋ねると、朝一番のバスなら日帰りはできるが、肝心のバトパハでの滞在時間はあまりないという返事だった。幸代は「やめます、バトパハへ行くのは」、ほっとしたような表情になった。まわりを見回しながら「何か、においますね、ここ」。

そのにおいからすぐに立ち去りたいような、逆に胸いっぱいに吸い込みたいような、どっちつかずの気持ちだった。

「そうだ、アイス・カチャン、食べようか」

「――アイス・カチャン？」

食堂の一軒で注文した。てんこ盛りのかき氷が運ばれてきた。色とりどりの寒天や黒豆などの上に氷を乗せている。

「わあー、すごーい！」

幸代が歓声をあげた。スプーンですくいながら「おいしい！」を連発している。それほどうまいものではないが、歯にしみる冷たさが、千津と向かい合って食べていたときを、まざまざと蘇らせる。ほとんど見ず知らずの若い女と向かい合っているいまのほうが、現実ではないような気がする。

〈スバン空港に着いて、いきなり、巨大な夕陽に出くわした。空港ビルの上にのしかかるような夕陽に、千津も私も息をのんだ。空が赤々と燃えていた。「すごいね」と彼女が言い、私も「ああ、すごい」と言った。

　空港を出たときには、すっかり日が暮れていた。タクシーでクアラルンプール繁華街外れのサマサマ通りへ向かった。そこは、西部劇にでも出てくるような一画だった。だだっ広い石ころだらけの道路をはさんで両側に食堂がずらりと並び、どこもドアなどなくあけっぴろげで、アセチレンガスや食べ物の匂い、笑い声、叫び声などが入り交じって道路にまであふれ出ていた。「安いだけが取り柄、覚悟したほうがいいわよ」という前置きつきで、千津の高校時代の友人が紹介してくれたのがこのサマサマ通り。

　通りの中ほどに「麗都旅社」、英語名リド・ホテルがあった。フロントらしいカウンターに、浅黒い肌でごつごつしたいかめしい顔の女がいた。「陳さんはいますか」と英語で訊くと、黙って奥の部屋へ消えた。背もたせの合成皮革が破れ、綿がはみ出たソファに座って待っていると、ゆうに一八〇センチは超える巨漢が現れた。紹介の名刺を差し出すと、陳は握手を求めながら「オーケー、オーケー」と笑った。

　いかめしい顔の女従業員に三階の部屋へ案内された。エレベーターはがたがたと音をたてて左右に揺れた。ベッドが二つ並ぶだけの殺風景な部屋。「ノー・エアコン、ノー・タブ」と無愛想に言い、従業員は出ていった。エアコンも風呂も冷蔵庫もないが、覚悟を決めるしかない。天井から羽根型の大きなファンがぶらさがっている。スイッチを押すと、ぎしぎしときしみながら、それでもゆっくりと回り始めた。

ファンを見上げながら、千津が「これ、いいね。ベッドをくっつけようよ」。二人でツインのベッドをひとつにした。ダブルベッドができあがり、真上に天井ファンがある。千津がベッドにジャンプするように寝転がり、「ね」と言った。二人とも汗まみれのまま抱き合った。そうしていると、空港に着いて以来の心細さが消えるような気がした。

それが第一夜だった。翌日から、街を歩いた。千津がガイドブックを開いて「今日は、ここところを攻めよう」と言い、日盛りの炎熱の街をひたすら歩いた。三十分も歩くと、全身に汗がふき出してくる。息をするだけで熱い空気が流れ込み、躰の外も内もたちまち熱される。道端のジュース屋に寄り、サトウキビを絞ったジュースで喉をうるおしては歩き、高級ホテルのロビーで躰を冷やしてはまた歩いた。リド・ホテルの陳に「トッゲキ・サイトシーイング」と笑われながらやみくもに歩き回る千津と私は、そうすることでしか日本に捨ててきたものとの釣り合いが取れない、そんな気持ちに追われていた。

歩き疲れると下町の市場前の食堂に座って、物売りの威勢のいいかけ声に聞き入ったり、ガマの油売りそっくりの軟膏売りの芸を飽きることなく眺めたりした。少しずつ見知らぬ土地になじみながら、日本での暮らしとはまったく違う時間が躰の中を流れていき、がんじがらめに縛られていたものがゆっくりと解きほぐされるような気がした。

夕刻になると、サマサマ通りに戻った。三階の部屋に上がり、まずシャワー場に飛び込む。シャワーといっても湯などない。水道の蛇口の横がセメントで固めた四角い水溜めになっており、そこに溜めた水を小さなバケツですくい、直接躰にぶつける。これが無類の快感だった。火照って汗まみれの肌がかつえた犬のように水を求め、流れ落ちる水に吸いつくようにふるえる。自分で水をかけるより、かけてもらうほうが快感が強く、二人とも全裸になり交互にかけ合った。

キャーキャー、ヒャーヒャーと子供のような叫びをあげながらかけ合ったあと、互いの背中を流す。人の背中というのは、どこか不用意な感じがあり、千津の背を流しているうち、いま、この異国で互いの名前を知り、躰も知っている人間はこの背中の女だけだという思いに駆られ、そっと背の窪みに唇をあてる。ぴくっと震えた彼女が水溜めの縁に両手をつく。私の唇が背の窪みに沿って下がっていくと、うつむいて脚を広げる。尻を抱いてうしろから彼女に入る。互いに無言で犬のようにつがう。

新しいTシャツに着替え、部屋を出る。昼間は眠り込んだように閑散としているサマサマ通りは、夜になるとたんに目ざめる。食堂前の軒廊に明かりがともり、丸いテーブルと丸椅子が通りにまではみ出し置かれる。中国料理、マレー料理、インド料理の店がそれぞれいくつかあるが、全部をまとめたのが角の大食堂「ビッグ・ワールド」。軒廊に面してガラス張りの調理ブースが並び、その間を抜けて入り空いている席に座ると、各ブースから注文取りの子供がゴムぞうりをぺたぺたいわせながら駆けてくる。口々に料理名を並びたてては、「バグスッ！（うまいよ）」。子供たちのあとから、鶴のように痩せた華僑の老人がゆったりと歩いてきて、飲み物の注文を取る。

この国の人口の半分を占めるのはマレー人で、残りが中国人やインド人。民族間による流血事件が起こったのは遠い昔の話ではないという。異なる地域に住んで紳士的に無視し合っているような国柄だが、それがこのサマサマ通り、とくにビッグ・ワールドではごっちゃになっていた。豚肉を食べないマレー人、牛肉を食べないインド人、何でも食べる中国人が同じテーブルにつき、そこへ私たち日本人や、近くのＹＭＣＡホテルに泊まっている欧米のヒッピーたちが加わる。

アルコールを禁じられているマレー人がコピ・ススと呼ぶ甘ったるいコーヒーを飲む傍で、プロレスラー並みの体格のインド人が、中国人娼婦の肩を抱きながら安ウイスキーをあおる。上半身裸のヒッピーがギターの弾き語りをする横に、赤ん坊を抱いた物乞い女が突っ立っている。何台もの大きな天井ファンが、何もかもかき混ぜるようにきしみ音をたてながらゆっくり回る。

そんな光景の中、千津は注文取りのマレー人少年をつかまえてはノートに単語を書きつけ、私は私で、華僑の鶴老人と漢字の筆談をせっせと試みていた。こういう日々のうち、十八年間の週刊誌記者暮らしでこびりついていたものが少しずつ剥がれ、何かみずみずしいものが自分の中に、滴のように落ちてくるのを感じていた。

トツゲキ観光で半月もたてば、首都のめぼしい所はあらかた見てしまった。地図もガイドブックも持たずに出かけ、途中で乗り降り自由のミニバスに飛び乗っては気の向く所で降りたりしていたが、千津が「そろそろ遠征しようよ」と言い、バス・ターミナルから出かけるようになった。最初は日帰りで、クアラルンプールを中心に同心円を描くように少しずつ遠出をした。帰り道に迷わないように、目印をつけながらさまようチルチル・ミチルのようでもあった。

「カユ・アピアピを見なくちゃ」

千津が思い出したように口にした。日本を発つまで、私はさして期待していたわけではなかった。旅の唯一の目的らしいものがホタル見物という、破れかぶれの上塗りめいた爽快感に引きずられていただけだったが、炎熱の下の街歩きや、ごみ溜めのようなサマサマ暮らしのうち、ふと見てみたいと思った。ホタルの群に彩られ、夜空に輝く木、それを見れば自分の中に落ちてくる滴がさらにみずみずしいひと筋の流れになるかもしれない。

どこか手近にホタルの木がないものかと、サマサマ通りの住人たちに尋ねたが、だれも知らなかった。都会でその日暮らしをしている彼らがそんなものに無関心なのもしかたないが、灯台下暗しだった。リド・ホテルのいかめしい顔つきの女従業員アジザが、子供の頃によくカユ・アピアピを見たという。

「高くて大きなマンゴーの木に、日が暮れると、ものすごい数のホタルが飛んできて、下から上へ、上から下へ、光が大波のようにうねる。そりゃ、すごいよ。何千、何万匹ものホタルだろうね。離れて見ると、木が青っぽい黄色に燃えてるみたい」

片言英語をぶつけあったあげくのアジザの説明に、千津も私も陶然となった。光の波がうねり、青黄色く燃える炎の木が見えるようだった。

アジザはインドネシア・スマトラ島の出身、島の最北端の海沿いにあるというその村へ行けば、いまも見ることができるのかと問うと、「さあ、わたしも三十年、村に帰ったことがないからね。それに、ホタルは気まぐれで、つぎの年には、別の木に飛んできたりするからね」と、なんとも頼りない返事だったが、そんなホタルの木がどこかに実在することを知っただけでも収穫だった。すぐにスマトラ島へというわけにもいかず、まずはこの国で探すことにした。ホテルオーナーの陳に、スーツケースを物置きにでも預かってくれないかと頼んだ。「オーケー、オーケー」、にこにこ笑いながら引き受けたが、さすがに華僑で、一日いくらと切り出してきた。

翌日から、私たちの旅が始まった。三日出かけてはリド・ホテルに戻り、またリュックをかついで出かけて一週間後に戻り、さらにまた出かけるという、旅の中の旅だった。しかし、光の波のうねり、青黄色い炎のカユ・アピアピに出会うことはなかった。〉

午後五時にホテルを出発したバスは、クアラルンプールから北西へ向かって走った。隣の幸代はTシャツ短パンから、長袖シャツとジーンズに変わっていた。ガイドのロンに「ホタルのいる場所は蚊が多い」と言われたせいだ。窓の外、道路の両側に油椰子が延々と続く。同じような道を、千津と数えきれないほど走ったなと思った。

「ホタルの木って、どんな木なんですか?」

幸代がロンに尋ねた。

「水辺に生えているマングローブの一種です。昔はいろんな所にホタルの木がありました。でも、開発による汚染が進んだりして、まとまったホタルが見られるのは、これから行くクアラセランゴールと、南のジョホールバルだけです」

昔というのはいつのことだろう、ロンに訊いてみようかと思ったが、まだ二十二、三歳の彼では意味がないと思い直した。一時間半ほど走り、バスは川沿いのレストランの前で停まった。ここで海鮮料理の夕食をとり、その後ボートに乗ってホタル鑑賞をする予定になっている。川面に突き出たテラスで食事した。赤褐色に濁った川辺に水上家屋が並び、上半身裸の男が舟から魚を運び上げていた。テラスの観光客には見向きもしない。幸代は相変わらず「おいしい！」を連発しながら食べ、出かけるとき、「いよいよですね、カユ・アピアピ」とささやいた。

そこからバスで十分ほどの所に、ホタル鑑賞のためのボート乗場があった。二十メートルほどの川幅の両岸にマングローブがびっしりと群生しており、すでに夕闇に包まれていた。「もう少し暗くなると、ホタルがきれいです。カメラと大声は禁止、ホタルがびっくりします」とロンが説明し、三十分ほど待ってボートに乗り込んだ。山本夫妻、私と幸代が向かい合って座った。船頭が音もたてずオールをあやつりながら、闇のなかでボートを進めた。対岸に近づくと、マングローブの無数の枝が黒々とからみあって見えてくる。その岸辺に沿ってゆっくりと進んだ。

「あ、見えた！」

幸代が叫び、山本夫妻が同時に口に手を当て「シー」と言った。青黄色の小さな光の点が闇のなかで動いている。「間宮さん、ほら、あそこにも、あそこも」幸代が声を殺しながら言う。ボートが進むにつれ闇が深まり、明滅する光の点は増えてきた。強く光っては消えてしまいそうに弱まり、また強く光る。木によっては、そんな光を何十、何百と宿していた。光の点滅は五、六百メートル続き、山本夫妻は「きれいだね」「クリスマスツリーみたい」と感嘆しながら見とれていた。幸代は「これだったんですね、カユ・アピアピは」と、うわずった声をあげた。

——やっぱり、これだったのか……。

私の中に失望感が広がっていった。こんな光なら、何度か見た。これほど間近にしたことはなかったが、いくつかの川の岸辺や河口に千津と並んで立ち、対岸の光の点滅を見た。美しくはあったが、寂寥感がつのるばかりだった。二人が探し求めていたのはそんなものではなかった。何万、何十万という無数のホタルが光の波になり、巨大な炎となって燃えるカユ・アピアピだった。

船頭がボートを停めた。川面の上までマングローブの枝が伸び、幸代が手を出すと、掌にホタルが乗った。「あ」と彼女が小さな声をあげ、ホタルは飛び立っていった。

三十分余りのホタル鑑賞だったが、山本夫妻も幸代も大満足のようで、帰りのバスの中でもはしゃいでいた。ホテルに着き、ロンが「明日は集合時間が早いので、今夜は早く寝てくださいね」と言った。四人でエレベーターに乗り、七階で三人が降りた。幸代は私をうかがうような目をしたが、「お休み」と言うと、「お休みなさい」と頭を下げた。

八階の部屋に入り、カーテンをあけた。夜の街並みの遠くにそびえるKLタワーが青や黄色のイルミネーションで輝いていた。人工のカユ・アピアピのように見える。

——千津とオレが追い求めていたのは、結局、幻だったのか……。

幻だったことを確認するためにこのツアー旅行に来て、いま、人工の巨大な光の搭を見ている。苦々しいものがこみあげてくる。しかし、幻を追う旅そのものは幻なんかじゃなかった。千津も私もそれぞれ何かをつかもうとあがいていたのではなかったのか。

バッグの中から手帳を取り出した。裏側から開き、めくっていった。最初のページの金子光晴についてのメモもそうだが、どれも何かの書き出しか、書きかけの断片のようなものばかりが記されている。


『どこまでも一直線の道。両側に油椰子やゴム林が延々とつづく。バスのフロントガラスの向こうに水溜りが見える。水溜りはゆらゆら揺れ、バスがいくら疾走しても、揺れながら逃げつづける。逃げ水。蜃気楼。

終着。見知らぬ町へ降り立つ。そこはごった返す市場前だったり、小さな商店にかこまれた広場だったりする。どこへ降り立っても、湿気をおびた熱風につつまれる。腰にサロンをまいた男、ベールの女、はだしの子供、道端にしゃがみこむ老婆。無関心、好奇心、敵意が少しずつ混ざった視線のなかを、男と女は歩き出す。男が「まず、宿を探そう」といい、「それから、食べもの」といった女は、いつものようにつけ加える。「この町が気に入るといいね」』

『宿の主人に聞いた方角へ向かって歩いた。アスファルト舗装はすぐに切れ、赤土の道になった。女は「はだしで歩きたい」といい、ゴムぞうりを脱いだ。数歩だけで「熱い」といって、ぞうりで足の裏についた赤土をはらい、またゴムぞうりを履いた。ずいぶん歩いた。「川のにおいがする」と女がいい、男は「海のにおいもする」といった。

そこは川と海がまじわる河口だった。巨大な夕陽が対岸の原生林のうえにのしかかっていた。空が真っ赤に燃え、川面には血のような夥しい光が散乱している。無数のツバメが乱舞していた。音のないシンフォニー。女「いままででベスト・ファイブに入るね」男「ベスト・スリーに入れてもいい」

やがて夕陽は、原生林に引きずりこまれるように落ちていき、かわって密林の昏さと深さが際立っていった。かすかな残照がただよう墨絵のような風景のなかを、なにかが動いた。海から川に向かって進む小舟。カヌーのような細身の舟に二人の男が乗っていた。がっしりした躰の男が船尾に、前にはほっそりした少年が立って、それぞれ棹をあやつっていた。二人はゆったりとしなやかに動き、小舟は水面を音もなくすべっていく。何百年も何千年も前からひっそりと、しかし揺るぎなくあった原初の風景のように。

男がいった。「いいもの、見たな。夕陽もよかったし」。女がいった。「うん、よかった。でも、やっぱりなかったね、炎の木」

二人は宿への道を戻った。闇のなかで赤土はもう赤くなかった。』

読みながら胸がしめつけられるような思いだった。そう、こんなふうに私たちは旅をしたのだ。マレー半島じゅうをあの町この町と歩きながら、私は手帳に書きつけた。何かまとまったものを書くというより、旅そのものが書くことだったのかもしれない。しかし、そんな日々のうちにも、千津の躰はすでに蝕まれ始めていたのだろうか……。

『――不意に風が立った。さっきまで象の耳のようにだらりと垂れていた庭のバナナの木の葉がざわざわとそよぎ始めた。椰子の木もマンゴーの木も一斉に葉をそよがせる。重くよどんでいた空気がにわかに息づくようにあわただしく動き始める。たちまち窓いっぱいに暗雲がたちこめたかと思うと、来た。スコールだ。庭のミミズをついばんでいたニワトリがあわてて床下に逃げこむ。それを追って、瓦屋根を機関銃のような音が走る。

この瞬間が男は好きだった。どこかにひそんでいたスコールが、もう待ちきれないように飛び出してくる。機関銃の音は、やがて天の水をそっくりぶちまけるような音になる。激しい雨音以外、すべての音が途絶えた。モスクの方角に稲妻が走った。やがてカンポンじゅうが水びたしになるだろう。

「窓を閉めて、こっちへ来て」

背後で女の声がした。女はマットレスに横になっている。男を見上げながら、「雨のときが、好き」といった。男が横になると、女が「背中を抱いて」といい、男は両腕を女の背中にまわした。男の胸に女がすっぽり入り、そのままの姿勢で二人はじっと耳をすませていた。雨の音とたがいの心臓の音しか聞こえなかった。

男と女は静かに交わった。交わりながら男は、裸の背中を雨音に鞭打たれているような気がした。床の節穴からはしりまわるニワトリが見えた。鋭い嘴でネズミの胴体をくわえていた。逃げようともがくネズミをニワトリはがっしりとくわえ、激しく振りまわしていた。真っ赤なトサカが毒々しく尖っていた。

静かに交わり、静かに果てた。「ずっと背中を抱いてて」と女がいい、男はそうした。「また、旅に出る?」女がいい、男は「ああ」と答えた。』

カンポンで暮らしていた頃のメモだ。カンポンというのはマレー人集落のことで、地方だけでなく首都の郊外にもあった。そのひとつに住むようになったのは、この国に来て三カ月ほどたった頃だった。千津が「マレー語を習いたい」と言い出した。「土地の人の言葉が分からないと、ほんとに理解したことにならないよ」と理由づけしていたが、旅の連続で疲れが出始めていたのだと思う。私も疲れていた。リド・ホテルに滞在しながら、彼女は外国人のためのマレー語教室に通い始め、そこの教師から「カンポンに貸し部屋がある」と教えられた。

六、七百戸はある大きなカンポンで、その中ほどの平屋の高床式住居だった。緑色の板壁の家で、大家のティジャ婆さんと十二歳の孫シャロームが住んでいた。シャロームの両親は離婚し、ともに別の相手と再婚していた。一家の居間の隣が貸し部屋だった。六畳ほどの広さの板の間に、やはり六畳ほどの土のたたき、たたきの中ほどに出入り口があり、奥はマンディ（水浴び）場になっていた。丸く大きな陶器の水甕が置かれていた。

カンポンの市場でマットレスとシーツ、枕、扇風機を買い、そこでの暮らしが始まった。八カ月間の旅のなかで、それはもっとも穏やかな日々だった。いまもよく覚えているが、初めての朝、まだ真っ暗闇のなかに突然、男の大声が流れてきて、二人とも飛び起きた。旅をしているときもよく耳にしたコーランだった。家のすぐ近くにあるカンポンのモスクから、拡声器で四方に流しているのだが、そんなに間近に聞いたのは初めてだった。そのコーランにもすぐに慣れた。

「あれはコーランそのものじゃないのよ、ミーさん。お祈りを呼びかけるアザーンなの」

千津が教室で習ったことを、得意げに話した。夜明けのアザーンが流れると、やがて家の裏のほうから水音が聞こえる。祈りの前、ティジャ婆さんが手足を洗う音だ。敬虔なイスラム教徒のティジャさんは、一日五回の祈りを欠かさなかった。

板の間には鎧窓がついていた。建て付けが悪く、ギシギシ軋む窓を左右に開くと、隣家の庭が見える。ココナツ椰子、バナナの木、マンゴーの木が、なぜか一本ずつ植えられている。日陰にハンモックが吊るされ、昼下がりには、三、四歳の子供がハンモックに丸くなり眠っていた。ニワトリがわがもの顔で庭や床下を歩き回っていた。

板を組み合わせた高床にじかに寝そべると、床下から吹いてくる風が心地よい。隣の子供の昼寝姿を見ると、千津と私も床に大の字になって寝そべり昼寝した。二時間ほど眠ると、「ロティ、ロティ」という声とラッパの音で目がさめる。バイクの前後にビニール袋に入れたパンをいっぱい吊るしたパン屋だ。起き上がると、躰の節々が痛くなっている。二人で声をかけあってラジオ体操をする。

日暮れ前になるとジャラン・ジャランに出かける。ジャランはマレー語で「道」、それを重ねて「散歩」という意味になる。千津に教えられたとき、マレー人の言葉に対するまっすぐな感覚に感心した。カンポンの広々としてやわらかな土の道を歩く。引っ越してきた当座、住人たちは旅先でよく出くわす訝しげな目で私たちを見ていた。ここは観光の場所ではなく暮らしの場で、外国人は私たちだけだった。ティジャ婆さんの下宿人と知ってからは、住民たちもやさしい笑顔ですれ違うようになった。

ジャラン・ジャランのコースはいつも気まぐれだったが、常にモスクから出発した。カンポンの中央にあり、黄金色の玉ねぎ型の屋根が輝くモスクから、道はいくつにも分かれて延びている。どの道を歩いても、同じような風景が広がる。どこの家にも塀や垣根などはなく、あけっぴろげだ。高床の階段に、サロンを腰に巻いた老人が座ってタバコをふかしていたり、パンツひとつの若者がギターを弾いていたりした。彼らの足元には、どの家でも飼っている猫が寝そべっていた。庭では、ニワトリたちが地上から一メートルも飛び合いながらケンカしていた。

やがて、モスクから日没のアザーンが流れる。朗々として哀しい節回しが長く長く尾をひきながら、潮が満ちるようにカンポンじゅうを満たす。これを合図に、市場前の食堂へ行った。錫の壺から水をそそぎ手を洗い、アセチレンガスのほの暗い明かりの下、指でご飯を集め口に入れる。ぱさぱさしたご飯を二本の指でかき集めるのに、最初は苦労したが、これも慣れた。コピ・ススを飲み、羊肉の串焼きサテを頬ばる。

部屋に戻る。躰はジャラン・ジャランと食事ですっかり汗ばんでいる。マンディ場の土の上で向かい合い、着ているものをすべて脱ぐ。丸い水甕から手桶で水をすくう。生ぬるい水道の水が陶器の甕にきりっと冷やされていて、それをたっぷりかけ合い、互いの躰をバスタオルで拭い合う。

高床にマットレスを敷き、裸電球を消す。暗闇のなか、並んで横たわる。高い天井のどこかでチッ、チッ、チッとヤモリの鋭い鳴き声がする。その鳴き声を聞きながら、静かに抱き合う。ミー、チーと時折小さく声を出しながら、これ以上はないほど深く入り、深く受け入れた。穏やかで凪のような日々だった。

――どうして、オレはあの暮らしを続けようとはしなかったのか。穏やかなあの日々を続けていれば、すでに千津の躰を蝕み始めていたはずの、病の進行を少しでも防ぐことができたかもしれない……。

千津は週に二日、都心のマレー語教室へ通っていた。授業のある日、私も一緒にカンポンのバス乗り場からミニバスに乗って出かけた。彼女が教室へ行っているあいだ、ホテルの喫茶室に座り原稿用紙を広げた。何かまとまったものを書こうと思っていた。書くとすれば、千津と私とのかかわりしかなかった。

こうして外国の喫茶室に座っている自分自身、少し前までは想像もできなかったその道筋をたどろうとしたが、あまりに生々しすぎた。もつれすぎ、混濁しすぎていた。捨ててきたものの重さと釣り合いをとるには、自分があまりに軽すぎた。原稿用紙の空白のマス目を見つめながら、エアコンの効きすぎた喫茶室で、脂汗が滲んでくる。一字もマス目を埋められないまま原稿用紙をしまい、手垢のついた黒い手帳を取り出して裏側から開く。細かな字で書きつけ、ふと目をあげると、授業を終えた千津が、喫茶室の外から笑顔で手を振っていたりする。立ち上がると同時に、立ちくらみのようなめまいを感じる。

そんなことを繰り返すうち、苛立ちがつのってくる。カンポン暮らしになじみ、ティジャ婆さんやシャロームとのマレー語会話に余念のない彼女をせきたて、またリュックをかついで旅に出るようになった。カンポンに引っ越して二カ月ほどたっていた。

所持金はだいぶ減ってきており、前にも輪をかけた節約旅行だった。エアコンのない長距離バスに乗り、着いた先でいくつも回っては少しでも安い宿を探し、食費もできるだけ切り詰めた。これはという宿が見つからないまま、炎天下の見知らぬ町をうろついていると、頭がくらくらしてくる。「いっそエアコン風呂つきのホテルにするか」。と投げやりな声を出すと、「もう少しがんばって探そうよ、ミーさん」と言うのだった。

顔も手足も褐色に日焼けしていた。裸になると二人ともTシャツの部分だけが生白く、もともと色白の千津は、胸や腹の白さと顔や腕の色の違いが際立って見えた。足はゴムぞうりの緒の形がくっきり残っていた。一週間、十日と旅してカンポンに戻ってくると、ティジャ婆さんが「チヅ、やせた」と口にすることがあった。四六時中一緒の私には、よく分からなかった。そんなとき、彼女は「汗をたっぷりかいて、贅肉がとれただけ。いいダイエットよ」と笑った。

カンポンへ戻るとき、千津はシャロームへの土産を買うようになった。ボールペンやキーホルダーなどの小物だったが、それをもらったシャロームの嬉しそうな顔をいとしそうに見ていた。同じ年頃の息子の祐一と重ね合わせていたのかもしれない。日本からはときどき、手紙やハガキが届いた。亮のものはなく、娘の洋子や祐一からだったが、何を書いているのか千津は口にせず、私も訊かなかった。日本の親兄弟や友人のだれにも居所を知らせていない私には、もちろん何も届かなかった。

またカンポンでの穏やかな日々が戻る。旅の疲れか、彼女はけだるそうに横になっていることが多くなったが、それでも旅先とは違う安堵の表情を浮かべていた。私も正直、ホッとしていた。時折り、サマサマ通りへ出かけ、ビッグ・ワールドでビールを飲んでいるときなど、なにも苦労して旅することはないんだ、そう思ったりした。しかし、一週間もたつと、また苛立ちがつのってくる。それを察した千津が「旅に出る?」ともの憂げに言い、二人してのろのろと立ち上がるのだった。

もう互いに、カユ・アピアピをめったに口にしなくなっていた。華僑経営の安い旅社やマレー人の商人宿などに泊まり、節約することだけが目的のような旅を続けたが、それでも何かをつかみかけている瞬間もあったのだ。

『宿の部屋にはいって、そこがツインの部屋なら、男と女はベッドをくっつけて一つにした。洗面道具を出し、水をあび、躰をあらいあう。長年連れ添った老夫婦のように、言葉をかわさず一連の動作をおこない、ベッドに座って二人で落書きを探した。たいがいの部屋に落書きはあった。枕元の壁にマジックペンで走り書きしたり、板壁にナイフできざみこんだりしている落書きをよむ。

ある宿では「猛志逸四海」、またある宿では「此地不能久留」、また「星星在我心　天涯我獨行」、また「日暮途窮」。

女「じゃ、わたしからね。四十五歳、でっぷり型」。男「商売は穀物買い付け。女房に子供五人」。女「ときどき浮気する」。男「酒好き」。女「野心型」。男「泣き上戸」。

落書きの主をでっちあげ、組み立てるうち、ほんとうにそんな男がこの世にいて、ベッドから腕をのばし、書きつけるさまが浮かぶ。いっときの楽しみだが、男「日暮れて途窮す、これはやめとこう」、女「どうして？」男「オレたちの絵になってしまう」。女「道は遠いけど、窮してないよ」。男「さて、夜である。出て行こうか行くまいか。いずれにせよ、今夜も眠れぬものと覚悟せよ」。女「なに、それ？」。男「ある作家の言葉。それを思い出した」。女「さて、夜である。安い食い物を探しに行くか行くまいか。いずれにせよ、今夜も食わねばならぬと覚悟せよ」。

男と女はわらい、部屋を出て行った。』

『隣の国へ旅した。帰途、国境前の駅でおりる。バイクの兄ちゃんたちが「国境まで二キロ。安くするから乗れ」。男と女はそれぞれ別のバイクのうしろにまたがった。橋の手前でおろされた。十メートルほどの橋の両側に入管の小屋。歩いて国境越えした。赤土のほこりっぽい道の端に茶店があり、そこが宿のある町へのタクシー乗り場。一台の車が停まっていたが、中国人の運転手、「四人になれば出発」という。先客はアバタ面のインド人。

三十分あまり待つ。突然、赤土がもうもうと舞い上がり、マレー人の男が現れた。両膝から下がなく、ズボンを袴のように引きずっていた。四人そろい、出発。助手席に座った中年のマレー人男は饒舌で、うしろを振り向いてはしきりに話しかけた。女「いま巡礼の時期で、この人、来年は自分もメッカへ行くといってるみたい」。そっぽ向いていたインド人男がいきなり「ハジ・シンガプラ」と吐き捨てるようにいった。マレー人男は黙った。

宿のある大きな町で調べた。昔、メッカ巡礼を志したこの国のイスラム教徒は、ひとまずシンガポールへ行き、そこから船に乗った。船を待つあいだ、大事な旅費をつい遊蕩につぎこんでしまったり、悪徳商人にだまされて失う例もあった。メッカへ行けず、故郷に帰るに帰れず、メッカへの巡礼を夢見ながら、シンガポールで日銭稼ぎの労働者に身をおとす。ハジは巡礼を果たした人の称号、転じて、できもしないことを吹聴する、夢見る人をハジ・シンガプラと呼ぶという。

男は女にそう説明し「オレたちもハジ・シンガプラかな」といった。女は「違うよ。わたしたちは巡礼してるのよ、いま」といった。いま、巡礼している。女の言葉が深いところでひびいた。洗われたと思った。』

——千津が「スマトラ島へ行ってみようよ」と言ったのは、いつだったのか……彼女の誕生日の少し前だった。私と同じ四十歳、日本を発って七カ月が過ぎていた頃だった。

スマトラ島最大の都市メダンまで飛行機で行った。着いたその日が彼女の誕生日で、ホテルを奮発した。旅に出て初めてのエアコンにバスタブつきの部屋。二人とも子供のように興奮した。部屋を冷やしに冷やし、何度も湯船に入った、ホテルのバイキング料理では、いやというほどお代わりし、フルーツを袋に隠し部屋へ持ち帰った。

翌朝、最北端の町バンダ・アチェに向かった。いろんなバスの旅をしたが、これは最悪だった。エアコンがないうえ、ぎっしり満員。座席が狭くて堅く、いちばん後部に大きな竹籠が二つ置かれ、それぞれ十羽ほどのニワトリとアヒルが詰め込まれていた。そんな状態で十四時間も走るのだ。バスは猛スピードで突っ走り、赤ん坊の泣き声にニワトリ、アヒルの鳴き声が混じり、途中で子供が吐いた。運転手はバスを停め、外から土を持ってきて吐いたものの上にかぶせた。再び走り出したところで、スコールがきた。窓を閉めると車内は蒸し風呂状態、ワイパーもきかないほどの雨脚にしばらく停車したままだったが、乗客はみな、ぼんやりと無表情に待っていた。激しい自然をやり過ごすときの、それが南の人々の表情だ。

途中、何度か食事やトイレのため停車した。大きな薄暗い部屋の隅が板で囲ってあり、そこが男用のトイレだった。乗客が並んで板壁に向かって小便をかける。白い蛆虫がうようよ動いていた。また出発。何度か繰り返すうち、日が暮れた。千津も私も、いつしか狭く堅い座席や激しい揺れに麻痺してしまい、座席から放り出されそうなバウンドに身をまかせているのが妙に心地よかった。数えきれないほどの橋を渡り、町や集落を通り抜けた。人里を過ぎると漆黒の闇、いくつもの丘陵が重なり合い、遠くにちらちらと見えた炎と煙は焼畑の火だったのか、それとも狐火だったのか。

終着の停留所で降りると、すでに午後十一時をすぎていた。いつものように歩き回って宿を探すわけにもいかず、ベチャと呼ぶ人力車をつかまえ、千津が「どこでもいいから、安い宿を」とマレー語で交渉した。マレー語とインドネシア語は英語と米語のような関係なのだ。

また最悪だった。案内された宿の部屋は二畳に足りない狭さで、窓も扇風機もなく、異様な臭いがこもっていた。壁には南京虫でもつぶしたのか黒ずんだシミがいくつもあり、おまけに部屋の鍵も壊れていた。マンディ場は共同で、日本人の女が珍しいのだろう、腰巻きひとつの男たちがのぞきにくるので私が見張り役をつとめねばならなかった。ベッドのシーツだけは新しいものに取り替えさせ、横になった。いつもは千津を胸に抱いたまま眠るが、じっとしていても汗がにじみ出る暑さ、「昨夜は天国、今夜は地獄ね」と笑う彼女と背中合わせに寝た。

翌日、早々に宿を引き払い、川沿いのホテルに移った。何の飾りもないが、広々として清潔な部屋だった。通りをはさんだ向かい側が屋台の食堂街なのも都合よかった。もとは海だったのか、地面が貝殻だらけの屋台に座り、さっそく情報の仕入れにかかった。

リド・ホテルの従業員アジザの生まれ故郷の村の名をあげた。バス便は少なく、夜になると戻ってこれないという。しかたなくタクシーを使うことにした。口ひげをたくわえ太った運転手と交渉した。日本人と見てふっかけてきたが、千津がひたすら「もっと安く」と粘り、折り合いをつけた。「そんな村へ何しに行くのか」と運転手が訊き、「カユ・アピアピを見に」と彼女が答えると、運転手は目をむいて首をすくめた。

舗装されていないデコボコ道を二時間近く走り、日暮れ前に着いた。海沿いの小さな村だった。ココナツ椰子やニッパ椰子が生い茂り、椰子の葉で屋根を葺いた家が点在していた。マンゴーの木もたくさんあり、アジザの話していた木がどれか分からなかった。スマトラへ発つ前アジザを訪ね、おぼろな記憶をたどってもらうと、「村の真ん中に川が流れていて、一本だけ橋がかかっているその近く」という話だったが、橋も三本に増えていた。うろうろしている私たちを見かねた運転手が、一軒の家に入った。

濃褐色の顔に深い皺が刻まれた老人が出てきた。千津が「無数のホタルが飛んできて、光がうねり、青黄色く燃えているように見える木」とジェスチャー混じりで懸命に尋ねると、無表情だった老人の顔が初めて笑った。

「昔は、よく見た。十年くらい前までも、ときどき見た。この川の上流に大きなセメント工場ができてからは、ほとんど見ない」

がっかりしながらも礼を言い、十五メートルほどの一番高いマンゴーの下で日没を待った。運転手までがそわそわして、「ホタルが飛んでくるといいね」と千津に話しかけた。やがて日が暮れ、まわりは闇につつまれていったが、マンゴーの木は、闇の中で黒々とした葉を茂らせているだけだった。

帰り道、川沿いの道を無言で車を走らせていた運転手が、急に声をあげた。彼の指差す先、対岸の川辺にホタルが点滅していた。夜空に星をちりばめたように美しい光景だったが、青黄色の炎ではなかった。千津は寂しげに笑っていた。

——たしかバンダ・アチェにあと一泊し、それから夜行バスでまた十四時間かけてメダンへ戻った。その足でバスを乗り換え、四時間ほどかけてトバ湖へ行った。あんな無茶な強行軍が、どれだけ千津の躰を痛めつけていたのか、オレはまったく知らなかった……。


トバ湖で過ごした五日間は、カユ・アピアピを見ることができなかった失望を補ってくれた。トバ湖は琵琶湖の倍ほどの広さで、中に大きな島があった。丘陵の傾斜地にバンガローが点在しており、そのひとつを借りた。照明は石油ランプで、奥のマンディ場はカンポンと同じように床が土だった。三人でも平気なほどのベッド、丸太を組んだテラス。

朝は夜明けとともに起き、岬に突き出たレストランからコーヒーを運んできて、湖に面したテラスで朝焼けを見ながら飲む。涼しい午前中に、ブーゲンビリアやハイビスカスの咲き乱れる島を歩き、午後は丸太のテラスで本を読む。夜は岬のレストランで、各国から訪れた家族連れやバックパッカーたちと片言で語り合う。カンポンとはまた違った穏やかな凪のような時間だった。

バンガローに戻りベッドに寝転ぶと、「あ、チチャ」と千津が言った。木組みの天井の隅で、ヤモリが交尾していた。二匹のヤモリは十字架の形に重なったたままじっと動かなかった。ランプを消すと、突然の深い闇と静寂につつまれた。耳をすますと、かすかに岸辺を打つ水の音が聞こえる。湖面を伝わってくる風は肌寒いほどだった。抱き寄せた千津の躰が熱を帯びていた。時々、軽く咳もしていた。

「ちょっと風邪をひいたみたいだけど、大丈夫。背中を抱いてて」

彼女の背に両腕をまわす。半年前、一年前よりたしかに痩せていた。背を抱きしめ合ったままじっとしていた。深い闇とかすかな水音。この世界でたった二人きりのような気がしてくる。私の胸に顔をうずめた千津も同じ思いなのか、背にまわした手に力がこもる。

「ね、カユ・アピアピの炎って、命の炎だと思わない?」

「命の炎……」

「ホタルの命、木の命、自然の命」

「そうかもしれないな」

「見てみたかったなあ、カユ・アピアピ。いい夕陽はいっぱい見たし、あとは炎」

「いつか見られるよ」

「うん、そうだね」

千津も私も、この長い旅が終着に近づいているような予感がしていたのだと思う。私は何も書いておらず、たしかなものもつかんでいなかったが、あとひと息という思いがしてならなかった。その先に何があるのか分からないが、あとひと息、あと一歩……。

マレーシアへ帰り、カンポンにたどり着くと、亮から速達の手紙が届いていた。それが破綻の始まりだった。


集合時刻の六時半を少し過ぎてロビーへ降りると、すでに全員がそろっていた。「おはようございます」と頭を下げた幸代が、

「間宮さん、お酒くさい。飲んだんですか?」

「ゆうべ、眠れなくてね。飲んでむりやり眠ろうとしたら、よけい眠れなかった。ロンさん、今日はバスのうしろで寝かせてください」

ツアー最後のこの日はマラッカ観光だった。幸代と並ぶ席ではなく、バスの一番うしろのシートで横になった。昨夜は、成田空港を発つときに買った日本酒をあおるように飲んだ。幸代に言ったように、それで眠ろうとしたが、わずかにうとうとしたくらいで、ほとんど眠ることができなかった。

座席に横になったものの、やはり眠りはこない。幸代が時々、うしろを振り返るので目を閉じていた。あの娘は、どうしてオレみたいな男に関心を示すのか。ライターという職

業のせいか、それとも金子光晴について少し知っているせいだろうか。いずれにしても、あの健康娘の口から、もうカユ・アピアピという言葉を聞きたくないと思った。

三時間ほどでマラッカに着いた。そのままバスに残っていたかったが、ロンが「困ります。団体行動をしてください」、幸代は「そうですよ、間宮さん。歩けば酔いもさめますよ」いまにもこちらの腕を引っ張りかねない調子だった。しかたなくバスを降りた。眠ってはいないが、酔ってもいない。昨夜、酔うことができればどんなに助かったことか。

サンチャゴ砦、セントポール教会跡、マラッカ教会と歩いて回った。ここも一度、千津と訪れた。砦から教会へ向かう坂道、先を歩いていた千津が「ミーさん、早く、早く。ほら、マラッカ海峡！」と叫んだ。指差すほうを見ると、遠浅の海が陽光を受けてキラキラ光っていた。いまも、同じ海が目の前に広がっているが、手前の風景は変貌し、高層ビルが建ち並んでいる。遠くマラッカ海峡を眺めながら、あの頃の千津は、まだ元気いっぱいだった、そう思うと胸が熱くなり、不意にこみあげてきた。汗を拭くふりをしてハンカチでぬぐった。

マラッカ料理の昼食もほとんど手をつけなかった。幸代はもりもり食べながら「大丈夫ですか、間宮さん」と言い、山本夫妻も「飲んだつぎの日は、しっかり食べたほうが躰にいいんですよ」。それを聞きながら、ツアー旅行というのはなんてお節介なんだ、二度とこんなものに参加しないぞと思った。

帰りのバスでも、後方の席で横になったままだった。ホテルに着き、「一時間後に集合してください。夕食の店に案内します」と言うロンに、部屋で休むと告げた。彼もさすがに団体行動をしてくださいとは言わなかった。

部屋に入り、靴だけを脱ぎベッドに倒れ込んだ。うとうとし、いつのまにか寝入った。夢を見た。カンポンの市場で千津と買い物をしていた。千津は時々咳き込みながら、ランブータン、マンゴスチン、ジャックフルーツなど、むやみに買い込んでいた。「二人でそんなに食べきれないだろ、チー」と言うと、「祐一にいっぱい食べさせたいのよ」。え？ 振り向くと、祐一が私をじっとにらみつけていた。

ノックの音で夢からさめた。のろのろ起き上がり、ドアをあけた。「大丈夫ですか？」。目の前の女が一瞬、だれなのか分からなかった。

「あのー、コンビニでサンドイッチ買ってきました。何か食べたほうがいいと思って」

差し出されたビニール袋を黙って受け取った。「じゃ」と、廊下を行きかけた幸代を呼びとめ、「コーヒーでも飲みに行こうか」と声をかけた。この娘のまっすぐなやさしさに応えたい気持ちと、部屋にいれば、また夢を見てしまう、それから逃れたい気持ちの両方があった。

前と同じカフェテラスに座った。相変わらずの雑踏を見ながら、「幸代さんは、学校を卒業すると、どうするの?」と訊いた。カユ・アピアピの話題を避けるためだった。

「郷里の長野に帰ることにしています。家が旅館をやってるんです。妹とわたしの二人姉妹で、両親はわたしに、お婿さんをとらせて継がせるつもりなんです」

「じゃ、何年かすると旅館のおかみさんか。一度、泊まりに行くかな」

「ほんとはわたし、間宮さんのようなライターとか、マスコミの仕事がしたいんです。でも、両親がどうしても帰ってこいって、許してくれないんです」

私に関心を示したのは、やはりこれかと思った。

「そのほうがいいと思うな。ボクらの仕事は浮き草稼業だからね」

「でも、やってみたいんです。わたしじゃ通用しないかも分かんないけど、一度、試してみたいんです」

「それじゃ、ボクの助手をやる?」

びっくりして私を見つめた幸代は、「ほんとですか?」。

「ごめん、冗談、冗談。ボクの仕事のメインはゴーストライターで、とても助手なんて雇える身分じゃないんですよ」

そのあと、手がけたゴーストの裏話をし、話題が途切れたとき、彼女が言った。

「明日、間宮さん、予定ないんですよね。どこか連れて行ってくれませんか？」

迷った。いまどき珍しいほど素直なこの娘に、観光旅行では行かない所をあちこち見せてやりたいとも思った。だが、私の背後には千津が立っていた。幸代と話しているあいだも、ずっとそこに立ち、私が振り向くのを待っていた。その千津と向き合わなければ、二十年の歳月を経てここを訪れた意味が何もなくなる。

「幸代さん。ボクはね、ひとでなしなんですよ」

静かに言った。幸代がぎょっとしたようにこちらを見た。

「二十年前、ボクは女房と子供を捨て、仕事も捨てて、ある女とこの国へ来たんです。女には夫と子供もいました。二人で何かをつかもうとしたが、何もつかめなかった。あげくに、彼女は病気で死んでしまった。ボクが殺したようなものです。どうしようもないひとでなしなんです、ボクは――」

まん丸い目を瞠っていた幸代は、両手を膝に置きうつむいた。肩が小刻みに震えていた。

その幸代を私はじっと見つめていた。

「すみません。わたし、先に帰ります」

うつむいたまま立ち上がった彼女に、「お休みなさい」と言った。

亮の手紙は、息子の祐一がしきりに母親に会いたがっている。夏休みに入るのでしばらくそちらへ行かせたい、という内容だった。それを話したあと、千津は「いい、ミーさん」と私をうかがうように訊いた。「ああ、いいよ」と答えると、「ありがとう。これから日本に電話してくる」。ティジャ婆さんの家に電話はなく、彼女はカンポンの雑貨屋へ電話を借りに出かけた。

一週間後に、祐一が訪れることになった。小学四年生の祐一に一人旅させるわけにいかず、亮の店の常連客が観光旅行でこちらへ来るので、頼むことにしたという。千津は何度か日本に電話しては、祐一の服装や持ち物などを亮と打ち合わせしていた。それを話す彼女は母親の顔になっていた。

「だけど、祐一にオレのことをどう話すんだ。一緒に住んでるとは知らないだろ?」

「それで頼みがあるの。祐一がこっちへ着く日だけ、ミーさん、リドに泊まってくれない?祐一に、おじちゃんも夏休みの旅行でマレーシアに来ることになったって話しておくから、つぎの日にカンポンへ帰ってきて」

いくら小学四年生にしても、子供だましにすぎる。唖然としながら、

「それも、亮と打ち合わせずみか?」

「打ち合わせてはないけど、そう話しておいた」

もう遠いことのように思えていた日本でのがんじがらめの日々が、いきなり戻ってきたような気がした。ほかの男の妻と旅しているという現実を改めて突きつけられた。

「ごめんね、ミーさん。祐一はあなたが好きだから、わたしと一緒だと知るとショックを受けるでしょ？　でも、ミーさんと二日も三日も離れるなんてできない」

そう言いながらすり寄ってきた。母親と女のあいだで揺れる千津の顔も、日本でいやというほど見てきた。旅に出て以来ずっと口にせず、考えまいとしていたことを訊いた。

「日本へ帰ってから、どうするつもりだ？　また亮とオレとのあいだを、行ったり来たりするのか？」

「背中を抱いて」と言い、千津は私の腕をとった。彼女の背に回した手に力がこもらなかった。

「わたしたちが日本を出てから、亮も苦しんだと思う。わたしを失いたくないから、あなたと旅に出ることを黙って認めたけど、いろんなことを考えて苦しんだと思う。でも、それが必要なのよ、彼にも。亮も強くならなきゃいけないの。わたしがいなくてもやっていけるようになれば、離婚にも応じるでしょ？　そうしたら、わたし、晴れてミーさんの奥さん」

千津はしがみつくように私の胸に顔をうずめた。この旅は、亮にとっても必要だったのかと思った。だが、彼はそれに耐えきれず、祐一をこちらへ寄越すことにしたのではないか、そんな気もした。

「ね、もっと強く抱いて」

手に力をこめ、はっとした。彼女の躰がまた痩せたようで、やはり熱っぽかった。トバ湖で風邪ぎみと言っていたが、風邪なんかじゃないのではと思った。「チー、一度、病院で診てもらったほうがいいよ」と、日本人の医師が開いているクリニック行きを勧めた。「大丈夫、心配しないで。もっと強く背中を」と、よけいにしがみついてきた。

――あの頃、千津はよく「背中を抱いて」と口にした。強く抱きしめさすっていると、うっとりとしていた。彼女の甘えとばかり思っていたが、あれは躰の変調のあらわれではなかったのか……。

祐一が到着する日、私は自分のスーツケースを引きずりながらリド・ホテルへ行き、千津は空港へ迎えに行った。日本を出て初めて別々に夜を過ごした。いつも一緒の彼女が傍にいないと、ぽっかり穴のあいたような空虚感におそわれた。二日も三日も離れるなんてできない、そう言った彼女の気持ちは自分のものでもあり、こんなにも互いが深く入り込んでいることに改めて気づかされた。

翌日の夕方、またスーツケースを引きずりながらカンポンへ戻った。千津は「いらっしゃい。ごめんなさいね、空港まで迎えに行けなくて」と言い、「いや、いいんだ。祐一、元気そうだな」と調子を合わせた。しばらく見ないうちに祐一はずいぶん背が伸びていた。「おじちゃん、いつまでマレーシアにいるの？」と訊かれた。「そうだな、二、三週間くらいかな」と答えた。

「じゃ、ボクと一緒に帰る？　お母さんはまだマレーシアに残るんだって」

祐一の帰国は三週間後、千津が旅行社にかけあい、日本人のツアー団体に入れてもらうことにしていた。「祐一、来たそうそう、帰る話でもないだろ。お、ここは高床式だな」と話題を変えた。祐一は「面白いんだよ、おじちゃん。節穴から下が見えるんだ」と、床に顔をくっつけた。

亮は同行してくれた客に現金を託していた。千津はその金で、祐一と三人でいろんな所へ旅行しようというが、亮の金を使うわけにはいかない。「オレは遠慮するよ」と言うと、「どうしてよ、祐一と二人だけじゃ、わたし、心細いよお」甘えた口調だが、目は「お願い」と語っていた。そんな母親と私を、祐一がちらちらと見くらべていた。

翌日、三人で旅行社へ行き、スケジュールを組んでもらった。三日後の出発となり、そのあいだ、祐一を連れて市内観光をした。どこへ行くのにも千津はタクシーを使った。「この暑さのなか、子供を歩かせられないでしょ？」、私も歩き回りたいわけではなかったが、何か不快感が残った。

食事も、千津と二人では絶対に入らないようなレストランばかりだった。「いっそのこと、祐一と高級ホテルに泊まったら。オレはここにいるから」、ついそんな嫌味を口にすると、「カンポンの生活なんてめったにできないから、経験させたいのよ」。そのカンポンでも、テレビがないことの不満をもらしていた祐一は、リュックからトランプを取り出し、「セブンブリッジ、やろうよ」。それからは三時間も四時間も、トランプにつきあわされた。

シンガポール、ペナン、ランカウイ島へ十日かけて旅行した。どこでも高級ホテルだった。「せっかくのチャンスだから、楽しもうよ、メダンのときみたいに」と、千津がこっそりささやいたが、そんな気にはなれなかった。彼女の誕生日に泊まったメダンのホテルはずっと格下だったが、心から楽しめた。シンガポールもペナンも千津と訪れていたが、三人で乗ったタクシーが、以前泊まった安宿の近くを通るときなど、腹立たしくなった。なにか自分たちの旅を汚しているような気がした。

日本料理店に入ると、日本の新聞が置いてあった。旅に出てから一度も日本の新聞を手にしなかった。そういう店に入らなかったこともあるが、あえて背を向けていた。日本で、世界で何が起きようがいい、オレはこの破れかぶれの旅から何かをつかめばそれでいい、そんな気持ちがあった。それが現実に日本語の新聞を目にすると、週刊誌勤めをしていた習性で、つい手に取ってしまう。自分がいた週刊誌の広告が出ていた。何のことか分からない目次があった。新聞記事も、大きな汚職事件があったようで、その続報が掲載されていたが、初めのいきさつを知らないので、よく事情がつかめない。

わずか八カ月間日本を離れているだけで、もう取り残された気分になる。日本へ帰ってからどうなるのか、不安感におそわれる。そんなことは承知で飛び出し、腹をくって新聞にも背を向けたはずなのに、不安感ばかりがつのる。何かをつかむはずが、何もつかんでなんかいない。トバ湖のバンガローで、あとひと息、あと一歩と感じたものが、もう手の届かないところへ退いていた。

ホテルの部屋でも、祐一が相変わらずセブンブリッジをせがむ。ひと勝負終わっても「もう一回」と、何度もせがんでくる。苛立ちを察した千津が「祐一、もういい加減にしなさい。おじちゃん、本を読みたいんだから」とさとしても、「テレビは分かんない言葉だし、ほかにやることなくて、つまんねえよ」と、またトランプを配り出す。千津が「ごめんね」という目を向け、結局、寝るまでつきあわされる。

ベッドはもちろん、千津と別だった。ホテルによっては補助ベッドがあったが、祐一は「お母さんと一緒がいい」と、千津の横にもぐりこんだ。祐一が風呂に入っているときなど、彼女が寄ってきて「キスして」とささやく。抱きよせると、「したいね」切なさそうな声を出した。

旅行の最後の夜はランカウイ島だった。プライベートビーチのある大きなホテルで、砂浜沿いのテラスつきコテージが客室になっていた。夜、祐一が寝入ったあと、彼女が「ジャラン・ジャランしない?」とささやいた。彼女はパジャマにガウンをはおり、私はTシャツで外へ出た。千津はビーチサンダルを脱いで手に持ち、「気持ちいい」と言いながら波打ち際を歩いた。大きな岩場までできたとき、「抱いて」。砂浜に人影はなく、コテージからも岩場が死角になっていた。ガウンを砂の上に広げ、二人とも着ているものを脱ぎ、横たわった。彼女を抱きしめ、背にした手に思い切り力をこめた。「ああ」とうめき、言った。

「こんな自然のなかで、ミーさんとしたかったの」。

そのとき、子供の叫び声が聞こえた。「お母さん、お母さん!」と呼んでいた。千津は跳ね起き、急いでガウンをはおり、裸足で駆け出した。彼女のパジャマと下着、サンダルを持ってあとを追った。コテージに戻ると、テラスで祐一が千津の胸に抱かれ、泣きじゃくっていた。「どうした?」と訊くと、「おしっこで目がさめて、お母さんもおじちゃんもいないので、びっくりしたのよね」と言いながら、彼女は息子の頭をなでていた。なでられながら祐一は、私をにらむように見ていた。目をそむけた。

破綻が起きたのは、カンポンに戻って二日目の夜だった。市内のレストランで夕食をとり、タクシーで家に帰った。私が窓際で文庫本を読んでいると、例によって祐一が「ブリッジ、やろうよ」とせがんできた。「あとでな」本から目を離さずに言うと、「いやだ！」、いきなり文庫本をひったくった。カッとして思わず頬を叩いた。祐一は私をにらみつけた。「なんだ、その目は」と手をあげたとき、千津が祐一を抱きしめ、「やめて」と言った。祐一は急に泣き出し、「おじちゃんなんか嫌いだ。お姉ちゃんがいってた、おじちゃんが、おうちをめちゃめちゃにしたって、おじちゃんなんか、嫌いだ」。

愕然とした。千津も蒼ざめた顔になった。泣きじゃくる祐一を抱きしめたまま、「今晩は、祐一とリドに泊まる」と言う彼女に「勝手にしろ」と吐き捨てた。二人が出ていくときも、壁のほうを向いたまま寝転がっていた。ひとりになると、無性に寂しくなった。深いところに突き落とされたようだった。

たまらずに起き上がり、外へ出た。タクシーが拾えるところまで行き、運転手に「チャイナタウン」と告げた。これで千津と終わってしまうのか、そんな予感に駆られながらビールをあおった。夜中にカンポンに戻ると、部屋の床に千津がひとり正座していた。

「飲んできたの？」それに答えず、寝転がった。

「祐一もショックを受けてる。わたしが祐一を連れて帰るって、亮に電話した。何日あとか分からないけど、フライトが取れれば、一度、日本に帰るね。でも、すぐ戻ってくるから、わたし」

「戻ってこなくていいよ」

「ダメだよ、ミーさん。こんなことで終わっちゃーー」

「祐一が言ったことはほんとうだよ。オレはキミの家庭をめちゃめちゃにした。キミが帰って立て直せよ、亮と」

千津が激しく咳き込んだ。思わず躰を起こしかけたが、また背を向けた。

「ミーさん、ちゃんと聞いてね。わたし、必ず戻ってくる。でも、ミーさんが日本に帰るんだったら、必ず連絡してね」

「こんな状態で、のこのこ日本へ帰れるか」

「だったら、リドで待ってて。手紙を書くよ」

「手紙なんかいらない。亮と家庭を立て直せといっただろ！」

千津の顔に枕を投げつけた。彼女はひしゃげたような顔になってうつむき、呟いた。

「……もう少しじゃない、わたしたち……もうちょっとで、何か……」

「それを壊したのは、お前だろ！」

ドアがノックされ、ティジャ婆さんが顔をのぞかせ、「チヅ」と呼びかけた。彼女はのろのろと立ち上がり、弱々しく笑いながら「大丈夫」とマレー語で言い、ゆっくりと部屋を出て行った。痩せて寂しそうな背中だった。

——あれが、千津を見た最後だった……。

翌朝、夜が明けるとカンポンを出てバス・ターミナルへ行った。東海岸への長距離バスに乗った。河口で夕陽を見た町の安宿に一週間滞在した。「日暮途窮」という落書きのある部屋だった。夕陽を見る以外は、部屋にこもって安ウイスキーを飲み、バナナやパンを食べた。日暮れ前になると、ふらつきながら河口へ行った。いつも同じ壮麗な夕陽があり、川面をすべる小舟があった。

雨で出かけることができず、ベッドに寝そべって落書きを見つめていると、鍵をかけていないドアがあき、中国系の女が顔をのぞかせ、「マッサ、マッサ」と言いながら勝手に服を脱いだ。しなびた乳房としょぼしょぼした陰毛をさらし、女は私のものを手でしごいたが、萎えたままだった。躰を起こした女が私の太股をぱんぱんと叩き、捨て台詞のような中国語を投げ、部屋を出て行った。天井でヤモリがつがっていた。グラスを投げつけた。交尾したまま天井から落ちたヤモリが別々に逃げた。

カンポンに戻ると、千津のスーツケースはなく、部屋代の精算も終わっていた。マットレスなどの家具、私のスーツケースもティジャ婆さんに進呈し、最低限の衣類と原稿用紙、筆記用具だけを詰めたリュックを背に、カンポンをあとにした。

リド・ホテルに移って一週間ほどたった頃、千津の手紙が届いた。

「いま、病院にいます。日本に帰ってすぐに具合が悪くなり、検査入院すると、血液ガンの一種のリンパ腫と診断されました。でも、悪性じゃないですから、心配しないでね。そちらにいたときも、本当は病院へ行こうと思ったの。だけど、怖かった。母がガンで若死にしてるから、私も同じ病気じゃないかとおびえてたの。ミーさんが私の体を心配してくれてるのは、よくわかってた。すごくうれしかった。

早く体を治して、そちらへ戻ります。祐一のことで嫌な思いをさせて、本当にごめんね。でも、そんなことで私たちの旅が終わっては駄目だと思う。そちらへ戻ったら、またトバ湖へ行こうね。あそこから始め直そうよ。いつかカユ・アピアピを見られるよ、そういったのはミーさんだよ。

もし、私が治るまでに日本へ帰ってくるなら、必ず浦和に連絡してください。亮も今度は本当に、ミーさんに対する私の気持ちを理解したようです。私の体がよくなれば、またそちらへ行ってもいいと約束してくれました。彼も強くなったんだと思います。

ミーさん、独りきりで苦しいかもしれないけれど、頑張って書いてね。チーも独りで頑張って病気と闘います」

その日から私は、ひとりの男とひとりの女の物語を書き始めた。何もかも捨てて放浪する中年の男と女。愚かな旅だが、命の炎を燃やそうとする二人の旅の物語――。

所持金も残り少なくなっていた。酒もタバコもやめ、食費も切り詰めながら、部屋にこもって書くことに没頭した。アジザが心配して「少し外に出たほうがいいよ」と忠告してくれたが、無視して書き続けた。千津からの手紙は最初に届いたきりだった。

一カ月余りたった頃、アジザが部屋へ飛び込んできて、「日本から電話だよ」と言った。のろいエレベーターが待てず、階段を駆け下り、受話器を取った。亮からだった。

「五日前、急に容態が悪くなり、妻は死にました。葬儀も終わりました。妻には隠していましたが、悪性リンパ腫で、肺にも転移していて、手のつけられない状態でした」

そこまで書類でも読むように話した亮が、不意に嗚咽した。

「……あんたに話すつもりなんかなかったが、あいつの、千津の最期の頼みだったんだ……千津を殺したのは、あんただ！」

電話が切れた。受話器を持ったまま、私はただ茫然と突っ立っていた。よろけながら三階まで上がり、ベッドの上に散らばっている原稿用紙を見つめた。つぎの瞬間、ベッドに走り寄り、原稿用紙を破り始めた。狂ったように破り続けた。

遠くから男の声が聞こえる。歌とも叫びとも呟きともつかない、哀調を帯びた節回し。

夜明けのアザーンだ。私は肘掛椅子から立ち上がった。腰に鋭い痛みが走った。何時間もそこに座ったままだったのだ。手を腰にあてながら、ホテルの部屋の窓際まで行き、カーテンを開いた。クアラルンプールの夜が明けようとしていた。

――千津、あれから二十年たって、オレも六十歳になった。千津に会うため、向かい合うため、この国へ再びやって来た。生き残った者にできることは、死んだ人間を思い出すことだけだ。目をそむけずに深く思い出すこと……。

それが十分にできたのだろうか、私には分からなかった。今日と明日、まだこの街に滞在する。思い出したものに別れを告げ、忘れるために、あと二日が残されているような気もする。

電話が鳴った。「すみません、吉岡です」と、か細い声が流れてきた。

「ゆうべから、お腹が痛くて、どうしていいか分からなくて、すみません」

「すぐ、そっちへ行きます」

七階へ降り、部屋をノックした。パジャマ姿の幸代が蒼い顔で立っていた。汗をかいているのか、額に髪が張りついている。「すみません、こんな時間に……」

「とにかく、寝てたほうがいい」

ベッドに横たわった彼女の額に手を当てた。かなり熱が出ているようだ。夜中の一時頃、腹痛で目がさめ、下痢状態で何度もトイレに立ったという。もりもり食べ、飲んでいたから、何かの食中毒かもしれない。もし私が誘った屋台の食事やカキ氷が原因だとすると、私にも責任がある。

「フロントで聞いてくる」と言い残し、下へ降りた。中国人のマネジャーに事情を話した。

「この時間帯では、まだ病院は開いていませんが、とりあえず、ホテルの常備薬を差し上げます。腹痛や下痢には効果がありますから、それで様子をみてください」

錠剤の薬をくれた。念のため、日本語の通じる病院の電話番号を教えてもらい、七階に戻った。冷蔵庫からミネラルウオーターを取り出し、幸代に薬を飲ませた。

「すみません、ほんとうに……」

「いいから、寝てなさい。バスルーム、入ってもいいかな、タオルをとるから」

「はい」

タオルを濡らして絞り、幸代の額に当てた。自分の娘の看病をしているような気持ちになった。彼女は目をつぶったまま、また「すみません」と言い、「あのー、ここにいてくれませんか、心細くて……」。

「いいですよ。よくならないようなら、病院へ電話してあげるから」

窓際の肘掛椅子に座った。何度かタオルを濡らしては絞り、幸代の額に乗せた。そのつど、薄く目をあけ、「すみません」と言っていたが、やがて寝入った。カーテンを閉め、部屋の隅の明かりだけをつけた。ぼんやりした明かりのなかの寝顔をしばらく見ていた。娘の真由美の顔が浮かんできた。

二十年前、マレーシアから帰国し、横浜へ電話した。元子の声は冷ややかだった。

「そちらのようなふしだらな人間を、父親と呼ばせるわけにはいきません。お父さんは病気で死んだと、真由美に話しました。近所にも保育園にも、そう話していますので、もう一切連絡してこないでください。養育費も結構です。わたしが育てます」

日本を発つ前に借りていた工場裏の三畳の部屋に、しばらく住んだ。本をすべて売り払って部屋を解約し、山谷のドヤ街に移った。畳一枚の部屋で寝起きした。早朝、手配師にトラックに乗せられ、港でモッコ担ぎの人夫をやったり、建築現場でシャベルを振るったりした。仕事を終えてドヤ街に戻ると、ひたすら酒を飲んだ。躰をいじめ抜き、泥酔することを義務のように思っていた。

二年後、胃から血を吐き病院へかつぎこまれた。退院して、出版社に勤めている大学の先輩を訪ねた。ゴーストライターの仕事を紹介してもらい、その担当編集者が信子だった。信子も離婚経験者で、口数の少ない彼女と仕事を離れてつきあうようになり、やがて一緒に住んだ。結婚したが、式もあげず旅行にも行かず、入籍だけした。

――それがオレの二十年、千津の思い出から目をそむけて生きてきた二十年だ。いつか信子が「あなたのこと、よく分からない」と言ったことがある。どこかを麻痺させたまま眠るように生きてきたからだろう。そういう信子も同じようなところがある。「籍を入れるか」と訊いたとき、「あなたがそうしたいなら」と答えた。もし「籍を抜くか」と訊いても、同じ返事をするような気がする。

「間宮さん」

幸代の声に、椅子から立ち上がった。また、腰に痛み。この部屋に来てから四時間近くたっていた。

「どう、具合は?」

「はい、だいぶ楽になりました」

「そりゃ、よかった」タオルをとり、額に手を当てた。熱もかなり下がってきているようだ。これなら、食中毒じゃないかもしれない。

「初めて熱帯地方に来るとね、数日後に腹痛を起こしたり、下痢症状になることがよくあるんですよ。歓迎の下痢ってへんな名前だけど、ボクも昔、やられたことがある」

そう言いながら、タオルを取り替えた。彼女が目を閉じたまま、「間宮さん」と喉にひっかかるような声で言った。「うん?」と聞き返すと、

「キス、してください」

緊張しているのか、閉じた瞼がぴくぴく震えている。額のタオルを取り、そっと口をつけた。

「そこじゃなく……」

ベッド脇に屈み、大柄なわりに小づくりの顔を見おろした。頬を両手ではさみ、形のいい唇に唇を合わせた。幸代は目を閉じたまま、じっとしていた。一瞬、思った。この娘と人生をやり直せるかもしれない。時間を取り戻すことができるかもしれない。舌で彼女の口を開いた。薬くさい匂いがした。幸代の歯ががくがく震えていた。ゆっくり唇を離した。

彼女はまだ目をつぶったままだった。

「病人にこんなことしちゃ、いけないな」

タオルをもう一度額に乗せ、「だから、オレはひとでなしなんだ」

幸代が目を開き、私を見上げながら、

「間宮さんは、ひとでなしなんかじゃないです。違います」

肘掛椅子に座った。ひどく疲れを感じた。

「ひとでなしじゃないですよ、間宮さんは」

「ありがとう。そういってくれる幸代さんの気持ちがうれしいよ」

「マラッカでわたし、間宮さんの涙を見ました。とても、つらそうだった」

「……」

「その人を、亡くなった女の人を、ほんとうに愛してたんですね」

「……ああ」

「その人をしのぶため、二十年ぶりにここを訪れたんですね」

「……同時に、忘れるためにね」

幸代はそれきり黙った。私は鉛のように重い疲労を感じていた。一昨夜から途切れ途切れにしか眠っていない。「だいぶよくなったみたいだし、ボクは部屋に戻って休むよ。何かあったら、また電話していいから」と立ち上がった。

私が行きかけると、幸代が上半身を起こして言った。

「間宮さん。わたし、女としてダメですか？」

「そんなことない。素直でやさしいし、可愛い。いい奥さん、いいおかみさんになるよ。もう一度、薬を飲んだほうがいいね」

八階の自室に戻り、カーテンを閉め、ベッドにもぐりこんだ。眠りに引きずりこまれた。切れ切れの夢をいくつも見た。千津の痩せて寂しげな背中だけは覚えていたが、あとはめざめた瞬間に消えていた。カーテンを開けると、夕暮れどきだった。

出かけることにした。幸代の様子が気になったが、もう子供じゃない、何とかするだろう、そう思いながらホテル前に停車していたタクシーに乗った。三十分ほど走り、車が止まった。「ヒア、ユーアー」と運転手が言い、私は窓の外を見回した。まったく見覚えのない風景だった。「サマサマ?」と訊くと、「イエス。サマサマ・ストリート」。

車を降り、呆然と周囲を見回した。ゴミや石ころだらけだった広い通りがきれいに舗装され、真ん中に車線を分ける並木が植えられている。ここはサマサマじゃない、運転手が間違えたのではと思いながら、裏手に行くと、以前と同じ川が流れていた。地形的にはまちがいない。もう一度通りに戻ってみた。リド・ホテルはなく、角のビッグ・ワールドは大きなコンプレックスビルに取って代わっていた。かつての匂いや喧噪はかき消え、清潔で、ごく普通の通りに変貌してしまっていた。忘れるために別れを告げにきたつもりが、とっくにこちらが忘れられていた。

チャイナタウンへ行った。ここも変貌は激しいが、それでも、通りにひしめく露店や裏通りは以前と同じだった。表通りの雑踏のなかを歩きながら、ある食堂の前ではっと立ち止まった。千津が祐一とカンポンを出ていった夜、飲みにきた店だった。中に入った。天井ファンがゆったりと回り、通路に犬が寝そべっている。威勢のいい中国娘が顎をしゃくり、注文を取る。「ビヤー」と答える。何もかもあのときと同じだ。ビールを飲みながら、あの最後の夜がまざまざと目の前に浮かんだ。懸命に訴える千津に何も応えようとしなかった。ひとでなし。自分の躰の変調におびえながら、それでも私に対して最後までまっすぐだった千津。彼女の思いを何ひとつ理解していなかった。いつも自分のことしか考えていない、本当はだれも愛することができない。そんな私と一緒に、千津はいったい何をつかもうとしていたのか。病の床で、もう一度私との旅を切なく願っていた千津、いまわの際、お前の目にはいったい何が映っていたんだ、ひとでなしのオレには何も見えない。それを教えてほしい、チー……。

私はぼろぼろ涙を流していた。中国娘が傍に来て、中国語で何か言った。立ち上がり、店を出た。でたらめに歩き回った。

——忘れるなんてできない。もっともっと深く思い出し、破り捨てた原稿の先を書かなくちゃいけない。千津が最後に見たもの、必死で見ようとしたものを書かなくちゃいけないんだ。それができないなら、オレは本当のひとでなし、ろくでなしだ……。

ホテルに戻り部屋に入ると、ドアの内側に白い便箋が落ちていた。

「間宮様　ご迷惑をおかけしてすみませんでした。おかげで、なんとか明朝の飛行機に乗って帰れそうです。ありがとうございました。間宮さんが出て行ったあと、間宮さんのありません。いいものを書いてください。さようなら　吉岡幸代」

押しかけ助手（無給の！）になろうかと考えましたが、やっぱり私には無理と思い、あきらめました。いい女将さんになれるよう努力します。間宮さんは決して人でなしなんかじゃありません。いいものを書いてください。さようなら　吉岡幸代」

旅の最後の夕方、私はカンポンにいた。周囲には高層の団地が建ち並び、すっかり様変わりしていたが、カンポンは取り残され古びていたものの、ほとんど変わっていなかった。高床式住宅の階段には、サロン姿の老人が座ってタバコをふかし、若者がギターをつまびいていた。ニワトリが飛び合いながらケンカしていた。ミニバスが砂ぼこりをあげながら走っていた。ただ、私は拒まれていた。市場へ行くと険しい視線に囲まれ、市場前の食堂に座ろうとすると、「ノー、ツーリスト！」鋭い声が返ってきた。二十年間、目をそむけてきた罰だと思った。

ティジャ婆さんの家に行こうと思いながら、どうしても足がそちらへ向かなかった。黄金色のドームのモスクからいくつもの道へ入っては、またモスクの前に戻ってきた。夕闇がたちこめ、不意に男の声が響きわたった。日没のアザーン。果てしない砂漠をひたすら歩き続ける男の、哀しみと強靭さがないまぜになったような調べ。その調べにつつまれながら、立った。

鮮やかな緑だった壁は色が剥げ落ち、木の階段も朽ちていた。千津と私が暮らした部屋の鎧窓は蝶番が外れ、だらりと傾いている。住む人のない荒廃がただよっていた。隣家のバナナの木、ココナツ椰子の木も葉が落ちていた。だが、マンゴーの木だけはこんもりと枝葉を茂らせている。そこに立ちつくしながら、マンゴーの木を見上げていた。しだいに闇の濃くなるなか、そのマンゴーの木にやがて何万、何十万というホタルが飛んでき、巨大な光となってうねり、命の炎を燃やす瞬間を待っていた。

瀬戸内残影

1

宇野へ行ってみようと思い立った。岡山県中南部、瀬戸内海に面した港町の宇野へ。

最初のきっかけは、東日本大震災から七年のＮＨＫテレビ特集番組をたまたま見たことだった。津波に流された岩手県のあるＪＲ駅舎や駅前の街並みを再現する内容だが、実際に建物を復元するわけではない。地元の人たちの記憶をもとに駅舎などの映像をつくる。それも単なる静止画ではなく、ゴーグルをつけると、再現された駅舎内が立体的に甦り、プラットホームに入ってくる電車を目の前に見ることもできる。もとから存在しないものをつくり出すのが仮想現実なら、かつて存在したが無くなった風景を甦らせるこれは、過想現実とでもいえばいいだろうか。

テレビ番組の数日後、新聞紙上に「来月は瀬戸大橋開通三十周年」という記事が載った。瀬戸大橋の開通と同時に、それまで宇野港と香川県の高松港を結んでいた宇高連絡船が廃止になった。橋上を走る電車に取って替わられたのだ。連絡船が消えて三十年。

その記事を読んだあと、私の頭のなかでカチッと小さな音が鳴ったような気がした。時計の長針と短針が十二時で重なってひとつになる、そんな感じで先のテレビ番組が思い出された。宇野へ行ってみようと思ったのはそのときだった。

四国の人間にとって、かつての宇野は東京や大阪などの本州への入り口であった。連絡船で瀬戸内海を渡り、港とつながった宇野駅始発の東京行夜行列車に乗る。東京にはすべてがあり、若者にとっては大学へ進学するにせよ就職するにせよ、夢や希望、不安や心細さなどがないまぜになった心情をかかえながらくぐる門、それが宇野だった。

高松に生まれ育った私も、そんな若者の一人として東京の大学へ進んだ。だが私にとって、宇野という地名はもっと別な意味合いというか、響きをもっている。ある少女との別れ、そして父親の死につながる場所なのだ。どちらも十代のことだが、私のなかで長く尾を引いた。

上京後、帰省のために宇野駅に降り立つつど、胸を締めつけられるような思いにおそわれたものだった。連絡船を遅らせて町を歩いてみたい、そう思いながらもできない。東京と郷里を結ぶ経由地にすぎないのだと自分に言い聞かせて目をそらし、宇野の町に足を踏み入れようとしなかった。いわば鬼門、タブーの町でもあったのだ。

瀬戸大橋が開通すると、事情が一変した。岡山の児島と香川の坂出を結ぶ大橋は、道路と鉄道を併用する世界最大の橋としてもてはやされたもので、たしかに便利にはなった。

濃霧によって連絡船が欠航、足止めをくうこともなくなった。東京と岡山間は新幹線、瀬戸大橋線に乗り換えれば終点の高松まで六時間足らず。それまでの夜行列車の半分ほどの所要時間である。常に混雑し、ときには座席に座ることもできないまま、ひと晩を過ごしていた夜行列車とはくらべものにならないほど楽になった。

だが私は、一種の欠落感を覚えた。連絡船が廃止になり、宇野が消える。もちろん宇野の港も町も無くなったわけではないが、経由地からはずされ、ぽっかり穴のあいたような感覚におそわれた。タブー視していたはずなのに、あの町を奪われたという感覚。

度重なる転職や離婚などにきりきり舞いしているうち、宇野を思い出すことも稀になり、やがて忘れた。定年を迎え年金暮らし、妻も子もない生活は時間の流れがよどみ、睡眠剤で一日を終わらせるその日暮らしを重ね、気がつくと七十五歳になっていた。

左肺の切除手術を受けたのは一年前だった。「このタイプの肺腺がんは、術後の平均生存期間は三年」、担当医にそう告げられた。つまり、余命三年ですかと訊くと、「そうとも言えます」。動揺はしたが、よく言われる頭のなかが真っ白になるというほどではなかった。七十歳を過ぎたあたりから、自分がいつ死ぬのかが気がかりになった。どこで、どんなふうにというより、いつ。医者の言う平均余命がどこまで正確かはわからないが、仮のゴールを示され、とにかく定まったという気分になった。

担当医はこうも言った。「体のあちこちに、がんが微小転移していると思われます。会いたい人、行きたいところがあるなら、早いうちに」。さほど動揺を示さない患者に対するおどかしのようにも聞こえ、私はどちらもとくにないと答えた。

片肺がないため時折り呼吸が苦しくなる。走ったりすることは無理だが、日々の一人暮らしはどうにかできており、今さら会いたい人間も行きたい場所もないと思い込んでいたところ、テレビ番組と新聞記事から不意に「宇野」が浮かび上がってきた。

十二歳と十八歳のとき、どちらもごく短い時間滞在しただけの町だが、行ってみたいと思うと、忘れていたはずの過去がつぎつぎに甦ってきた。風景は紗幕をかけられたようにおぼろだが、人の顔や言葉は鮮明に覚えていた。そんなに覚えているのが不思議なほどで。七十五年生きてきた自分の屈折点のようなものが、そこにある思いになった。

2

昭和三十年は私が小学校を卒業し、中学生になった年だが、この年私は、ある少女と父、二人の人間を失った。まず思い浮かぶのは、高松港の光景だ。

小学校の卒業を前にして同級生の金井英子が宇野へ引っ越した。それまで高松のパチンコ店で働いていた英子の母親が、港の拡張工事や韓国漁船の入港などで活気づく宇野の居酒屋に勤めることになったためだった。

「英姫（ヨンヒ）と仲良うしてもろうて、ほんまにありがとな。健ちゃんも元気でがんばりや」私の肩に手を置いてそう言う母親の前で、英子も私もうつむいていた。母一人子一人、在日朝鮮人の彼女たちを高松港で見送ったのは私だけだった。「ほな、行くで」母親に促された英子は色白の顔をあげ、切れ長の目で私をみつめた。

「健ちゃん、手紙、書いてな」

「うん。英子ちゃんもな」

古ぼけた布のバッグをたすき掛けにした英子は、ぐらぐら揺れる船のタラップを恐る恐る歩いて渡った。右足を引きずる頼りなげな足取り。見慣れてはいたが、改めて胸をつかれ、切なくなったのを今も覚えている。

やがて出港のドラが鳴り、蛍の光が流れ始めた。岸壁と連絡船のデッキのあいだに垂れ下がった色とりどりの紙テープ。私が握りしめていたテープの先は英子の手の中だった。

ゆっくりと船が岸壁を離れ、テープが伸びて、切れた。私は先端が海面にただようテープを片手に、もう一方の手を振った。デッキの英子も同じように手を振っていた。船尾に波が立ち、カモメの群れが甲高い鳴き声をあげながらあとを追っていた。

宇野港まで一時間ほどの航路だが、十二歳の私はまだ連絡船に乗ったことがなかった。本州と四国を隔てる目の前の海が、途方もなく深く、遠いものに思えた。


金井英子が九州から転校してきたのは、その三年前、四年生の新学期だった。おかっぱ頭で痩せた彼女は、色の白さが際立っていた。同級生たちはさっそく、ローソクというあだ名をつけた。口の悪い男子生徒は〝チンバ・ローソク〟、〝朝鮮ローソク〟と呼んだ。英子は生まれつき脊髄に異常があるとかで、右の足首がややねじれ、引きずりながら歩いていた。体育の授業はほとんど見学だった。

親の噂話の聞きかじりだろう、同級生たちはひそひそ話を交わしていた。英子の父親は元大阪の朝鮮人ヤクザで、刑務所に入ったこともある。同じ朝鮮人女性と出会い、組を抜けて二人で九州へ渡った。障害を持った英子が生まれ、父親は炭坑夫として働いたが落盤事故で死んだ。選炭場の仕事をしていた母親は、朝鮮人仲間のつてを頼って高松のパチンコ店で働くようになった。

そんな話を喋り合う同級生たちは、穢れた異物でも見るような視線を英子に投げた。「言うたら、流れもんの朝鮮人や」クラスのガキ大将が聞こえよがしに大声で言っても、英子はいつものようにただうつむいていた。

ある日、放課後の掃除の時間だった。男子生徒が机と椅子を教室のうしろの壁沿いに並べ、女子生徒が床に雑巾がけをした。英子もほかの生徒に混じっていたが、足が悪いため動作が遅くなる。「おい、ローソク。早うせんか」ガキ大将がそう言ったかと思うと、英子の右足を蹴った。あっ、小さな声をあげ、英子は両手に雑巾を持ったまま床に這いつくばった。

「カエルみたいにへたばっとるわ。ニンニク臭い息はくけん、みんな、鼻つまめ」

ガキ大将は英子をみおろしながら笑い、同級生たちも指差して笑った。

「弱いもんいじめ、すな」

気がつくと私は、ガキ大将の前に立ち、ひと回り体が大きい相手をにらみつけていた。

普段、口喧嘩ひとつしない私の態度に相手は一瞬驚き、それからせせら笑った。

「なんや、お前。ローソクが好きなんか」

「関係ない。弱いもんいんじめは、卑怯もんのすることや」

「勉強でけるからいうて、えらそうな口きくな、健。文句あるんならかかってこい!」

頭を下げ相手の腰をめがけ突進した。不意をつかれたガキ大将は尻もちをつき、取っ組み合いになった。上になり下になって転げ回るうち、教室の板壁にぶつかり、掛け時計が落ちてガラスが粉々に割れた。教師が駆けつけてきたとき、私は鼻血にまみれ、相手も唇の端から血がにじんでいた。

翌日、母が学校に呼ばれた。別の小学校で給食賄い婦をしていた母は、「あんたが先に手出さんかったら、喧嘩にはならんはずやろ」と、私を叱った。傍で黙って聞いていた父が口を開いた。「健一、お前は悪うない。弱い人間をいじめたり差別するやつは、人間として一番いやしいんじゃ」

ガキ大将との騒ぎがあってまもない頃、英子が風邪をひき、数日間学校を休んだことがあった。学級委員の私は、彼女の家を訪ね連絡表を届けるよう、担任に指示された。気が重かった。前から英子を見るたび妙に胸がざわついていたが、あの騒ぎ以来、よけい意識して彼女と口もきけなかった。教室の隅からこっちをみつめる彼女と目が合い、あわてて視線をそらしたりした。

英子の住所は町の外れ、海岸に近い新開地だった。シンガイと呼ばれていたそこには製紙工場が建ち、赤黒く濁った排水の流れる河沿いにバラック小屋や長屋が点在していた。ところどころ屋根瓦が欠けた長屋の中ほどに金井母娘の住まいがあった。

終戦からまだ日が浅く、日本中が貧しい時代だった。両親が共働きしていた私の家も裕福ではなかったが、英子の住まいの貧しさにたじろいだ。半畳分の土間に四畳半ひと間、畳がけばだち盛り上がっていた。壁はベニヤ板で、家具といえば丸く小さな卓袱台のほかは、木の箱や段ボール箱だけ。木箱のひとつにラジオが置かれ、英子がその前に座っていた。ラジオからは歌謡曲が流れていた。

連絡表を渡し、「風邪、もう、ええんか」と訊くと、「うん」。どぎまぎしてそれ以上言葉が出てこない。健ちゃん、座ってと言われ、彼女とできるだけ離れて座った。

「この前は、ありがとう。うれしかった」

「え？　ああ、いや」

自分の受け答えが恥ずかしくうつむいたままの私にくらべ、英子は学校では見たことのない饒舌ぶりだった。母親がパチンコ店の閉店まで働くので帰りが遅く、用意してくれている夕飯を一人で食べ、寝るまで一人でラジオを聴いて過ごしていると話した。

「このラジオな、死んだアボジ、あ、父ちゃんが炭坑の相撲大会で優勝してもろたんよ。うちのほんまの名前、キム・ヨンヒいうんや。健ちゃん、帳面、持っとる？」

私が布かばんからノートを取り出すと、彼女は鉛筆で「金英姫」と書いた。その字を見ながら「キム・ヨンヒ。お姫さんみたいなきれいな名前やな」と言うと、「ほんまに、そげん思うと？」。

「嘘はつかん。きれいや」

「わあ、うれしか」

弾んだ声に顔を上げた。英子の白い顔が紅潮していた。両頬をつつむ手の爪が桜色だった。ローソクに灯がともったような気がしたが、口にはしなかった。

ノートをしまうとき、かばんの底のハーモニカに気づき取り出した。下手やけど、なんか吹こか。うん、聴きたい。一曲終わるごとに手を叩いていた英子が、ふと言った。

「ひばりの歌、吹ける？」

「ひばり……あの美空ひばりか？」

「好きやねん、うち。全部歌えるんよ」

ハーモニカ部に入ってまだ半年余りの私は、童謡や唱歌が精々で、歌謡曲は無理だった。健ちゃんが伴奏できるようなったら、ひばりの歌、歌うてあげると彼女が言い、私は一生懸命に練習しようと思った。

それからというもの、英子との距離が急速に近くなった。放課後の教室に二人で残り、宿題を手助けしたりした。運動場で遊んでいたガキ大将が入ってきて、「お前ら、ふうふみたいや」とからかったが、それ以上口出しはしなかった。

彼女の長屋へも何度か行った。仕事休みの日、英子の母親が食事をつくってくれた。キムチがたっぷり入ったうどんの辛さに私がネをあげると、母親は怒り肩を揺すって笑い、ミカンの缶詰をあけてくれた。「店の景品の傷もん。缶がへこんどるけど、甘いで。日本の食いもんでミカンが一番や」

一度、私の家に英子を招いたことがある。父は出張中で、母と弟が家にいた。一張羅のワンピース姿の英子をちらと見て、母は「色が白うて別嬪さんやね。やっぱり向こうの人は違うわ」と言った。せんべいや饅頭を載せたお盆を運んできて「口に合わんやろけど」と勧めた。弟が部屋にやってきて、「ボクも一緒に食べたい」と言うと、「あんたは向こうで」きつい口調で言い、「お母ちゃんと一緒にな」そそくさと二人で居間へ去った。

英子は膝に手を置いてうつむいていた。はよ食べやと促しても、菓子に手を出そうとしない。どうしたんやと訊くと、「健ちゃんのお母さん、うちが好かんのや」そう呟いた。

「なんでや。そんなことあるかい」

彼女は弱々しくかぶりを振った。

「健ちゃんにはわからん。人に嫌われるの、うちはようわかるんや。九州でもそうやった。日本人やないけん、しょうがなかと」

帰りぎわ、英子は母に深々と頭を下げた。その後も何度か誘ったが、私の家へ来ようとはしなかった。

五年生になり、クラス替えで彼女と別々のクラスになったが、かえって親密度が増した。

廊下で待ち合わせ場所を決め、一緒に新開地へ行った。私のハーモニカは上達し、ひばりの曲も吹けるようになった。長屋では隣の人に怒られると彼女が言い、海沿いの堤防に上がり、私の伴奏に合わせ歌った。

「英子ちゃん、ほんまに歌がうまいなぁ」そう褒めたがお世辞ではなかった。

「うち、歌手になりたい」

「なれるよ、英子ちゃんなら」

「無理なんはわかっとるけど、夢見るんはタダやろ」

父の勤める会社が市内の映画館の株主になっており、二ヵ月に一度、招待券が手に入った。美空ひばりの映画がかかると、父にせがんで無料券をもらい、英子と二人で観に行った。その頃は映画が最大の娯楽だった。常に超満員の映画館で通路に並んで座ったりした。

「足、大丈夫か？　痛うないか」小声で訊くと、「うん、大丈夫」と答えた。前後の観客に押され、つい彼女の体に腕が触れたりした。ふくらみ始めた胸にドキリとした。

当時は映画上映前にニュース映像も流されたが、あるとき、「朝鮮戦争休戦」という字幕が出た。英子はじっと画面をみつめていた。映画館を出て、いつもならひばりの歌を口ずさみながら歩く彼女が、くにの戦争、終わったんや、ぽつりと言った。

「戦争終わったら帰りたいて、オモニ、よう言うてる」

英子の母親は朝鮮の漁村に生まれ、貧乏のつらさから逃げ出したくて兄と二人で日本へ渡ってきた。神戸の鉄工所で働いていた兄が事故死し、大阪へ出た。彼女自身の口からそう聞いたことがある。三年間続いた戦争により国民生活は困窮していると、ニュース映画のアナウンサーが語っていた。以前よりさらに貧しくなった国へ、どうして帰りたいのかわからなかった。わかるのは、それが英子との別れを意味するということだった。

だが、彼女との別れは思いがけない形で訪れた。六年生の冬休みが終わり、卒業まで三ヵ月足らずというとき、英子から突然、宇野へ引っ越すことを打ち明けられた。新開地の堤防の上で、いつものように私がハーモニカを吹き、英子が歌った。一曲だけ歌ったあと、彼女は堤防の縁に足を投げ出して座り、来月、引っ越すと言った。

「なんでや、なんで、そない急に」

「パチンコ屋でなんぼ働いても、食べるのがやっとやし、先もない。宇野はこれからの町で、朝鮮語がでける人がほしい、そう言われたんやて。うち、行きとうない」

堤防の下の岩場に波が打ちつけていた。沖合をポンポン船がゆっくり横切る。冬の陽射しを受け、魚のうろこのように小波が光っていた。目の前に広がる瀬戸内海の向こうに本州があり、そこへ英子が行ってしまう。そう思うと、胸を締めつけられる気がした。

「寒うない？」。英子に訊かれ、頭を横に振った。

「くにへ帰るんやないし、また会える。宇野で部屋が見つかるまで、お店の二階に住むんや。うち、すぐ手紙出すけん、健ちゃんも返事書いてな」

「うん。また会える。絶対や」

私は海を見たまま答えた。


英子と母親が去って三ヵ月後の五月、紫雲丸事故が起きた。濃霧のたちこめる瀬戸内海で船と船が衝突し、連絡船の紫雲丸が沈没したのだ。修学旅行中の小中学生を中心に多数の死者が出た。宇高連絡船史上最大の海難事故だったが、その年の暮れ、私にとって衝撃的なことが起きた。父の急死、それも英子たちが暮らす宇野でのことだった。

父は秤を製造販売する会社に勤めていた。各種の秤や寒暖計、体温計などを扱う会社で、大阪担当の営業係長だった父は、月の半分は大阪へ出張していた。営業用の計器をボストンバッグに詰め歩き回るのが仕事だった。

父は小作農の家に生まれた。母親は五人の子供がいる農家に後家として嫁ぎ、三人の子を産んだが、父はその末っ子。文字通りの水呑み百姓だったらしい。小学校を終えた父は農作業の傍ら、夜間の青年学校へ通った。徴兵検査で心臓弁膜症が見つかり不合格となった。「恥さらし」村人だけでなく、兄や姉からも面と向かってそう言われたという。

太平洋戦争開戦の年に母と結婚、翌年私が生まれたが、まもなく父は兵隊に取られた。検査不合格者も召集するほど戦況が逼迫していたのだろう。満州へ送られ、さらに南方へ。フィリピンの山奥で終戦を迎えた。飢え死にする直前だったと父は語った。

復員し、元の会社の営業係員として復職した。弟も生まれ、父は懸命に働いた。県内の営業で成績をあげ、大阪担当に抜擢されたのは、私が小学生になった頃だった。

まだ交通事情が混乱していた時期、重いかばんをかかえての大阪出張は、父にとって大きな負担だったに違いない。高松から宇野へ渡り、上りの汽車へ乗り換えるには長い桟橋を通らねばならなかった。汽車の座席を確保するため、乗客たちは五百メートルにも及ぶ桟橋を先を争って走る。マラソン桟橋と呼ばれ、途中で倒れる乗客もいた。

「お父ちゃん、心臓弁膜症があるんやけん、無理せんといてな」

出張に出かける前、母がそう言うと、父は日焼けした顔で笑い飛ばした。

「戦争でいっぺん死にかけた体や、どないなことでも我慢でけるわ」

その父が、宇野桟橋で倒れた。中学一年の午後の授業中、私はその知らせを聞いた。病院に運ばれたが意識不明らしいと、担任教師に言われた。早退して帰宅すると、母は先に宇野へ向かっていた。母方の祖母と私、弟の三人で連絡船に乗ったのは夕方だった。家を出る前、私は迷いながらも、英子から届いた手紙を制服のポケットに入れた。

小学二年生の弟は、初めて乗る連絡船にはしゃぎ、船内を走り回っては祖母に叱られていた。私も初めての連絡船だったが、意識不明という父の日焼けした顔と、英子の白い顔が交互に浮かび、自分でもよくわからない昂りを感じていた。デッキの灯りの下で手紙を取り出し、「岡山県玉野市築港XX番地・港屋内」という住所を何度も見直した。

宇野へ引っ越してから月に一度くらいの割合で彼女の手紙が届いていた。新しい町や学校での様子が綴られ、最後はいつも「健一さん、早く会いたいです」と結ばれていた。初めは「健ちゃん」だったが、半年たって「健一さん」に変った。もう十ヵ月余り会ってない英子が大人の女になっているように思え、その彼女と会うのは恥ずかしい気がした。

「健一、寒いけん、早う中へ入らんか」

デッキに出てきた祖母に声をかけられ、われに返った。自分は今、倒れた父に会いに行くために船に乗っているのだと改めて思った。

連絡船は大小さまざまな島の間を縫うようにして進んでいた。社会科の授業で習った「瀬戸内海の多島美」という言葉が浮かんだ。すでに日が暮れており、大きな島には灯火がぽつぽつ見えたが、無人島らしい多くの島は、黒い影のように海に横たわっていた。海面も暗かった。空から綿のような白いものが風に舞いながらつぎつぎに降ってきて、海に吸い込まれていく。その年の初雪だった。

宇野港に着き、タクシーに乗った。祖母が病院名を告げ、タクシーが走り出してまもなく、私は思わず「あっ」と声を上げた。車の窓ガラスの向こう、赤提灯をいくつも吊るした店の「港屋」と書かれた看板が見えたのだ。英子の母親が働き、母娘が住み込む店の名前だった。

病院に着いたとき、父はすでに息を引き取っていた。霊安室だったのか、冷え冷えとした部屋で横たわった父と対面した。顔が土気色になり、唇が少し開いていた。急性心不全やと母が言ったが、どんな病気なのかわからなかった。悲しいというよりただ怖く、膝ががくがく震えたのを覚えている。私の手を握りしめていた弟も震えていた。

父の同僚が次の船で来る、これからのことを相談するので先に旅館へ行くよう、母が祖母に言った。祖母に連れられ、またタクシーに乗った。窓ガラスに顔をくっつけ、雪が舞う町をみつめていた。アーケードのかかった商店街を横切り、車が宇野港に近づく頃、また「港屋」の看板を見た。

旅館にあがり、風呂入って早う休めと祖母に言われた。本屋へ行ってくる、そんな言い訳をしたような気がする。「なんな、こないなときに」尖った祖母の声を背に外へ出た。「宇野港のすぐ近くで、お店の二階から瀬戸内海が見えます」いつか英子の手紙にそう書かれていたのを思い出しながら歩いた。車で走るのと歩くのでは感覚が違い、私は初めての町で迷った。行きつ戻りつし、港屋の前に立ったときは、額に汗をかいていた。

ガラス戸を開けると、大人たちのざわめきと酒のにおいが押し寄せ、足がすくんだ。店員らしい人に「金井さん、いますか」と訊いた。前掛けをつけた英子の母親が厨房から出てきた。「あんた、なんでここに?」と驚いた。父が死んだんです、そう答えると、彼女は店員に声をかけ、店の隅の席に案内してくれた。宇野港の桟橋で倒れたことを説明した。

「マラソン桟橋でだれぞ倒れたて、お客さんが言うてたけど、健ちゃんのお父はんやったんか。気の毒になぁ。つらいやろけど、気ぃ強うもたなあかんで、男の子なんやし」

そう言ったあと、彼女は口をつぐんで私の顔をのぞきこみ、「それを言いに、わざわざこの店へ来たんか?」。英子ちゃん、いますか、うつむいたまま言った。母親は太いため息をついて「やっぱりな」、それから思いもよらないことを語った。

「もうここの二階にはいてへん。先々週、アパートを借りたんや。ええか、健ちゃん。もうあの子に会うたらあかん。あんたのお母はんに言われたんや。健一にはこれから高校、大学へ進ませる。英子さんとつきあうのはやめさせてくれませんか。うち、腹が立ったけど、考えたら、お母はんの言うのがもっともや。ちょうどこの店の話があったさかい、英姫を連れて宇野へ来たんや。お母はんもうちも、子供のこと思うてそうしたんやで。あんたら、文通してるらしいけど、それももうやめとき。ええな、わかるな?」

わからなかった。旅館まで送ってあげようかと言う彼女にかぶりを振り、店を出た。雪が激しくなっており、旅館に着いたときには、学生服の肩が白くなっていた。

翌日のことは、途切れ途切れにしか覚えていない。町はずれの焼き場。父が焼かれているあいだ、私たち家族は黙りこくって控室の火鉢を囲んでいた。隙間風が入り込んできて、ひどく寒かった。

帰りの連絡船。母は白い袋につつんだ骨壺を膝に置き、客室の長椅子に座っていた。隣の祖母が、これからどないすんなと問いかけても、母は呆けたような表情のまま答えない。困ったのう、困ったのう、祖母が呟き、弟は疲れたのか母にもたれて眠っていた。

私はデッキに出た。どうして英子の母親にあんなことを言ったのか？　母に訊きたいが、口にできなかった。船のうしろに白い航跡が伸び、その向こう、宇野の町が遠去かっていく。前夜の雪が山肌に残る島々を見ながら私は、別の自分があの町に置き去りにされたままのような心もとなさを感じていた。

六年後、私は大学入学のため上京することになった。迷った末、一便早い連絡船の切符を買った。なぜ宇野の町を歩いてみたいと思ったのか、今もよくわからない。

居酒屋で母親にさとされて以来、英子との手紙のやりとりは絶えていた。手紙を出そうにも住所がわからず、母親に言い含められたのか彼女からも届かなかった。

六年を経た英子がどんな女性に成長しているのか想像もつかない。会ってみたいと思う反面、もし大人の女になった彼女と出くわせば、逃げ出すかもしれないとも思った。ローソクのように白く痩せ、足を引きずりながら歩く十二歳の少女、自分のなかの彼女にひっそりと、さよならを言おう。十八歳の私はそんな感傷に駆られていたのかもしれない。

父の死後、母は給食の仕事だけでなく、夜は近所の食堂で働くようになった。いつも夜遅く帰ってくる母の顔は疲れきっていた。高校生のとき、私が新聞配達をしたいと言うと、「いらんこと考えんと、あんたは勉強だけしとったらええ」きつい口調で言われた。

学費の安い国立大学に絞って受験勉強をし、合格した。安いといっても、四年間の学費は、母には負担になる。あとに続く弟もおり、「奨学金とアルバイトで、生活費はなんとかするけん」そう言うと、母もうなずいた。夏休みや冬休み、長い休暇はすべてアルバイトにあてる、そのためには帰省もできるだけおさえようと決心していた。

六年ぶりの宇野は、以前よりさらに活気づいていた。県下随一の良港として、突堤拡張工事が続けられ、木材や穀物、活魚を運ぶ外国船の出入りが急増、そんな記事を四国の新聞で読んだことがあった。

港の前はトラックが行き交い、アーケードの商店街も人通りが多く、威勢のいい掛け声が響いていた。港屋の看板も見えたがそちらは避け、当てずっぽうに歩いた。六年前のように迷ってしまう気もしたが、海風が吹いてくる方角さえ覚えていれば迷わないと自分に言い聞かせた。

どの道をどう曲がったのか、ある写真館の前に出た。店先の出窓のようになったショーウインドーに何枚かの写真が飾られていた。どれも記念写真らしく、何気なくそれらを見ていた私は、いきなり鳩尾を突かれたような気がした。

英子と母親。ワンピース姿の英子が何かの額を膝に置いて椅子に座り、その横にチマチョゴリを着た母親が立っていた。二人とも晴れやかな笑みを浮かべている。痩せっぽちの少女だった英子はふっくらとした頬の女に成長していたが、色白の肌、切れ長の目は以前と変わらなかった。

写真館に入った。初老の店主に、外の写真についてお尋ねしたいのですがと頭を下げると、「おたく、どんな関係な?」と訊かれた。英子の小学生時代の同級生と答えると、店主はじっと私の顔をみつめたあと、ため息をついて椅子を勧めた。

「あれ、ちょうど一年前に撮った写真ですわ。自分でもええできやと思うて飾ったんやけど、えらいことになってしもうてな」、そう前置きし、母娘について語ってくれた。

中学を卒業した英子は、母親と同じ港屋で働くようになった。店は地元の人たちのほか、港へ活魚を水揚げする韓国人漁師や突堤工事の人夫たちで賑わい、店主もよく通ったという。母親のほうは働き者のうえ、酔って暴れる韓国人漁師を朝鮮語で一喝する男勝りの気性。一方の娘は、対照的に口数が少なくおとなしい性格だが、歌がうまかった。「英子、なんぞ歌えや」客から声がかかると、母親に目をやってから伴奏なしで歌った。

「ひばりの歌、絶品やった。飲んで騒いどる客まで、シーンとして聞きほれてのう」

去年、岡山のラジオ局主催の歌謡コンクールに出場、準優勝した。膝に置いた額はそのときの賞状だが、二ヵ月後、思いもよらないことが起きた。自転車で市場へ買い出しに出かけた母親がトラックにはねられた。ほとんど即死状態だった。その翌月、英子が姿を消した。

少し前から、瀬戸内海のある島の出身で、東京でギター教室を開いているという男が店に出入りしていた。その男と英子が宇野駅の上りホームに並んで立っているのを、常連客が目撃したのが最後だった。レコード会社にコネがあるという触れこみの男は、東京でギターの流しをしているとあとでわかった。

「それきりですわ。外の写真、いっぺんは外したんやけど、なんかの手がかりになればと思うての。無事だったらええんやけど」

店主はまたため息をついた。私は呆然としていた。頭を下げ、写真館をあとにした。

その日から、五十七年の歳月が流れた。

3

宇野行きを思い立ったものの、どんな旅になるのかわからず、とりあえず一泊分の着替えの下着と洗面具などをリュックサックに入れた。気象情報で「中国・四国地方は大気が不安定」という予報が出ていた。

穏やかさで知られる瀬戸内海だが、紫雲丸事故がそうだったように、春先から初夏にかけ時折り、濃霧がたちこめたり、春の嵐にみまわれたりする。ただ、予定を変更すれば気力が萎えてしまいそうで、リュックを背に出かけた。

年度替わりの時期なので移動が多いのか、平日の午前中というのに新幹線はほぼ満席だった。乗客のだれもがたしかな目標と目的地を持っているように見える。自分はどんなふうに見えるのだろうかと考えた。

だれかに問われ、置き去りになったままの自分を探しに行くと答えれば、認知症扱いされるに違いない。そう思ったとき、列車がトンネルに入った。窓ガラスに映る病み上がりの老人の顔にギョッとし、目をそらせた。

岡山駅に着き、乗り換えのため瀬戸大橋線のホームへ下りた。東京は晴れだったが、岡山は曇天で、湿った風が吹いていた。高松行きマリンライナーに乗る。この電車に乗り換えるたび、気鬱になったことを思い出す。

瀬戸大橋開通の翌年、働きづめだった母は脳血栓で倒れた。年に一度見舞いに帰郷したが、極端に口数の減った母とまともに会話した記憶がない。弟夫婦の世話を受けながら八年間、病院で寝たきりの末に亡くなった。

瀬戸大橋にかかる児島駅の手前、茶屋町駅でマリンライナーを降りた。ここで宇野行きに乗り換える。プラットホームに降りたとたん、強い風に吹きつけられ、思わずよろけた。

初めて乗る宇野みなと線は二両連結のローカル線で、乗客もまばらだった。無人駅が多いらしく、運転手が車掌も兼ねていた。三十分ほど経ち、「つぎは終点、宇野」というアナウンスが流れ、いよいよという思いで窓の外を眺めた。それまでのひなびた田園風景とは異なり、低層ながらビルも見え、町らしい景色になってきたが、まったく見覚えがない。

見覚えのなさは、宇野駅に着いてよけい強まった。四国と本州をつなぐ長距離客車・貨車のターミナル駅だった宇野には、長いプラットホームが何本もあったが、降り立ったホームはひとつだけで、かつての長さの半分にも満たない。連絡船の桟橋とつながる屋根つきの跨線橋がホームの端にあったはずだが、影も形もなくなっている。駅そのものが、別の場所に新しくつくられたとしか思えない。

駅舎の前に立つと、そこもまた未知の風景だった。あいまいな記憶では、トラックやバスが雑然と行き交い、すぐ近くの岸壁には小さな飲食店が並んでいたが、そっくりかき消され、整然としたロータリーになっている。海を埋め立てたのか、ロータリーの向こうは幅広の道路、その先にだだっぴろい駐車場と離島行きのフェリー乗り場。

六十年近くも経ったのだから変わって当然と思いつつも、あまりの変貌ぶりにうろたえた。先日のテレビ番組を思い出した。失われた風景を甦らせるゴーグルなど自分にはないが、海そのものは変わらないはずだ、そう自分に言い聞かせた。強い風に吹きつけられながら、フェリー乗り場へ向かった。

乗船券発売所で、連絡船が発着していた場所を訊いた。二十代の男性職員が「は？」と私を見上げた。宇高連絡船が通っていた頃の波止場、息を切らせながら言う私に、「お爺さん、いつの話しよんな。古い話聞きたいんやったら、あそこへ行ったらええですわ」、駐車場の隣のビルを指差した。

教えられた四階建ての建物には産業振興ビルという表示があった。一階のロビーは展示室らしく、だれもいないが出入りは自由のようだ。壁に宇高連絡船のモノクロ写真が何枚も並び、年表も掲げられていた。ロビー中央に大きなガラスケースがあり、中に飾られたジオラマを見たとき、立ちすくんだ。かつての宇野港・宇野駅の再現模型だ。

遠景に接岸した連絡船、手前のプラットホームに東京行夜行列車や貨車、両方をつなぐ栈橋と跨線橋。先ほどまでうろたえながら探していたものがそこにある。説明文によると、乗客数、貨物量がピークだった一九七〇年頃の時代設定で、一五〇分の一の縮小だという。船のデッキや窓、車両の色まで精緻につくりこまれている。自分の記憶が剥製になって閉じ込められているような気がした。

ガラスケースに顔がくっつくほど近づき、しゃがんで栈橋と跨線橋を見つめる。マラソン栈橋。このどこかで父が倒れたのだ。いっぺん戦争で死にかけた体や、笑いながらそう言い、重いバッグを両手にさげて出かけていた。四十三歳で死んだ父が不憫に思え、目頭が熱くなってきた。

「大丈夫ですか？　どこから、おいでになったんですか」

不意に背後で声がした。胸元に「玉野市商工観光課」の名札をかけた中年の女性が立っていた。無人のロビーでジオラマの前にしゃがみこみ、うなだれた老人の姿が不審に映ったのだろう。

「大丈夫です。東京から来たんですが、昔、よく連絡船に乗ったもので、つい……」

「ああ、それは懐かしやろうね。ゆっくりご覧になってください」

行きかけた職員を呼びとめ、「駅も港も、ずいぶん変わったんですね」と声をかけた。腕時計をちらと見た彼女は、感傷にふける老人に少しつきあうかという表情になった。

瀬戸大橋開通によって宇野の衰退が懸念されたが、この一帯は大々的に再開発され、すっかり様変わりした。連絡船が運航されていた頃しか知らない人には、別の町に見えるに違いない。現在、瀬戸内海の島々が現代アートの拠点として国際的にも注目され、三年に一度「瀬戸内国際芸術祭」が開催されている。フェリーでそれらの島につながる町として、宇野は新たに生まれ変わった。

早口の標準語で語る女性職員に「連絡船の跡は、すべて無くなったんですか」と訊いてみた。「あ、ひとつだけ、連絡船を係留していた岸壁が残っています。こっちへどうぞ」と、玄関のほうへ歩いた。

「海の手前の岸壁、ほら、見えます？」職員の指差す先に、茶褐色の細長い石垣のようなものが見える。「あれ、国の産業遺構にも指定されているんですよ」と話す彼女をさえぎり、「この近辺に、たしか宇野港銀座という名の、アーケードつきの商店街があったはずですが」と口をはさんだ。「よくご存じですね。その名前は変わりましたが、駅前を海とは反対側へ進めば、まだありますよ。規模は小さくなりましたけど」

礼を述べ、ビルを出た。口笛を吹くような音をたてる海風を背に受けながら、駅前に戻った。そのまま電車に乗って東京へ帰りたい衝動に駆られたが、それではこの町へ来た意味がないと思い直し、駅前を通り過ぎた。

たしかに商店街らしきものは残っていたが、記憶とはかけ離れていた。アーケードが外され、父が死んだ夜に泊まった旅館も、英子母娘が働いていた居酒屋もない。通りの両側に看板をかかげた店舗がぽつぽつと見えるが、静まりかえっている。まだ日暮れでもないのに人通りもまったくない。どこの地方都市でも見かけるシャッター商店街、そんな閉ざされた荒廃ではなく、見えないところで息をつめてでもいるような気配がただよう。

ふと、自分は今、夢のなかの町にいるのではないかと思った。目を閉じると、かつての活気に満ちた商店街が瞼の裏に浮かぶ。出港時の連絡船のぼおっという汽笛も聞こえる。目を開けて見回す風景と、どちらが現実のものなのかわからなくなる。

風に混じって雨が降り始めた。リュックサックから折り畳み傘を取り出しながら、そうだ、あの写真館を探さなくてはと思った。だが、たしかな場所どころか、店の名前も覚えていない。吹き降りのなか、傘を斜めにさし歩き回るうち、息が切れてきた。寒気も覚える。どこか泊まるところを探そうと考えたが、この雨ではそれもままならない。

通りの真ん中に立ち、自分はこの町でいつも置き去りになる、そんな気がした。

翌朝、岡山のホテルで目をさました。昨日は雨のなかを宇野駅へ戻り、電車に乗った。茶屋町駅に着き、マリンライナーの上り下り、どちらに乗り換えるか迷った。下りの終点高松には、母の七回忌を最後に帰っていない。地元の大学を出て地方銀行に就職、こつこつと勤め上げ、子供や孫までいる弟一家の団欒がわずらわしい。郷里のホテルに泊まるのも、別の気の重さがある。

結局、岡山へ出て、駅の案内所で紹介してもらったビジネスホテルに泊まった。カーテンを開くと、眼下に岡山市の繁華街が見えた。雨はあがっていたが、街全体が白っぽくかすんでいる。霧のようだ。

かすむ街を眺めながら今度は、東京に戻るか、再び宇野を訪れるかで迷った。帰京したところで、よどんだ日々が待っているだけだが、何もかも変わってしまったあの町へ行くのも気が進まない。写真館はすでに無くなった可能性が高い。残っていたとしても、あの古い写真を飾っているとは思えない。

どちらにも決めかねたままチェックアウトし、駅ビルの喫茶店に入った。隣のテーブルには、五十歳前後の女性と青年が座っていた。テーブルがくっつくほど狭い格安喫茶店なので、二人の会話が聞こえてくる。

大学新入生と母親のようだ。四国山間部らしい訛りで母親は、学校をサボるな、天気のいい日は布団を干せ、コンビニの弁当ばかり食べるな、かきくどくように喋り、息子は手にしたスマートフォンを見たまま、時々相づちをうっていた。

自分の学生時代を思い出した。上京途中、宇野の写真館店主に英子の話を聞かされた私は、夜行列車でほとんど一睡もできなかった。東京でギターの流しをしている男とともに出奔したという。自分がいま向かっている東京のどこかに、男と英子が一緒に暮らしているのかもしれない。そう思うと、嫉妬や憤り、哀しみなどがないまぜになった感情に胸がふさがれた。

東京での生活が始まってからも、そのやりきれない感情に苦しんだ。雑踏の中でも三畳ひと間のアパートでも、写真館で見た彼女の顔が浮かんできた。男の姿は想像もつかず黒い影だけ、その影を追って英子が足を引きずりながら歩く、そんな妄想にとりつかれた。

当面の生活費は母から渡されていた。夏休みになればアルバイトに集中し、冬休みまで何とかやっていけるよう貯金するつもりだった。そのためには高い賃金が必要で、沖仲士を選んだ。

早朝の電車に乗って芝浦へ行き、手配師に石炭船が一番稼ぎになると言われた。岸壁に横づけした巨大な石炭船で、船底から甲板近くまで埋まった石炭をスコップですくい、クレーンから吊るされたモッコへ移す、その繰り返し。単調だが苛酷な仕事だった。一時間もたたないうちに、顔も腕も真っ黒になり汗が噴き出す。ランニングシャツを脱ぎ捨てると、照りつける陽射しにあぶられた。

夕方には足腰立たないほど疲れ果てたが、翌朝もそのつぎの朝も石炭船に乗った。歯を食いしばって作業するうち、スコップの握り方や腰の入れ方などの要領を少しずつ覚えた。昼休み、埠頭の岸壁にあぐらをかき、あてがわれた弁当を食べる。何度うがいしても口の奥に粉塵が残る感覚は消えなかったが、それに構わず飯を噛みもしないまま頬張る。食べ終え、ごつごつした岸壁に寝そべる。波が打ちつけては引いていく音に眠気を誘われそうになる。引いてつぎの波が届く寸前、その声が聴こえた。

——健ちゃん。

思わず体を起こした。目の前には真夏の太陽の下でぎらつく東京湾が広がり、埠頭の端のコンビナート工場の煙突から白煙が上がっている。目を閉じると波の音だけになり、波間を縫って、か細い声がまた聴こえるような気がし、耳を澄ませた。健ちゃん。蝋の肌をした十二歳の少女、高松港で最後に見た彼女の顔が浮かんできた。

その夜私は、新宿で途中下車し、飲み屋街を歩いた。無性に英子に会いたかったのだ。入り組んだ狭い路地をうろつき、角を曲がったところで男とぶつかりそうになった。アロハシャツに先の尖った靴、肩からギターを吊るしていた。息をのんで男をみつめた。「なんだい、兄さん」鋭い目を向けられ、すみませんと頭を下げ、逃げた。

みじめだった。明るい通りを避け、うつむいて歩き回るうち、ガード下の暗がりから女に声をかけられた。ズボンのポケットに日払いの金があった。女についていき、木賃宿の煎餅布団で抱いた。母の年齢に近い女だった。

一週間私は、アパートにこもった。自分が醜い虫になったような自己嫌悪にさいなまれた。金が尽きかけ、芝浦へ行き石炭船で働いた。また数日休んでは働くことを繰り返した。酒も覚え、夏休みが終わったとき、貯金どころか、手元にはいくらも残っていなかった。

沖仲士はやめ、サンドイッチマンや喫茶店のボーイなど、半端なアルバイトをした。岸壁でのあの声を聴くことはもうなかった。パチンコ屋のプラカードを持って数時間立ちながら、時折り「ヨンヒ、キム・ヨンヒ」と呟くと、疼くような痛みを感じた。

大学の授業も休みがちだった。単位取得にぎりぎりの出席だけはする、そんな四年間を過ごした。短い帰省のたび、「銀行とか商社とか、あんたにはちゃんとした会社に入ってもらわんとな」母に何度もそう言われ、わかっとるとだけ答えた。

卒業して中堅出版社に就職したが、五年余りで倒産した。仲間数人で編集プロダクションを立ち上げたが失敗、フリーライターに転身したものの芽が出ず、自費出版専門の小さな会社にもぐりこんだ。最初の会社で出会った妻とは、子供ができないままライターをしていた時期に離婚した。

脳血栓で倒れた母は、年に一度見舞いに訪れる私と、ほとんど口をきかなかった。具合いはどうなと声をかけても、ベッドの鉄柵を片手でつかんだまま顔をそむけた。そうされても仕方ないと思うしかなかった。

気がつくと、隣のテーブルの母子はすでにいなかった。とにかく、もう一度宇野へ行ってみよう、自分に言い聞かせ席を立った。

電車の中で、英子とのかかわりは何だったのだろうと考えた。小学四年生から三年間だけの短いつきあい、恋だの愛だのを持ち出すにはあまりにも稚い。だが、相手を想うだけで胸が締めつけられ、切なさと愛しさでいっぱいになる。そんな感情を抱いたのは彼女だけだったような気がする。

宇野での雪の夜、父の死に顔を見ていくらもたたないというのに、英子に会いたくて旅館を飛び出した。もしあのとき、彼女に会っていれば何を話し合ったのだろう。おそらく何も話さなかったに違いない。健ちゃん、英子ちゃん。それだけ言って二人ともうつむいていたのかもしれない。

稚い。稚すぎるが、それも愛だろうと思えてくる。そんな稚い愛しか知らない私は、まもなく命のゴールを迎えようとしている。

宇野には濃い霧がたちこめていた。昨日見た駅前のロータリー、駐車場、フェリー乗り場、すべてが白い闇につつみこまれている。道路を走ってきた車のヘッドライトが、闇の中にジオラマの展示されているビルを浮かび上がらせた。

商店街も霧におおわれていた。手で払いのけると一瞬視界が開くが、すぐに閉ざされてしまう。厚ぼったく、重量感さえありそうな霧の中を盲人のようにそろそろと歩いた。建物に沿って進み、角があると曲がった。当てずっぽうに歩いた十八歳のときの感覚が足裏に甦ってくる、錯覚に違いないそれに従ううち、不意に写真館の前に立っていた。

ドアに顔を近づけのぞきこんだが、空き家になって久しい荒れ果てた気配しかない。出窓のショーウインドーも、木の枠がぼろぼろに朽ち、ガラス窓も破れている。私は腑抜けたように、そこに佇むばかりだった。

駅前へ戻る途中から、たちこめていた闇が薄くなっていった。上空に吸いこまれるように霧がみるみる消え、薄日が射してきた。ふと、市役所の女性職員に教えられた連絡船の係留岸壁に行ってみる気になった。

職員が話したとおり、「宇高連絡船の遺構」という標識があった。石垣に階段がついただけのさびれた岸壁だった。ロープをつなぐ鉄柱がなければ、大型の連絡船が接岸していたとはだれも思わないに違いない。

岸壁の上に立ち、四方を見回した。箱庭の湖にいくつもの島を浮かべたような瀬戸内海が、春の陽射しを受け、ゆったりと波打っている。

目を閉じてみた。出港の汽笛が重々しく響き、ドラが鳴り、蛍の光が流れる。それらの音にかき消されまいと名前を呼び合う少年と少女、二人の声が聴こえてくる。

あとがき

ノンフィクションライターの肩書きで、雑誌記事や単行本を書いてきた。雑誌のなかで、ことに力を入れ、また長く継続したのが週刊誌ＡＥＲＡの人物ルポ欄「現代の肖像」。五十歳からの二十年間で四十三人を書いたが、そのちょうど中間、編集部から依頼されたのが劇作家・唐十郎氏だった。

私にとって唐さんは大学の先輩で、演劇のイロハを教えてもらった兄貴分。一九六七年夏の紅テント芝居旗揚げでは、唐作品の演出を任せてくれたのだが、その公演期間中、私は理由も告げず、劇団から逃げ出してしまった。

以来三十五年、唐さんはかつての兄貴分の笑顔で迎えてくれた。私の遁走などおくびにも出さず、こちらもインタビュアーに徹した。二カ月にわたる取材を終え、居酒屋での二人だけの打ち上げ。酔いで目がすわった唐さんから突然、「コクシ」と昔の呼び名が出た。「人のことばかり書かないで、自分自身を小説で書けよ。逃げずに書いてみろよ」

芥川賞作家でもある唐さんの言葉にうつむくしかなかった。翌月、マレーシアへ向かった。妻子を捨て、仕事もうっちゃって愚かな旅に出た二十年前の自分をたどった。帰国後、小説「カユ・アピアピ」を書き始めた。書きあげたものの、逃げずに書くことの難しさを思い知らされた。

またノンフィクションに戻ったが、二度のガン手術を受けるなど体力が落ち、取材が不可欠の仕事がきつくなった。人物ルポ引退を宣言、ゴーストライトで暮らしを立てながら、朝日カルチャーセンターの佐藤洋二郎先生の創作教室に通い始めた。七十の手習い、落ちる一方の気力体力を絞り出しては、ぽつぽつ小説らしきものを書いた。

喜寿を迎える年、編集者の石田弘見氏に「小説集をつくってみませんか」と誘われた。氏は三十年前、私の最初の本を担当してくれた人物で、おそらく人生最後の自著を託すのにふさわしい。書き散らした小説のなかから三編を選び、迷ったすえに十六年前に書いた「カユ・アピアピ」をほとんど初稿のまま、表題作として収録することにした。デキの悪さは承知しているが、逃げずに書こうとあがいた辛さを残しておこうと思ったからだ。

あとは墓場のほかに逃げ場はないが、こんな稚い小説集でも読んでくださる方がいれば、もって瞑すべしと思っている。

2019年秋　　村尾国士

カユ・アピアピ——炎(ほのお)の木

2019年11月16日　初版第1刷

著者　村尾国士(むらおくにお)
発行者　石田弘見
発行所　時来社
〒177-0043　東京都練馬区上石神井南町13-1
TEL.03-3920-5660

カバーデザイン　本間公俊
本文デザイン・DTP　瀬賀邦夫

印刷・製本　㈱平河工業社

乱丁・落丁本はお取り替えいたします。
定価はカバーに表示してあります。

ISBN978-4-9911162-0-9 C0093